wohnhaft in

Herausgegeben von Janos Stekovics

Verlag Janos Stekovics

Eckehard Mayer

wohnhaft in

Roman

2020

Meinen Eltern zum Gedenken

Auf der Suche nach sich selber, auf der Suche nach echter Selbstverwirklichung, tastet man umher, stößt auf scheinbare Wahrheit. Man sagt, ich bin dies oder jenes und hört auf, es zu sein, noch eh die Worte verklingen.
Ezra Pound

Gleichmaß. Verweilen. Beharren. Stillstand. Dies ist meine Lebenssituation, meine heutige Lebenssituation ... und ich möchte, dass sie so bleibt, dass meine Lebenssituation so bleibt, wie sie jetzt ist. Ich möchte keine Veränderungen – um Gottes Willen keine Veränderung, ich möchte, dass alles so bleibt, wie es ist, dass alles so bleibt, wie es jetzt – ist. Ich möchte Stillstand. Stillstand ist gut, sehr gut. Im Sommer bin ich einundsiebzig geworden. Der Einundsiebzigste, die graue Maus aller möglichen Geburtstage, eine Primzahl zum Vergessen, nicht erinnerungswürdig. – Diese „Einer-Geburtstage", welche Bedeutung sie hatten: Ein Jahr – das Ereignis. Elf Jahre – Schule, Musik, Kreuzchor. Einundzwanzig – Studium, Musik, die Macht der Liebe. Einunddreißig – Theater, Dirigieren, Komponieren und Literatur ... und die Liebe. Einundvierzig – Theater, Komponieren, Literatur und Dirigieren. Einundfünfzig – Komponieren, Literatur, das Theater und Dirigieren. Einundsechzig – Literatur, Schreiben, Komponieren und das Theater. Einundsiebzig – Literatur, Bücher, Schreiben und Schreiben ... Musik nebenbei, Häppchen: Haydn, Sibelius, Debussy, Ravel ... Opern, Konzerte im TV. Ein paar kompositorische Handgelenksarbeiten für Violine, für F. ... Zum Siebzigsten Trara und Tamtam und Knallfrösche und Feuerwerk und Girlanden und Glückwunschattacken und Lesung im Buchhaus. Büfett und Sekt und Wein und Vertrautheit und Verbrüderung und Hochgefühl. – Am Einundsiebzigsten nichts davon. Die Hochgestimmten des Siebzigsten haben vergessen, ich habe vergessen. Schweigen. Vakuum, Leere. Ich erwarte nichts von denen und die nichts von mir ... das ist gut so, gut so ... Den Einundsiebzigsten vergisst man, vergisst man am besten. Immer Einundsiebzig, nur für sich selbst, das wäre es, das ist es! Heureka! Mit einundsiebzig stehenbleiben, anhalten. Stopp, stopp dem Leben zurufen, das ist der Clou, der Witz, der ultimative Zaubertrick. Kein anderer Geburtstag ist dafür so geeignet wie der einundsiebzigste! Für die anderen verschwinden im Nichts, für sich immer da sein, immer einundsiebzig sein. Welch grandioser Einfall! – Es ist doch so, man sollte das klar sehen, mit einundsiebzig kann man gerade noch anständig leben, danach beginnt der Abstieg, der Verfall ... Danach geht es bergab, stetig bergab. Abwärts ... abwärts ... und abwärts. Es gibt kein Zurück ... kein Zurück. Nach dem Einundsiebzigsten beginnt der Abstieg! Man sieht den Abgrund, sieht in den gähnenden Abgrund, blickt hinein … Ekel, Verzweiflung … schlimmer … viel schlimmer, Krankheiten, Depressionen, körperliche und geistige Lähmungen … Abstieg, Abschied, Verfall. Gut, der Abstieg kommt nicht sofort, das Abwärts ereilt einen unbemerkt, schleichend, der Verfall beginnt auf Samtpfoten, schleicht sich heran, schleicht, lauert, aber ist unausweichlich. Anzeichen des Verfalls gibt es schon heute, deutliche, unübersehbare Anzeichen: das matte Augenlicht, das gestresste Gehör, die schütteren Haare, die fragile Verdauung, die schmerzhafte Beweglichkeit der Glieder, der gestörte Nachtschlaf, die Blase … Aber ich kann damit leben, kann anständig damit leben, die Einschränkungen sind da … ich versuche, sie zu verdrängen, auszublenden, ich möchte immer einundsiebzig bleiben! Einundsiebzig ist ein gutes Alter, um zu überleben. So wie mein Leben jetzt ist, so möge es bitte bleiben, so möge es unbedingt bleiben. Verweilen. Beharren. Stillstand! Meine Lebensmaxime – und dafür tu ich einiges. Ich fahre Rad, gehe Tischtennis spielen. Jeden Tag laufe ich mindestens eine Stunde durchs Viertel. Es ist kein gewöhnlicher Spaziergang, kein Flanieren! Ich schreite aus mit zäher Energie, wie Beethoven auf der Suche nach dem verlorenen Groschen. Nach vorn gebeugt, laufe ich wie er, die Arme verschränkt auf dem Rücken, die Hände ineinander verkeilt! Mit der Stirn voran wie ein Stier gegen die Wand, den Wind … ich tu etwas für mein Wohlbefinden … Und ich esse regelmäßig, nicht maßlos, viel Gemüse, viel Frisches, wenig Zucker, ich schränke meinen Alkoholkonsum ein. Viele Jahre schon wiege ich konstant 74 Kilo, bei einer Größe von Einszweiundsiebzig ein akzeptables Gewicht für mein Alter, laut Bodymaßindex gerade noch akzeptabel … Ich bemühe mich ausdauernd und intensiv, dass alles so bleibt, wie es jetzt ist. – Auch mein Arbeitszimmer soll genauso bleiben, wie es jetzt ist. Die Vorhänge, die Grünpflanzen, die Bilder, alles soll so bleiben, wie es ist, keine Veränderungen, Veränderungen sind unerwünscht, ausgeschlossen. Ein erneutes Vorrichten, Malern kommt für mich nicht in Frage, wie großzügig das Angebot meines Freundes auch sein mag. Im vorigen Herbst, eine Woche ausräumen, schieben, abhängen, malern … erneutes Räumen, schieben von links nach rechts, von rechts nach links. Flügel, Bücherberge, Notenberge, Partituren, Teppiche, Sessel, Bilder, Pflanzen, Kommode, Couch, Schreibschrank, Komponiertisch. Danach wischen und säubern und einräumen und Bilder aufhängen und putzen und entrümpeln und sich trennen, sich trennen von Überflüssigem! Ja, die Trennung von Überflüssigem, ich hatte mich überwunden. Ich war ein Überwinder! Eine Woche Chaos, Chaos in meinem Zimmer. Ich werde das nicht noch einmal durchstehen, werde das nicht noch einmal ertragen, da komme ich an meine Grenzen, an meine Grenzen – seelisch, körperlich. Das Arbeitszimmer, mein Arbeitszimmer! Es ist für mich so viel mehr als ein normales Arbeitszimmer, so viel mehr! Gut, für das Finanzamt ist es das Arbeitszimmer, das profane Arbeitszimmer eines Komponisten, eines Autors. Sollen die so denken! Gut, dass die so denken! Für mich ist das Arbeitszimmer viel mehr als ein gewöhnliches Arbeitszimmer, für mich ist es Komponierzimmer, Malzimmer, Schreibzimmer, Lesezimmer, ist es Dirigierzimmer, TV-Zimmer, Denkzimmer, Inspirationszimmer, Musizierzimmer, Radiohörzimmer, Gesprächszimmer, Abendzimmer, Trinkzimmer, Esszimmer, Computerzimmer, Bücherzimmer, Klavierspielzimmer, Bilderzimmer, Ausruhzimmer, Mittagsschlafzimmer, Erinnerungszimmer, Schmerzzimmer, Krankenzimmer, Gesundungszimmer, Nichtstuzimmer, Zweifensterzimmer, Hinausguckzimmer, Besucherzimmer! Das Arbeitszimmer, mein Wohlfühlzimmer, mein Zuhausezimmer, mein Heimatzimmer, mein Heimwehzimmer, mein Heimwegzimmer … mein Schiff, meine Bucht, meine Mole, mein Hafen, mein Steg, mein Pfad, meine Zuflucht, meine Sicherheit, meine Insel, meine Abgeschiedenheit, mein Weltvergessen. – Ich weiß nicht, wie ich das erklären soll. Um mich herum, im äußeren, sichtbaren Leben, soll alles so bleiben, wie es ist. Zum Beispiel das Frühstück! Die Anhäufung von Automatismen, jedes Frühstück gleicht dem anderen, ist vollkommen deckungsgleich. Jeden Tag, jede Woche, jeden Monat, alle Tage, alle sieben Tage in der Woche immer das Gleiche. Gegen neun Uhr anziehen, Unterwäsche, Hemd, Hose, ohne Strümpfe schon mal Brötchen auf den Toaster, Wasser in den Kochtopf. Nun Kniestrümpfe überstreifen, dicke baumwollene, das Erdgeschoss ist fußkalt. Die Tageszeitung aus dem Briefkasten holen. Jeden Donnerstag *Die Zeit*, Freude und Erwartung. Zeitung auf den Stuhl legen, neben den angestammten Platz seitlich vom Fenster. Der Toaster meldet sich, Brötchen drehen. Das Wasser kocht. Doppelkammerteebeutel 2,8 Gramm in Keramikkanne, bauchig blau, Inhalt für viereinhalb Tassen. Tischdecke auf runden Tisch im Wohnzimmer. Butter, Zitrone, Marmelade aus dem Kühlschrank. Sechseckige Hundertgrammgläser, vielfältige Auswahl: Gartenerdbeere, -himbeere, Rosenmarille (Aprikose), Waldbeeren, Feine Weichsel (Sauerkirsche), Brombeeren, Wildheidelbeere. Zwei Gläser auf den Frühstückstisch, dazu Butter, das Porzellangedeck mit dem Oliven- oder Lavendelmuster, Teekanne mit heißem schwarzen Friesentee, Krümelkandis zum Süßen, Zitrone, warmes Ciabattabrötchen. Das Hin- und Herlaufen zwischen Küche und Wohnzimmer, viele Male, eine Art Morgensport! Brötchen teilen, vier gleichgroße Hälften, Radio im Hintergrund. Licht an und setzen und essen und trinken und Zeitungsschau … Essen, Trinken und Zeitung, bizarrer Aufwand für ein Frühstück ohne Brot, Wurst, Käse, Kaffee, Ei, Saft, Obst usw., aber wichtig, die Wichtigkeit der Rituale, nur so Einstimmung auf das Folgende, auf die Arbeit, auf das Schreiben, auf die Recherchen, auf das Abtauchen in die Erinnerungswelt. Jeden Tag so eingestimmt auf die Wortarbeit, auf das große Vorhaben, auf mein Opus magnum, wie das Karl Ove Knausgård gemacht hat mit *Mein Kampf!* Welch gefährlicher Titel für uns Deutsche. Für uns Deutsche ein unmöglicher Titel. Aber der hat es geschafft, hat es geschafft! Warum nicht ich? Warum sollte ich das nicht schaffen? Der hat sich überwunden, ich überwinde mich! Abschotten vom äußeren Leben, Abschottung und Stille und Konzentration und Ganz-bei-sich-sein wie in der Kapsel einer Rakete, in der Kapsel einer Raumstation, federleicht, schwerelos, traumverloren, mein Denken wach, ganz wach! Mein Denken unabhängig und frei, schon saust und braust es in meinem Kopf, flink und aufmerksam und ideenreich und zielorientiert schnurrt die Denkfabrik. – Die Fülle der Bilder! Die Vielfalt der Bilder! Sie leben, leben! Die lebendigen Bilder eines Films laufen, surren, der Film meiner Erinnerungen, meiner Geschichten surrt, von Menschen, Biografien, Ereignissen, Landschaften, Lebensorten. Der Film meiner Lebensorte läuft und läuft und läuft und ich kann, will ihn nicht aufhalten, will ihn nicht aufhalten: Hainsberg, Freital, Niederhäßlich, Poisental, Somsdorf, Rabenau, Börnchen,

Schweinsdorf, Windberg, Lerchenberg, Hainichen, Moritzburg, Dresden, Pillnitz, Borsberg, Meißen, Pirna, Zittau, Oybin, Berzdorf, Johnsdorf, Waltersdorf, Hochwald, Lausche, Großschöna, Göhren, Rügen, Binz, Babe, Stubbenkammer, Mönchsgut, Kreidefelsen, Sassnitz, Hermsdorf, Rehefeld, Kipsdorf, Altenberg, Geising, Oberbärendorf, Hirschsprung, Walsmühle, Hinterhermsdorf, Schleusen, Schrammsteine, Großer Winterberg, Schmilka, Prebischtor, Kuhstall, Kirnitzschtal, Bad Schandau, Bastei, Gernrode, Thale, Rosstrappe, Alexisbad, Bad Suderode, Auerbach, Plauen, Treuen, Falkenstein, Neudorf, Pöhl, Jena, Stadtroda, Bad Klosterlausnitz, Heidelberg, Neckarsulm, Königstuhl, Mannheim, Prag, Wien, Westberlin, Plau am See, Waren/Müritz, Usedom, Trassenheide, Zinnowitz, Žilina, Ostrava, Altvater, Wiesenberg, Königsgrätz, Schönberg, Jeschken, Zwickau, Bad Elster, Adorf, Bad Brambach, Budapest, Leipzig, Rostock, Bad Kleinen, Schwerin, Bad Doberan, Tharandt, Dresden, Berlin, Zeitz, Leningrad, Ljubljana, Lausanne, Wittstock, Kieve, Röbel, Wredenhagen, Vogelsdorf, Strausberg, Petershagen, Hoppegarten, Karlshorst, Nordsee, Langen, Bremerhaven, Cuxhaven, Bremervörde, Oldenburg, Jever, Stade, Bederkesa, Bad Bederkesa, Worpswede, Canow, Rheinsberg, Wesenberg, Neustrelitz, Neuruppin, Aumühle, Hamburg, Nartum, Mölln, Behlendorf, Lübeck, Olsen, Hanstedt, Jesteburg, Wilseder Berge, Husum, Schleswig, Schwetzingen, München, Bad Feilnbach, Wendelstein, Stuttgart, Gammertingen, Ehningen, Salzburg, Mattsee, Obertrun, Henndorf, Buckow, Neuhardenberg (früher Marxwalde), Eutin, Malente, Kieler Förde, Lugano, Melide, Rovio, Carona, Morcote, Chemnitz, Essen, Dortmund, Menz, Rerik, Kühlungsborn, Neubuckow, Menz, Neuglobsow, Gransee, Schulzenhof, Dollgow, Feldberg, Carwitz, Zernikow, Bansin, Heringsdorf, Ückeritz, Benz, Altglobsow, Menz, Rheinsberg, Zechliner Hütte, Canow, Menz, Menz ... Pferderennen Berlin-Hoppegarten, Berlin-Karlshorst, Berlin-Mariendorf, Dresden-Seidnitz, Leipzig-Scheibenholz, Gotha-Boxberg, Halle-Passendorfer Wiesen, Hannover-Langenhagen, Bad Harzburg, Hamburg-Horn, Bremen-Vahr, Hoksiel-Jaderennbahn, Dunen-Wattrennen, München-Riem ... Menschen, Menschen, Freunde, Weggefährten, Musiker, Instrumentalisten, Streicher, Bläser, Harfenisten, Organisten, Orchester, Chöre, Schlagzeuger, Sänger, Schauspieler, Intendanten, Regisseure, Regieassistenten, Bühnenbildner, Ausstatter, Maskenbildner, Dirigenten, Pianisten, Repetitoren, Dramaturgen, Kantinenwirte, Theaterpförtner, Bühnenarbeiter, Tonmeister, Buchhändler, Komponistenkollegen, Maler, Grafiker, Schriftsteller, Pfarrer, Zahnärzte, Hautärzte, Friedhofsgärtner, Verkäufer für Backwaren, Fleisch, Autos, Dekowaren, Kunst, Zeitungen, Kleidung. Immer auch selbstbewusste Frauen, charismatische Frauen, uns Männern, mir ebenbürtig, überlegen. Ehrgeizige Frauen, starrköpfige Frauen, intelligente Frauen, Persönlichkeiten und Furien und Heroinen, exzentrische und liebenswürdige und verführerische, liebende und hassende. Hass und Liebe und alles dazwischen … Frauen und Männer und Kinder und Alte und Junge. Meine Gedichte von Menschen, Personen, Künstlern … Ehrerbietungen, Verbeugungen vor dem Schöpfertum, Gedichte zu Ungaretti, Ionesco, Verdi, Simenon, Haydn, Buzzati, Gryphius, Vogeler, Modersohn, Pessoa, Brahms, Fallada. Carlo Levi, Wolfgang Büscher, Lagerlöf, Blixen, Moravia, Poe, Eichendorff, Huch, Mahler, Arno Mohr, Mayröcker, Benn, Stramm, Liebermann, Theo Adam, Hamsun, Wolfgang Rihm, Strauss, Gernhardt, Purrmann, Fontane, Rilke, Ringelnatz. Gedichte – Lebenden gewidmet, heute Nekrologe: Fries. Malerfreund Gottfried. Grass. Kempowski. Die Urlaubsfamilie in Bad Bederkesa. Meine Eltern. Nikolaus Harnoncourt, Dirigent. Irmgard Lange, Regisseurin. Heinz Müller, Maler. Helmut Sakowski, Schriftsteller. Martha Kohnert in Großdeuben, Schwiegermama. – Mein Leben mit diesen Bildern im Kopf, so soll es bleiben, mit dieser Fülle an Erinnerungsmaterial. Das äußere Leben, das Stillstandleben als Voraussetzung für das innere, kreative Leben, ja beide Leben bedingen einander. Der Geiz, der Egoismus des Schaffenden, mit einundsiebzig sollte man ehrlich zu sich sein. Die Zeit läuft und läuft! Läuft ab! Man muss tun, was man tun muss. – In diesem Jahr … drei Mal Menz. April, Juni, September. Allein! Die vollkommene Abgeschiedenheit vom äußeren Leben. Nur ich, ich, ich! Freitag, zweiundzwanzigster April, neun Uhr siebzehn. Meine Frau sagt am Frühstückstisch: Willst du nicht mal wieder wegfahren? Sie sagt das mit ehrlicher Überzeugung, nicht aus Überdruss wegen meiner permanenten Anwesenheit. Sie weiß genau, was mir guttut. Wir können beide gut allein sein. Klammern wäre das Ende unserer Ehe gewesen. Die Toleranz gegenüber der Freiheit des anderen. Klingt pathetisch. – Mein Bekannter, musikalischer Weggefährte aus Berlin, sagte vor Kurzem am Telefon: Dass Sie immer allein wegfahren, das kann ich mir für uns nicht vorstellen, wir machen alles gemeinsam … Pause, Räuspern, dann der Nachsatz: Aber … jedoch … wenn man im Alter nicht so aufeinander fixiert ist, ein Vorteil für das Ende, den Tod, also ein Vorteil für den, der bleibt … Er atmete tief, räusperte sich und legte schnell auf. Irritation, Verwirrung. S. aus Berlin war noch nie so persönlich geworden, und ich dachte, dass er womöglich falsch liege und eigentlich das Eine das Andere keineswegs bedinge, voraussetze, dass es auch andersherum geht: Das Ehepaar, das immer alles gemeinsam unternommen hat, warum sollte der/die jeweils Übriggebliebene nicht aufatmen, erleichtert sein, dass er/sie endlich befreit ist, dass vielleicht ein neues, unverhofftes „Alleinsein-Glück" nochmal eine intensive Lebensperspektive eröffnet? Und anders herum, das Ehepaar, das so nebeneinanderher gelebt hat, warum sollte nach dem Tod des Partners/der Partnerin beim „Überlebenden" nicht die Reue kommen? Warum sollten nicht Selbstvorwürfe und Selbstzweifel das Alleinsein vergiften wegen der verpassten, nicht gelebten Zweisamkeit? Und ich dachte weiter: Wie jeder Mensch ein Individuum ist, wie jeder Mensch einmalig ist, so wird jeder auch den Tod des Partners, der Partnerin anders erleben. Es gibt keine Regel, jeder trauert anders, es gibt kein Rezept, es gibt keine gültige Therapie. Selbst die Religion versagt, zumindest bei mir, ich bin Agnostiker, bin Realist, bin Atheist, bin ein religiöser Atheist, gläubiger Atheist, der zornig an sich glaubt. Ich – glaube – ausschließlich – an – mich … Ich bin ganz durcheinander, stehe vollständig neben mir, das Gespräch hat mich in eine Art Todesängstlichkeit versetzt, die Angst vor dem Nichts, dem Weltall, dem Universum, der Unendlichkeit … Das passiert mir jetzt oft: Herzklopfen, Schnappatem, Nierenfiepen, trockener Mund! Plötzlich sind alle Ängste der Welt in mir eingelagert und versiegelt wie in einer Flaschenpost. Gefangen in einer Flasche … schrecklich, meine Klaustrophobie, enge Räume, Menschenmassen, Aufzüge, überfüllte Busse, Straßenbahnen … Ich trinke Wodka, Wodka hilft immer aus misslichen Angstzuständen. Die Russen wissen schon, was guttut, was nützt! Diese elenden Angstpsychosen! Ein Glas, noch ein Glas, ohne Wasser, um Gotts Willen ohne Verdünnung! Und noch ein Glas und ein weiteres … und man kommt zu der egoistischen Einsicht, dass man besser zuerst gehen sollte, also über den Jordan … über den sollte man zuerst gehen! … Zuerst gehen über den Fluss! Erster sein! Damit ist man alle Probleme los. Sich als Erster auf den Weg machen, das ist die Lösung, die einzige Lösung. – Oder nach Menz, nach Menz, auch das ist eine Lösung. Eine kurzfristige, eine elegante Lösung … Auf nach Brandenburg! Autobahn, dreihundert Kilometer, ohne Pause, ohne Stau. Niemand hält dich auf. Wie heißt es so schön: Der Weg ist das Ziel. Der Weg ist … Unsinn, Schwachsinn! Ankommen will man, ankommen willst du, du willst nur ankommen! Drei Stunden den Fuß auf dem Gas! Du rast nicht, das machst du nicht, du schwörst, du hältst dich an die Geschwindigkeitsbegrenzungen. Trotzdem, du fährst gern schnell, die Geschwindigkeit macht dich euphorisch, du singst im Auto, Tosca, Carmen … Zum Schluss der Fahrt vierzig Kilometer Fernstraße, viel Verkehr, Lastwagen, Überholverbot, immer achtzig, da bist du genervt, gestresst, du singst etwas Eigenes, Ringelnatz: *Du segelst allein. Es soll niemand dabei sein. / Doch tausende Fischlein begleiten dein Boot ein Stück / Des Wegs. Aber du willst ganz frei sein, / Schaust weder nach rechts noch nach links noch zurück. // Nur fort! Nur weiter! Du willst das Vergangene / Vergessen. Fort! Du glaubst an den rechten / Gradaus fliehenden Weg ins Glück …* Du fährst auf den Parkplatz, es knirscht, du bist angekommen. Menz, Künstlerhof Roofensee. Parken. Aussteigen. Taschen schultern. Hoch ins Dachgeschoss. Der Schlüssel steckt. Weißes Elysium, luftig, großzügig, Sonne, Himmel. Dächer, Landschaft, Bäume, Wald. Sachen auspacken, ordnen, aufräumen. Befreiung. Kein Denken mehr. Ohne Alltag, Verpflichtungen, Getöse, Rüpeleien, Zwänge, Getriebensein, Rastlosigkeit, Schmerznervosität. Nur noch müde, müde. Erschöpfung, Schlaf. Du schläfst wie tot bis weit in den Abend hinein. – Am nächsten Tag beginnst du mit den Gedichten, schreibst Gedichte mit dem Titel „Menzer Elegien". Der Titel war sofort da … wie Brechts Buckower Elegien. Eigentlich ein Etikettenschwindel! Elegien, niemals! Anti-Elegien. Verse zur Lage in den Lüften … Du füllst ein Quartheft, handschriftlich. Du hast den Computer zu Hause gelassen. Du notierst alles, was dir in den Sinn kommt. Aus

Menz zurück, beginnst du mit der eigentlichen Arbeit: entziffern, verändern, streichen, hinzufügen, korrigieren, die Form, die Schrift, die Abfolge, das richtige Outfit! Dazu fünf Grafiken von Ralf Hentrich, fünf Grafiken aus seinen Ruppin-Prignitzer Miniaturen. Kaltnadelradierungen. Dorfkirche mit Getreidefeld und Strommast. Wiese mit Zaun und skurrilen Tieren. Schwarzes Feld mit schwarzen Bäumen ohne Himmel. Eckhaus mit Weg, Spuren, Telefonmasten, grauer Horizont. Feld ohne Horizont mit unregelmäßigen Querstreifen, Erntemaschinen? – In die Kopieranstalt! DIN-A5-Hefte entstehen unter den flinken Fingern einer hilfsbereiten jungen Dame, je vierzig Seiten. Klammerheftung. Zuerst fünfzig Exemplare, später dreißig dazu, dann weitere zwanzig. Schönes Cover, Farbe ocker marmoriert. Hundert Hefte im „Eigenverlag". Alle verschenkst du, fünfzig als Weihnachtsgabe. Es gibt kaum Rückmeldungen. Ein paar Weihnachtskarten trudeln ein, lauer Dank. Bist du den Leuten peinlich? Ein alter Kerl, der Gedichte schreibt und verschenkt, das scheint den Beschenkten nicht geheuer. Das ist Nötigung! Nötigung hörst du sie alle schreien! – Einer bedankt sich, Manuel B. aus München, telefonisch, ein entfernter Verwandter deiner Frau. Vergiftetes Lob. Du weißt genau, was er über dich denkt, was er von dir hält. Du schweigst, lässt ihn reden. Jedes Wort von dir wäre eines zu viel. Seine eitlen Wortkaskaden. Du legst auf: Dieser Mistkerl, dieser scheinheilige Mistkerl. Deine Kompositionen lobt er, weil er davon nichts versteht. Dein Schreiben, deine Bilder verachtet er, weil er denkt, er verstehe etwas davon! – Ach Schiet, du musst diesen Kerl vergessen! Musst vergessen und weißt genau, dass du es nicht kannst. Du bist empfindlich geworden.

MENZER ELEGIEN
Gedichte

PROLOG
Menz – Stechlin
Rheinsberg 11 km Fürstenberg 14 km Gransee 13 km
Deutsche Tonstraße

Dorf Ortschaft Flecken Gemeinde Siedlung Ferienort
Feldsteinkirche 1585
Historische Hofanlagen
Dorfanger – Jahrhunderte alte Linden
Geduckte Häuser – Vorgärten Nelken Dahlien Gladiolen
Schwalben Wolken aus Westen
Feldeinsamkeit Waldrand aus Windflüchtern
Alte Menschen in Haustüren Langsamkeit
See versteckt zwischen Wald
Sirene Freiwillige Feuerwehr
Natur-Park-Haus Stechlin
Überland-Stromleitung
Geschlossen Speisegaststätte Wegner
Gute deutsche Küche Berliner Pils
Künstlerhof Roofensee Vierseithof
Herberge – Arbeitsort
Tradition – Moderne
Gaststätte Ausstellungen
Lesungen Festlichkeiten
Außenterrasse mit Himmelskuppel
Süden Goethe Italien Feng Shui
Im Einklang leben und wohnen
Matthias Claudius „Wandsbeker Liedchen":
Weihet euch nicht Gram und Leide
Über die Gebühr!
Unterm Mond ist viel Freude,
und die meiste hier.
PS: Maler, Musiker, Poet, sie erfinden die Wahrheit, täuschen.
Das ist gelogen, rufen der Mann, die Frau von der Straße.
Sie bedenken nicht, dass jede Täuschung wahrhaftiger ist,
als alle Realität.

AUFBRUCH

Das Auto ist beladen.
Fahrrad, Laptop, Sachen, Regenschirm.
Ja, ich weiß,
Man kann seinen Problemen nicht entrinnen,
Wohin auch die Reise geht,
Man nimmt sie mit.
Seume, Spaziergang nach Syrakus.

WUNSCHBILD

Vogelsdorf,
Östlicher Berliner Ring,

Wiedersehen mit der
„Tankstellenfreundin".
Sie bemerkt mich,
Erkennt mich,
Lächelt, fragt:
Bockwurst, Früchtetee,
Wie immer?
Bitte, ja.

Sie ist wenig schön,
Wenig jung,
Wenig schlank,
Wenig groß,
Wenig besonders.
Aber die Augen –
Die Augen,
Die Augen.

BÜCHER
Hoch unters Dach.
Elf Kilo Papier,
Dreitausendachtzig
Und etwas mehr Seiten.

Christian Lorenz Müller *Wilde Jagd*
Kathrin Schmidt *Du stirbst nicht*
Matthias Politycki *In 180 Tagen um die Welt*
Didier Eribon *Rückkehr nach Reims*
Volker Weidermann *Träumer*
Magnus Florin *Der Garten*
Redmond O'Hanlon *Ins Innere von Borneo*
Kazuo Ishiguro *Was vom Tage übrigblieb*
Ralph Dohrmann *Eine Art Paradies*
Léon Werth *Als die Zeit stillstand*

Ich bin mir sicher, ich werde kein einziges
          der mitgebrachten Bücher lesen.
Doch ohne sie wäre ich unglücklich.
Ich kaufe immer wieder Bücher, die ich niemals lesen werde.

SCHLAFPROBLEM
Die Straßenbeleuchtung erhellt meine Mönchszelle.
Ich klemme das schwarze Hemd in den Fensterrahmen.
Bedrückung.

Ich öffne die Tür zum Zimmer.
Das Summen des Kühlschranks, dieser pieksende Dauerton.
Delirium.

Ich bastle aus Weidenstöckchen ein Kreuz.
Hänge es über dem Kopfende des Bettes an die Wand.

So du an Gott glaubst wird dir geholfen.
Ich mach die ganze Nacht kein Auge zu.

MORGENS (nach Brecht)

Am Morgen,
Frau und Tochter und Hund
über die Weide durchs Feld dem
Horizont zu.

Fehlten sie,
Frau, Tochter und Hund
wie trostlos
dann wären der Morgen,
Weide und Feld.

ICH BIN MONET

Ich bin Monet
Ich sehe verschwommen unscharf konturlos
Impressionistisch

Ich bin Monet
Ich höre verschwommen unscharf konturlos
Impressionistisch

Ich bin Claude Monet – 1840 bis 1926
Ich zähle,
fünfzehn Jahre hätte ich noch,
hätte ich …
Ich – Claude Monet

BEI H. IN ALTGLOBSOW

Böhmen am Meer,
Altglobsow im Gebirge.
Straße ins Tal, Kurven,
Leitplanken, viel Natur.
Ein paar sehr alte Häuser,
Ein paar mittelalte Häuser,
Ein paar DDR-Häuser,
Ein paar neue Häuser, niedrige Häuser,
Von Wald umzingelt,
Man schaut aus den Fenstern nicht nur heraus,
Auch hinein.
Gärten, Höfe mit Nutztieren, Nutzpflanzen,
Die Einheimischen sind Selbstversorger,
Es gibt keinen Konsum.
Das Haus von H. wie fast alle hier,
Unscheinbar, grauer Putz. Dahinter versteckt,
Langgestreckte Künstlerklause mit
Eisernen Werkzeugen zum Drucken.
Kaltnadelradierungen, Minibilder, Miniformate.
Ruppin, Priegnitz, Stechlin.
Theater-, Bühnenräume,
Hang zur Abstraktion,
Kleine Bilder – große Kunst.
H. Typ Hermann Hesse, Nickelbrille,
Gleicher stechender Blick.
Er bietet mir Kaffee an,
Aufgebrüht,
Holt vom Herd heißes Wasser.
Ich bin aus der Zeit gefallen.

DIE GÄNSE

Die Chefin des Hauses Frau D.
warnte vor der Aggressivität
der Gänse.
Selbst sie als Bezugsperson
könne vor den Angriffen des Federviehs
nicht sicher sein.

Ich sagte:
Von wegen dumme Gänse!
Die ahnen,
wozu sie hier sind,
wozu Sie sie haben –
zum Braten.

AM STECHLIN

Die Äste der alten Laubbäume krümmen sich
in den See.
Wildgänse in Formation landen geräuschvoll
flach im Schilf.
Kinder toben an der Badestelle.
das Wasser ist noch warm vom Sommer.
Gegenüber verschwommen
der Betonschornstein des Kernkraftwerkes,
der in den Himmel sticht –
oder täusche ich mich?

Es grollt und brodelt, eine
Wasserfontäne schießt hoch,
auf ihr der Hahn, rot,
er kräht und kräht und kräht …
Auch Täuschung, Einbildung,
mit mir stimmt etwas nicht!

Ich laufe zur Fontane-Gaststätte,
setze mich unter die Fontane-Eiche,
finde meinen kleinen Frieden
bei Fontanes Lieblingsspeise:
Schmorbraten mit Pflaumen und Speck.

STREUOBSTWIESE
Cox Orangenrenette
Roter Jungfernapfel
Charlamowsky
Landsberger Renette

Großherzog Friedrich von Baden
Roter Eiserapfel
Goldparmäne
Schöner von Boskoop

Danziger Kantapfel
Harberts Renette
Dülmener Rosenapfel
Goldrenette von Blenheim

Boscs Flaschenbirne
Ruhm aus Kirchwerder
Gelber Bellefleur
Spätblühender Tafelapfel
London Pepping
Hasenkopf/Klarapfel
Nathusius Taubenapfel
Sommerparmäne

Gelber Richard
Baumanns Renette

Virginischer Rosenapfel
Geflammter Kardinal

BEDROHUNG
Eingedenk latenter Terrorgefahr
bleibe ich im Haus,
schließe die Tür zur Treppe ab,
zur Veranda, lasse
die Schlüssel stecken,
verriegle die Fenster,
verhalte mich still unaufgeregt
aufgeregt.

Ich weiß, man kann aus dem
Bett fallen und tot sein.
Aber aus dem Bett fallen
und tot sein
wäre mir tausend Mal
lieber, als erstochen,
abgeballert oder in die
Luft gesprengt zu werden.

Den ganzen Tag lese ich
Silvia Bovenschen „Nur Mut".
Das Buch endet mit:
Nun mach mal einen Punkt.
Nacht ist's inzwischen.
Ich reiße Türen und Fenster auf,
lasse sie offenstehen
und gehe zu Bett.
Ich schlafe ganz ausgezeichnet.

DER BLÖDE
Paris London Ankara Nizza Mossul Kabul
Istanbul München Aleppo Bagdad Brüssel Berlin

In Z. rennt einer von nachmittags bis abends
schreiend durchs Dorf.
Er rennt und schreit und rennt und schreit, schreit:
Ich bring ihn um, ich bring ihn um!
Ich frage, wen er umbringen wolle.
Er beginnt zu weinen:
Ich weiß es nicht! Ich weiß es nicht!
Und er schreit und schreit und läuft
und läuft weiter, bis er abends
niederbricht
und erschöpft einschläft
und am nächsten Tag das Drama
von vorn beginnt,
nachmittags in Z. gegen halb vier.

TÜRKEI (nach Yavuz Baydar)
Die Sängerin Sila hat sich
geweigert, an einer Parteikundgebung
in Istanbul teilzunehmen.
Sie bezeichnete die Veranstaltung
als reine Show.

Wegen dieser Äußerung wurde sie zum
Staatsfeind erklärt
ihre Konzerte wurden verboten.
Besorgte Bürger zeigten sie an.

Merkt euch
diesen Vorfall,

er bedeutet
nichts Gutes
für die Türkei.

KINDERREIM

O Erdogan, o Erdogan,
Ach was hast du uns angetan!
Du willst in deinem Rachewahn,
Dass alle dir sind untertan,
Sonst schnappst du zu, ganz inhuman.
O weh, ich kann dich nit verstan,
O Erdogan! O Erdogan!

WUNDER

Der See ist klar,
glasklar,
klarer geht es nicht,
durchsichtig.

Der Wolfgangsee
im Brandenburgischen.

Auf dem Grund die
Blaue Grotte von Capri
und Andersens kleine
Meerjungfrau.

IM IMBISSZELT

Der Wirt kommt hereingehumpelt,
lässt sich auf den Stuhl fallen,
wechselt das Holzbein aus.

Am Stammtisch drei rote Köpfe,
mit Bier aus Flaschen.
Zerknitterte, zerfurchte Gesichter.

Die Wirtin ruft:
Für den Herrn –
Bratwurst! Tee!

Sie geht zu den Männern,
und verteilt Gummibärchen,
schenkt Klaren nach.

Die Katze schwänzelt um meine Beine,
buckelt, bettelt, miaut.
Ich gebe ihr Pommes.

Die Kirche läutet sechs Uhr.
Ächzen. Stöhnen, Aufbruch zum Fernsehabend.
Gerhard, Rudi, bis morgen, bis morgen.

He Heinz! He …! Heinz …!
Heinz macht seins, macht seins –
das war schon immer so.

STILLLEBEN NACH ALTEM MEISTER
Gegenstände auf Glasplatte in weißem Zimmer

Eine Wollkappe beige einmal gefaltet
länglich weich schlafendes Tier
Müßiggang
Ein Zündschlüssel schwarz mit Chrom
die offene Schlüsseltasche Vagina Egon Schiele
Wollust

Ein Portemonnaie quadratisch tief dunkelblau
schwärzlich abgegriffen glänzend körperwarm
Besitz
Eine Armbanduhr Junkers blinkender Stahl
Lederarmband schwarz Kälte Flug über Alaska
Endzeit

Gegenstände auf Glasplatte
die zu leben beginnen
der Erdanziehung enthoben
durchs Zimmer schweben
sich umschlingen umkreisen
wie Planeten
schwingen weben
schweben

MANGEL
Auf den Radwegen
holpert es –
Furchen,
Wellen,
Schwellen.

Die Erbauer haben
die Widerstandsfähigkeit
der Bäume
unterschätzt.

Deren Wurzeln
brechen
den Asphalt
auf.

SELBSTGESPRÄCH EINES AUF DER WEIDE LIEGENDEN MÄNNLICHEN SCHAFES GEGENÜBER DER TERRASSE DES KÜNSTLERHOFES

Ich bin so satt
Und mag kein Blatt
Mäh mäh

Ich bin so müd
Und rühr kein Glied
Schnauf schnauf

Ich bin so froh
Ihr seid so lieb
Ich bin so faul
Ich bin so satt
Und mag kein Blatt
Mäh mäh

Die Pilze fein
Das Bier so rein
Gab'n mir den Rest
Ich bin so satt
Mir ist so schlecht
Schnief schnief

In Dänemark
Ein Tief sich mies
Zusammenbraut
Im Staat auch hier
Ist etwas faul
Ein totes Tier
Das fault und fault
Mäh mäh

Mir ist so kalt
In diesem Wald
Mich niemand bringt
Auch keine Sau
Die Sonne sinkt
Ich rühr mich heut
Nicht mehr vom Fleck
Mir ist so mau
Schnauf schnauf
Määäh!

HERR MACH ÜBT BACH

Der Kantor Herr Mach übt Bach.
Choralvorspiel „Jesu meine Freude".
Am Nachmittag soll ein Paar vermählt werden.
Die Kirche steht offen.
Junge Leute schmücken sie mit Blumen, Girlanden.
Orgelklang, der hinaus weht ins Land.

Jetzt hat sich der Herr Kantor verspielt.
Bachscher Notensalat, Kakophonie.
Er beginnt von vorn, Bach ist Herausforderung.
„Jesu meine Freude, meines Herzens Weide, Jesu meine Zier."
Beeilung, Beeilung, halb vier
Wird das Paar vermählt –
Kühe muhen gequält,
Sie warten aufs Melken.

SIEBTER SEPTEMBER

Gelber Sonnentag
Luftige Wärme
Radfahren

Taumel
Mittagsschlaf
Ich bin so zufrieden mit mir.

Hole vom Bauern Kartoffeln
Morgen geht's heim
Pein
Am liebsten bliebe ich hier
Schiet
Ich kann mich nicht leiden.

GAST
Geh in dein Haus. Geh!
Öffne die Tür.
Vergiss nicht zu schließen.
Im Flur eine Motte.
Der Läufer dämpft deine Schritte,
aber du trittst auf selbstbewusst.
Du bist kein Einbrecher,
du bist hier zu Haus,
setz dich, ruh aus.
Stell das Radio an.
Eine Wespe gegen das Oberlicht,
Trommelschlag.
Eine Mücke leis.
Mach dich klein,
kriech in dich hinein,
leg die Beine hoch,
der Ischiasschmerz
ein winziger Punkt.
Vergiss, vergiss,
dir wird leicht, leicht und des
Löwenzahns Flaum

im Raum wirbelt
hoch in die Luft
und du fliegst und fliegst,
fliegst federleicht
in die Wolken hinein
und der Maikäfer fliegt
und weit weg ist der Krieg
und das Radio spielt
und die Wespe dumpf
und die Mücke summt
und des Löwenzahns Flaum
hoch in die Luft
und du fliegst und fliegst
und weit ist der Krieg,
du fliegst federleicht,
was für ein Traum,
mit den Wolken dahin
und das Märchen ist aus
und du bist nur Gast
in deinem Haus.
Das Märchen ist aus
und du warst nur Gast,
du bist nur Gast
nur kurze Rast
im eigenen Haus.

BESCHLUSS
(nach Erwin Strittmatter, TB 4. September 1993)
Viel zu kühl und viel zu herbstlich schon. Die Pirole davon.
Die Schwalben auch, aber sie kommen noch einmal wieder.
Jedes Jahr veranstalten sie eine große Zusammenkunft an der Müritz.
Sie beraten dort den endgültigen Abflug nach Afrika.
Dann fliegen sie für einige Tage zurück und sitzen wie dicke Tropfen

auf den Telefon- und Elektrodrähten und sprechen die Anweisungen,
die sie in der großen Zusammenkunft erhielten, nochmals in kleinen
Gruppen durch. Und das tun sie in Schulzenhof,
alle Schwalben, auch die aus Dollgow,
vielleicht auch die aus Menz. Es sind Tausende.

Du willst es noch einmal wissen. Ja doch, ja, kompositorisch! Kompositorisch willst du es unbedingt noch einmal wissen. Keine Ausflüchte, keine Rückzieher mehr, anpacken, die Kräfte bündeln! Du hast es noch drauf! Du – hast – es – doch – drauf! Es wäre doch gelacht, wenn … wenn … Du hast so viele Projekte in deinem Kopf gespeichert, die unterschiedlichsten Kompositionsvorhaben sind abrufbar, du kannst sie dir ohne Mühe vergegenwärtigen. Allein drei Opern nach eigenen Libretti zählen dazu. *Hamsun* – Eine Monologoper / *Der Selbstmörder* – Eine russische satirische Komödie / *Die Festung* nach Buzzatis „Tatarenwüste", und es geht so weiter, es geht immer so weiter: Solomusik für Violine: *Wörlitz – Eine Annäherung für Violine solo* mit den Sätzen *Imagination – Englische Mentalität – Geistesblitze – Widerstand und Erneuerung – Freiheitsfähig – Die arkadische Vision.* Zwei Streichquartette: 1. *Trauermusik in einem Satz.* 2. Streichquartett in vier Sätzen (Hommage an Joseph H.). Drei Sätze für großes Orchester: *Konstruktiv – Expressiv – Lyrisch.* (Kurze Stücke – immenser Aufwand. Du bist stur. Du wirst kein Bisschen von deinem Konzept abweichen.) *Der alte Mann und das Meer* – Fantasie für großes Orchester nach Hemingway. Sinfonie in sechs Sätzen nach Karl Ove Knausgård (Sterben – Lieben – Spielen – Leben – Träumen – Kämpfen). Cernuda-Lieder für Kammerensemble und Mezzosopran (Die Titel: *Mitten in der Menge – Hingestreckt lag ich – Ich erwartete etwas – Für manche ist Leben – Da war auf dem Grund des Meeres*). *Fellini Faces* für Streichtrio, Trompete, Altposaune, Bassgitarre, Akkordeon und Schlagzeug. *O Sirius – O Mandelbaum:* Balladen und Chansons nach Ricarda Huch und Friederike Mayröcker für eine Singstimme (Alt) und Klavier: *I Friede (Huch)/Im Walde von Katyn (Mayröcker) – II Halt ein, maßloser Frühling/Mitten im Frühling – III Die gelben Bäume rauschen/Durch die Gitterstäbe meines Herzens – IV Der fliegende Tod/Ostia wird dich empfangen – V Still vom Frühlingsabendhimmel/Todes- und Liebeslied – VI Sturmlied/Was brauchst du – VII Tief in den Himmel verklingt/Winterromanze – VIII November/Hörst du noch irgendwas – IX Das Heldenmal/Zugeschüttetes Gesicht – X An Rudolf/Mit dem Speer werfen – XI Vorfrühling/Durch viele Masken.* Der Sonnengesang des Heiligen Franz von Assisi für fünfstimmigen gemischten Chor und Blechbläserensemble.

BRIEFE – Kammermusik für Sopran, Violine und Klavier nach Briefen von Joseph Haydn. – Ja, ja! Du willst es noch einmal wissen. Die Ideen gehen dir nicht aus, Arbeit für zehn, fünfzehn Jahre hast du gesammelt, gehortet, gespeichert! – Was heißt hier gespeichert, die meisten Stücke sind fertig komponiert! Also nicht schwarz auf weiß als Partitur, in deinem Gehirn sind sie komponiert, in deinen Gehirnzellen sind sie fest verankert. Sie sind abrufbar! Dein Arsenal an fertiger Musik ist unerschöpflich. Und deswegen musst du einundsiebzig bleiben! Du bleibst immer einundsiebzig und überschwemmst den Musikmarkt mit deinen Kompositionen. Komposition auf Komposition erscheint. Du musst als Komponist notgedrungen wahrgenommen werden. Die dich seit Jahren schneiden, müssen von dir Notiz nehmen, deine Präsenz im Musikbetrieb wird alle und alles überstrahlen. Am besten wäre so ein Apparat, so eine Maschine, die die Gehirnströme – wie bei diesem schwer behinderten, vor Kurzem verstorbenen Wissenschaftler – in Worte, in Text, in Bilder umwandelt. Das müsste doch möglich sein, dieser geniale Wahnsinn müsste doch auch für das Komponieren möglich sein. Die Umwandlung deiner Musik, deiner Gehirnkompositionen in fertig gedruckte Partituren. Fünf Minuten Konzentration und eine Partiturseite flutscht fertig aus dieser Teufelsmaschine. Was du sonst nur in zwei, drei Tagen geschafft, in einer Woche mühsam erstellt hast, nach einem Vormittag in Klausur liegen zwanzig Seiten feinster Notenschrift vor dir! Du bist ein Titan! Du besitzt eine Musikfabrik mit nie stillstehendem Fließband für Noten, Werke, Sinfonien, Opern. Notenblatt auf Notenblatt wird produziert, sie stapeln sich, werden zu riesigen Partiturbüchern gebunden, ein unübersehbarer Partiturberg wächst und wächst! Wenn er dich nur nicht erschlägt! Achtung, Achtung, er erschlägt dich, er erschlägt dich! – Du wachst auf. Dein Geist ist außer Rand und Band: Ich glaube, ich hab' meine Frau im Schlaf mit dem Arm erwischt. Die Bettdecke liegt am Boden. Mein Kopf glüht. Ich stehe auf und nehme eine Schmerztablette, *Neuranidal.* Ich gehe ins Bad und setze mich auf die Klobrille. Ich atme tief, nehme Klosterfrau-Melissengeist: Komm zu dir, komm endlich zu dir, Alter! Mann o Mann! Beruhigung! Beruhigung! Atmen, atmen, tief atmen … Endlich, endlich … ich kann mich beruhigen, ich werde ruhiger. Diese Beruhigung ist fast überwältigend. Ein warmer Strahl des Melissengeistes schießt durch die Speiseröhre, breitet sich im Magen aus. Blühende Heide. Sonnenaufgang. Ich gehe zurück ins Bett. Schafe, überall Schafe. Sie umzingeln mich. Mir ist so behaglich. Ich falle, falle, beginne zu schlafen, schlafe … früh acht Uhr, ohne Traum, traumabwesend. – Halb zehn Uhr wache ich auf und bin sofort bei mir. Ich muss etwas tun wegen der Haydn-Briefe, muss der Sängerin P. schreiben, sie soll die Haydn-Briefe singen, uraufführen. Nur sie kann das, keine andere. Sie hat genau die Stimme, die ich mir für meine Komposition vorstelle: schmiegsam, intelligent, textverständlich, farbenreich. Ich kenne P. gut, sie mich nicht. Es muss ein langer, ausführlicher Brief werden, von Hand geschrieben. Er soll persönlich und, wie man heute sagt, authentisch wirken. Ich werde mich nicht verstellen, ich bin ein offener, höflicher Zeitgenosse. Ich kann mich in die Seele von Sängerinnen hineinversetzen, ich hatte fünfzig Jahre mit ihnen zu tun. – Kurz vor Mittag bin ich noch nicht weit gekommen. Fünf Versuche sind im Papierkorb gelandet. Zu Hause sagten wir dazu Schweinetreiberarbeit: viel Aufwand, wenig Gewinn. Der Brief wird zur Herausforderung. Man schreibt keine handschriftlichen Briefe mehr. Der Computer muss her. Ich tippe meine Gedanken, meine Mitteilungen, die Bitten und Erklärungen ein, nach und nach gelingt mir der richtige Text im richtigen Ton. Ich drucke den fertigen Brief aus und schreibe ihn schön brav per Hand ab. Aus zweieinhalb Seiten Computerschrift entstehen über sieben Seiten individuelle Krakelei. Ob P. das lesen kann, ob sie sich die Mühe macht? Vielleicht wäre es besser, den gedruckten Text dazuzulegen? Ich weiß nicht, weiß nichts! Dann die Idee: Nach Berlin geht der „Individual-Brief", nach Wien der „Geschäftsbrief". P. besitzt in Berlin und Wien eine Wohnung, sie ist international unterwegs. Sie singt nicht die bekannten Schlachtrösser, sie wählt bewusst aus, entgegen dem Trend. Die Lulu von Berg hat sie beispielhaft in München, Salzburg, New York und Paris gegeben. Sie singt viel unbekannte Oper mit großem Erfolg, Korngold, Donizetti, Schoeck, sie interpretiert überzeugend die Moderne, Kagel, Reimann, Schnebel, es gibt Abstecher zu populärer Musik, „Die lustige Witwe", zu Rock und Pop … P. besitzt auch ein Ferienhaus in Mecklenburg, in dem winzigen Flecken Pälitzhof in der Nähe von Wesenberg. Pälitzhof ist fünfzig Kilometer von meinem Feriendomizil Menz entfernt, ein Katzensprung für da oben, eigentlich gleich nebenan … P. liebt diese Landschaft, ganz bestimmt liebt sie diese Landschaft … wie ich auch. Wir könnten Seelenverwandte sein … P. und ich. Ich kenne den Ort – Bungalows, Ferienwohnungen, Urlaubsabgeschiedenheit. Helmut Sakowski zimmerte dort seine sozialistischen Fernsehspiele zusammen. – Ich fahre zu P. nach Pälitzhof, will ihr meine Komposition vorspielen. Menz, Rheinsberg, Zechliner Hütte, Canow. Vor Wustrow an der links abbiegenden Fernstraße scharf rechts ab und nun auf einem asphaltierten Weg in die Landschaft hinein, freies Feld, dann Wald, stark bergauf und in Serpentinen wieder bergab. Unten versteckt, links und rechts zwischen Kiefern Wochenendgrundstücke, Autos mit Berliner Nummern, wie früher, als sich die Genossen hier in der Abgeschiedenheit vom Regierungsstress erholten. Am Ufer des Sees geht es nicht weiter, es gibt kein Weiter, nur ein Zurück … Auf dem Rad hatte ich vorzeiten das Sackgassenschild ignoriert, fünf Kilometer hin, fünf Kilometer zurück, bergauf-bergab für nichts und wieder nichts. Übers Wasser gehen, nie wäre es nötiger gewesen … ich war sowas von erledigt! … Heute ist alles anders. Ich werde erwartet. P. empfängt mich an der Tür. Sie ist schlank, groß, brünett, ich glaube, grüne Augen zu erkennen, sportlicher Typ, magische Ausstrahlung, ich bin gefangen in diesem Blick. Ohne Bühne wirkt P. sehr groß, Sängerpersönlichkeit, Star, ein Star von der angenehmen Sorte, zwischen uns ist sofort eine überwältigende Vertrautheit, als würden sich Schulkameraden nach vielen, vielen Jahren wieder begegnen. Ich denke, hier dürfte nichts schiefgehen. Ich setze mich ans Klavier und beginne vorzutragen, gebe keine mündliche Einführung, lasse meine Musik sprechen. Der erste Satz viel Parlandogesang, in Klavier und Geige viel Mechanisches, „Schreibmaschinenmusik" mit Erzählerin. Der zweite Satz ein ironisches Lamento. Klagen! Weh und Ach Haydns über den Verlust der Zweisamkeit in Wien mit einer adligen Freundin und Verehrerin. Der schreckliche Alltag mit seiner ungenießbaren Frau hat den Komponisten wieder. Er jammert wie ein Pennäler. Viel Chromatik, viel Drama. Vor dem dritten Satz lese ich Goethes „Meeresstille und glückliche Fahrt". Von einem ähnlichen Erlebnis berichtet Haydn in seinem Brief – von der ereignisreichen Überfahrt durch den

Ärmelkanal nach London. Der Gesang im erzählenden, objektiven Duktus. Beim Warten auf vorwärtstreibenden Wind fällt Haydn die Melodie zum Andante der Paukenschlaginfonie ein. Der ganze dritte Satz speist sich musikalisch aus dieser Musik, ein Variationssatz wie bei Haydn, in modernem Gewand, verschärfter Debussy, Satie ... Auch der vierte Satz lebt von Zitattechnik, in ihm ist Beethovens „Wut über den verlorenen Groschen" die vorherrschende Thematik. Haydn als Förderer des jungen Beethoven ganz er selbst – diplomatisch und selbstsicher dem Fürsten und Geldgeber gegenüber, mit Weitsicht hin auf ein kommendes Genie.

Der Gesang der Sopranistin von fordernder Ausdrucksvielfalt. – Haydn-Briefe hat noch nie jemand vertont. Ich habe Einzigartiges getan, und P. wird singen, sie wird den Haydn singen, ich habe sie überzeugt.

BRIEFE
Kammermusik für Sopran, Violine und Klavier nach Briefen von Joseph Haydn

I

VIOLINE/KLAVIER *(rhythmisch zusammen gesprochen)*
Zum Namenstag des Fürsten 1766 übersandte Haydn sechs Trio-Divertimenti für Baryton, Viola und Violoncello, denen mehr als hundert folgen sollten. Haydns Begleitschreiben zu seiner ersten Geschenksendung lautete:
SOPRAN
Durchlauchtig Hochgeborener / Reichsfürst! Gnädig: und höchst gebiethender Herr / Herr!

Das höchst erfreuliche Namensfest (welches Euer Durchlaucht mit der göttlichen Gnade in vollkommenstem Wohlstand und Vergnügen verbringen möge) hat mich schuldigst verpflichtet, Hochderoselben nicht nur allein sechs neue Divertimenti in aller Submission zu übermachen, sondern auch (weil wir vor einigen Tagen mit denen neuen Winterkleidern höchstens ausgestattet worden) vor diese besondere Gnad Euer Durchlaucht unterthänigst den Rock zu küssen und an Eurer Durchlaucht hohem Namenstag bei celebrierenden Solennen in diesen neuen Kleidern das erste Mal zu erscheinen.

Anbei habe ich den hohen Befehl erhalten, die durch mich componierten Divertimenti einbinden zu lassen. Wobei ich zugleich gehorsamst anfragen möchte, auf welche Art selbige einzubinden seien? Oder Euer Durchlaucht beliebig sei?

Der ich mich zu hohen Gnaden empfehle EUER HOCHFÜRST-LICHEN DURCHLAUCHT Untertänigster Joseph Haydn

VIOLINE/KLAVIER *(rhythmisch gesprochen)*
Haydn an den Verleger Artaria, Wien. Estoras den 29. September 1782

SOPRAN
Wohl Edl Geborener, insonders Hochzu verEhrender Herr!

Endlich übersende ich die anverlangten 5 Stück, rein und korrekt geschriebener und gut verfasster Sinfonien. Ich hab sie selbst mit meinem Orchester probiert. Ich versichere Sie, daß Sie bei dieser Herausgabe, welche wegen der Kürze der Stücke den Stich sehr wohlfeil machen, einen namhaften Gewinn machen werden. Nun bitte ich Sie, diese 25 Stück notabene gewichtige Dukaten in ein kleines Schächterl zu legen, dasselbe Petschiren und überdies in ein Stückel Wachsleinwand zu binden oder zu nähen und oben darauf nichts anderes als a Mons. Haydn zu schreiben, weil ich haben will, daß jemand von unserem Haus von meinem Handel etwas wissen solle. Das Schächterl können Sie dem fürstlichen Portier übergeben und Ihm nur sagen, daß etwas Geld darin wäre. Ich werde es alsdann vom Portier richtig erhalten. Die 5 Lieder sind auch mit beigefügt. Sie müssen so, wie ich sie numerierte, gestochen werden. – Dero ganz Ergebenster Diener Josephus Haydn manu propria.

VIOLINE/KLAVIER *(rhythmisch gesprochen)*
Haydn an Artaria am 20. Oktober 1782

SOPRAN

Wohl Edlgeborener, hochzu verEhrender Herr!

Ich kann nicht begreifen, warum Sie mein letztes Schreiben von vor 14 Tagen nicht sollten erhalten haben, in welchem ich meldete, daß ich selbst mit Ihrem Compagnion den Accord das Stück zu fünf Dukaten getroffen. Ich schrieb auch, daß man statt Sinfonie, Ouvertüre setzen soll, so ist ihr Zweifel behoben. Ich bin der Verzögerung wegen verdrießlich geworden, weil ich für diese 5 Stück von ein andern Verleger 40 Dukaten haben könnte, und Sie machen so viele Weitläufigkeiten von einer Sache, was Ihnen bei so kurzen Stücken 30fachen Nutzen verschaffet. Machen Sie also der Sache ein Ende und schicken Sie mir entweder Music oder Geld. Womit verbleibe ich mit aller Achtung Dero Dienstfertigster Diener Joseph Haydn.

II

SOPRAN

Wohl Edl gebohrene, sonders hochschäzbarste – allerbeste Frau von Gennzinger!

Nun – da sitz ich in meiner Einöd – verlassen – wie ein armer Weiß – fast ohne menschliche Gesellschaft – traurig – voll der Erinnerung vergangener edler Tage – leider vergangen – und wer weiß, wann diese Tage wieder kommen werden? Diese schönen Gesellschaften! Wo ein ganzer Kreis, eine Seele ist – alle diese schönen musikalischen Abende – weg sind sie – und auf lange sind sie weg. – Wundern sich Euer Gnaden nicht, daß ich so lange von meiner Danksagung geschwiegen habe! – Ich fand zu Hause alles verwirrt, 3 Tag wußte ich nicht, ob ich Capellmeister oder Capelldiener war, nichts konnte mich trösten, mein ganzes Quartier in Unordnung. Mein Fortpiano, das ich sonst so liebe, war unbeständig, ungehorsam, es reizte mich mehr zum Ärgernis, als zur Beruhigung. Ich konnte wenig schlafen, sogar die Träume verfolgten mich. Dann, da ich am besten die Opera *Le Nozze di Figaro* zu hören träumte, weckte mich der fatale Nordwind auf und blies mir fast die Schlafhauben vom Kopf. Ich wurde in 3 Tagen 20 Pfund magerer, denn die guten Wiener Bisserl verloren sich schon unterwegs. Ja, ja, dacht ich bei mir selbst, als ich in meinem Kosthaus statt dem kostbaren Rindfleisch ein Stück von einer 50jährigen Kuh – statt dem Ragout mit kleinen Knödeln einen alten Schöpsen mit gelben Murken –, statt dem böhmischen Fasan ein ledernes Rostbrätl, statt der Bäckerei dürre Äpfl-Spältl und Haselnuß – und so weiter und weiter speisen mußte. – Hier in Estoran fragt mich niemand: Schaffen Sie Ciocolate, mit oder ohne Milch? Befehlen sie Caffee schwarz oder mit Obers? Mit was kann ich Sie bedienen, bester Haydn, wollen Sie Gefrorenes mit Vanille oder mit Ananas? Hätt ich jetzt nur ein Stück guten Parmesan-Käs, um die schwarzen Nocken und Nudeln leichter hinabzutauchen!

Verzeihen Sie, allerbeste gnädige Frau, daß ich Ihnen das allererste Mal mit so ungereimten Zeug und der elenden Schmiererei die Zeit stehle, verzeihen Sie es einem Mann, welchen die Wiener zu viel Gutes erwiesen haben …

Euer Gnaden werden gewiss fleißiger als ich gewesen sein … Das gefällige Adagio aus dem Quartett wird hoffentlich schon den wahren Ausdruck durch Dero schöne Finger erreicht haben. Unterdessen küsse ich noch mal die Hände für alle mir erwiesene Gnade und bin mit vorzüglichster Hochachtung zeit Lebens Euer ganz gehorsamster, aufrichtigster Diener Josephus Haydn – Estoras, den 9. Februar 1790.

III

VIOLINE/KLAVIER *(rhythmisch gesprochen)*
Am 15. Dezember 1790 reiste Haydn zusammen mit Johann Peter Salomon über München, Schloss Oettingen-Wallerstein und Bonn nach England. Von seiner Überfahrt über den Ärmelkanal mitten im Winter erhielt Frau von Gennzinger einen detaillierten Brief:

SOPRAN

Berichte demnach, daß ich am Neujahrstag früh halb 8 Uhr nach gehörter Heiliger Meß in das Schiff stieg und gesund zu Dover ankam. Anfangs hatten wir 4 ganze Stund fast gar keinen Wind und das Schiff ging so langsam, daß wir in diesen 4 Stunden nicht mehr als eine einzige englische Meile machten, deren aber sind von Calais bis Dover 24. Unser Schiffskapitän in übelster Laune sagte, daß, wenn sich der Wind nicht ändere, wir die ganze Nacht zur See bleiben müßten. Zum Glück aber erhob sich der Wind gegen halb zwölf Uhr so günstig, daß wir bis 4 Uhr 22 Meilen zurücklegten. Da wir aber wegen der einfallenden Ebbe mit unserem großen Schiff nicht an das Gestade kommen konnten, so liefen schon von weitem 2 kleinere Schiffe gegen uns, in welche wir unsere Bagage übersetzten, und endlich unter einem kleinen Sturmwind doch anlandeten … Einige Reisende blieben aus Furcht, in das kleine Schiff zu steigen, auf dem großen. Ich schlug mich aber zu dem größeren Haufen.

Während der Überfahrt blieb ich oben auf dem Schiff, um das ungeheure Tier, das Meer, sattsam zu betrachten. Solange es windstill war, fürchtete ich mich nicht, zuletzt aber, da der stärkere Wind ausbrach und ich die heranschlagenden, ungestümen hohen Wellen sah, überfiel mich eine kleine Angst und mit dieser eine kleine Übelkeit. Doch überwand ich alles und kam, ohne zu brechen, glücklich an das Gestad. Die meisten wurden krank und sahen wie die Geister aus. – Da ich aber nach London kam, wurde ich erst die Beschwer der Reise gewahr. Ich brauchte 2 Tag, um mich zu erholen. Nun aber bin ich wieder frisch und munter und betrachte die unendlich große Stadt London, welche wegen ihrer verschiedenen Schönheiten und Wunder ganz in Erstaunen versetzt. – Ich machte also gleich die notwendigsten Visiten, dem neapolitanischen und unsern Gesandten. Ich erhielt in 2 Tagen von Beiden die Gegenvisite und speisete vor 4 Tagen bei dem Ersteren zu Mittag, um 6 Uhr abends, das ist so Mode hier. Meine Ankunft verursachte großes Aufsehen, 3 Tage wurde ich in allen Zeitungen herumgetragen. Jedermann ist begierig, mich zu kennen. Ich musste schon 6 mal außerhalb speisen und könnte, wenn ich wollte, täglich eingeladen sein. Allein, ich muss erstens auf meine Gesundheit, zweitens auf meine Arbeit sehen. Ich nehme außer der Milords bis

Nachmittag um 2 Uhr keine Visiten an. Um 4 Uhr speise ich zu Haus mit Mons. Salomon. Ich habe ein niedliches bequemes, aber auch teures Logement ... *(die Musik verklingt nach und nach)*

IV

VIOLINE/KLAVIER *(rhythmisch gesprochen)*
Haydn an den Kurfürsten Maximilian Franz, Bonn.
Wien den 23. November 1793.

SOPRAN

Euer Churfürstliche Durchlaucht! Ich nehme mir die Freiheit, Eurer Durchlaucht einige musikalische Stücke, nämlich ein Quintett, eine achtstimmige Partie, ein Oboen-Konzert, Variationen fürs Fortepiano und eine Fuge meines lieben, mir gnädigst anvertrauten Schülers Beethoven untertänigst einzuschicken, welche, wie ich mir schmeichle, als ein empfehlender Beweis seines außer dem eigentlichen Studieren angewandten Fleißes von Eurer Churfürstlichen Durchlaucht gnädigst werden aufgenommen werden. Kenner und Nichtkenner müssen aus gegenwärtigen Stücken unparteiisch eingestehen, daß Beethoven mit der Zeit die Stelle eines der größten Tonkünstler in Europa vertreten werde. Und ich werde stolz sein, mich seinen Meister nennen zu können.

Weil nun einmal von Beethoven die Rede ist, so erlauben Eure Churfürstliche Durchlaucht, daß ich ein paar Worte von seiner ökonomischen Angelegenheit sagen darf. Für das verflossene Jahr waren ihm 100 Dukaten angewiesen. Daß diese Summe nicht hinreichend war, auch nur bloß um zu leben, davon sind Euer Churfürstliche Durchlaucht wohl selbst überzeugt. So habe ich für Beethoven teils Bürgschaft geleistet, teils Bares vorgestreckt. Da auf Borg zu arbeiten und überdies für einen Künstler wie Beethoven sehr lästig ist, so glaube ich, daß, wenn Eure churfürstliche Durchlaucht ihm für das künftige Jahr 1000 Gulden anwiesen, Höchstdieselben die Gnade gegen ihn vollkommen machten und ihn zugleich außer aller Not setzten. Für die Verschwendung, die bei einem

40

jungen Mann, der in die große Welt kommet, zu befürchten ist, glaube ich Eurer Churfürstlichen Durchlaucht einstehen zu können. Denn ich habe aus hundert Umständen immer das Resultat bestätigt gefunden, daß Beethoven seiner Kunst alles ohne Zwang aufzuopfern im Stande ist, was bei so vielen einladenden Gelegenheiten zu bewundern ist.

In der Hoffnung, daß Eure Churfürstliche Durchlaucht diese meine Bitte meinem lieben Schüler zu dessen Unterstützung mögen gnädigst zukommen lassen, bin ich mit tiefster Ehrfurcht Euer untertänigst-gehorsamster Joseph Haydn manu propria, CapellMeister von Fürst Nicolas Esterhazy.

VIOLINE/KLAVIER *(rhythmisch gesprochen)*
Wien den 23. November 1793.

Ich schreibe Bewerbungen, schreibe Bettelbriefe. Ja, Bettelbriefe an Opernhäuser, an Intendanten, Regisseure, Dramaturgen, Sänger. Neunzehn Briefe, neunzehn Bittgänge. Haydn spricht von Bittgängen. Briefe nach Leipzig (Regie), München (Dramaturgie), Stuttgart (Dirigent), Hamburg (Sänger), Chemnitz (Dramaturgie), Halle (Intendanz), Magdeburg (Regie), Rostock (Regie), Essen (Dirigent), Kiel (Regie), Dortmund (Dramaturgie), Düsseldorf (Dramaturgie), Oslo (Intendanz), Amsterdam (Dirigent), Wien (Sänger), Cardiff (Intendanz), Weimar (Dramaturgie), Berlin (Regie), Cottbus (Intendanz). An keine kleinen, an mittlere, an große Opernhäuser, an bedeutende, an berühmte Opernhäuser schreibe ich. Ganz unten will ich nicht noch einmal anfangen. Ich nehme all meine Kraft, meinen Mut zusammen. Ich will es noch einmal wissen. Morgen wird es vielleicht schon zu spät sein! Heute erinnern sich meine Freunde, meine Weggefährten an mich, morgen werden sie mich vergessen haben: Briefe an die Regisseurin in Kiel – an Irmgard mit dem Bauchgefühl –, an den ehemaligen Chefdramaturgen in München, der auch im Ruhestand nicht ohne Einfluss auf die Geschicke des Theaters ist, an den Generalmusikdirektor und Kapellmeister in Amsterdam, der Oper und Konzertorchester unter sich hat, wie man so salopp sagt, und an den „Sängerintendanten" in Halle, der dort auch mit Geschick Opern inszeniert. Jeder Brief ist ein Unikat. An jede Person schreibe ich anders, versuche ich psychologisches Feingefühl einzubringen, also so viel mir zu Gebote steht. Ich schreibe nicht zum ersten Mal solche Briefe. Es ist nur lange her, ziemlich lange her … Neunzehn Briefe, neunzehn Tage Laptoparbeit. Jeden Tag ein Brief, jeden Tag puzzeln am richtigen Wortlaut, jeden Tag der Versuch, den ganz individuellen Ton zu treffen: Einmal ist Forschheit gefragt, dann devote Zurückhaltung, dann wieder inständiges Ins-Gewissen-Reden, beim nächsten Brief Kühle und Sachlichkeit. Neunzehn Briefe für meine Hamsun-Oper, für meinen Hamsun tue ich alles! Ich schreibe ausführlich, bitte inständig, tue alles mir Mögliche, mit dem Hamsun will ich es nochmal wissen. Nein, nein, keine Zwischenrufe, keine Häme, dass ich mich klein mache, mich selbst verleugne. Ich will mit dem Hamsun reüssieren, also Erfolg haben, mein Ziel erreichen, aufgeführt, uraufgeführt zu werden … Ich brauche einen Kompositionsauftrag. Ich brauche ein

Theater, das meinen Hamsun uraufführen will. Ohne Opernauftrag keine Komposition, ohne Komposition keine Uraufführung, ohne Aufführung keine Oper. Warum sollte ich mich klein und erniedrigt fühlen? Erhöht fühle ich mich, bestens fühle ich mich. Ich habe mir nichts vorzuwerfen, nichts, gar nichts! Ich – habe – mir – nichts – mehr – zu – vergeben! Mit einundsiebzig hat man Narrenfreiheit, ja so ist es, Narrenfreiheit! Narrenfreiheit im Leben … im Künstlerischen wie im Schöpferischen. Ich muss keine Rücksichten mehr nehmen, auf Niemanden und Nichts! – Die Briefe sind unterschiedlich lang, mal zwei Seiten, mal eine halbe Seite, sie sind zugeschnitten auf den jeweiligen Empfänger, ja, sie sind sogar Stilübungen für das eigene Schreiben, ich profitiere von den unterschiedlichen Charakteren der Angeschriebenen. Und in der Endkonsequenz viel wichtiger: Jedem Brief liegt das Libretto bei, das Hamsun-Libretto. Dreißig Seiten geheftet DIN-A5, dreißig gut lesbare Seiten im Computerdruck. Ich bin im Alter zum Librettoschreiber, zum Librettohersteller mutiert, Libretti nach Grass, Kempowski, Hacks, Buzzati, Besson, Erdmann, Ibsen, Heyn. Alles klangvolle Namen im Literaturbetrieb. Hallo, ihr Komponistenkollegen, ihr Don Quichottes der modernen Oper, ich kann euch helfen! Kein Scheitern mehr wegen des Sujets, wegen der Texte, jetzt kommt es nur noch auf euren Einfallsreichtum, euer kompositorisches Können an. Bei mir gibt es eine profunde Auswahl an Opernthemen! Ihr könnt euch bedienen. Meldet euch! Ich bin gesprächsbereit, ich könnte liefern. – Was ich in meinem Leben alles komponieren wollte! Wie ich ohne Unterlass Romane und Erzählungen „szenisch" las, Bücher, Schauspiele auf ihre Opernoption überprüfte, fünfzig Jahre lang, ja fünfzig Jahre habe ich nach guten Stoffen gesucht: Mit „Ole Bienkopp" (Strittmatter) begann es, weiter ging es mit „Ehen in Philippsburg" (Walser), „Der Ketzer von Soana" (Hauptmann), „Der haarige Affe" (O'Neill), „Der Schimmelreiter" (Storm), „Schluck und Jau" (Hauptmann), „Colas Breugnon" (Rolland), „Ein Held der westlichen Welt" (Synge), „Picknick im Felde" (Arrabal), „Der Leuchter" (Marivaux), „Die Phantasien des Dr. Ox" (Jules Verne), „Schicklgruber" (Heinz Drewniok), „Der Ritter, den es nicht gab" (Italo Calvino), „Die kleine Stadt" (Heinrich Mann), „Das trunkene Schiff" (Paul Zech), „Ingenieur Andrées Luftfahrt" (Per

Olof Sundman), „Von einem der auszog, das Gruseln zu lernen" (Gebrüder Grimm), „Bernarda Albas Haus" (Garcia Lorca), „Die Frau vom
Meer" (Henrik Ibsen), „Revolte auf Code 3018" (Ödön von Horvath),
„Das Leben ein Traum" (Calderon), „Die Blechtrommel" (Grass), „Chronik eines angekündigten Todes" (García Márquez), „Kaspar" (Handke).
Zuletzt bin ich bei „Kunst" von Yasmina Reza gelandet. – Damals,
damals, Aufbruch! Was für ein Aufbruch! Musikstudium: Komponieren,
Dirigieren, Klavier. Auf, auf! Karriere! Ruhm! Die Provokation eines
musikalischen Avantgardisten, eines französischen Jahrhundertmusikers
schwappte über den Eisernen Vorhang: Man solle die Opernhäuser in die
Luft sprengen, verkündete er. Alle Opernhäuser seien zu sprengen, in die
Luft zu jagen, sie seien rückwärtsgewandt, hoffnungslos veraltet, Hemmschuhe für den musikalischen Fortschritt, Tempel der degenerierten Bourgeoisie, verstaubte Musikmuseen. Hätte er es doch getan! Hätte er es doch
tun lassen! – meine Opernobsession, meine Besessenheit, Opern zu komponieren, wäre geheilt gewesen … Die aufgelisteten Opernideen, nichts,
nichts ist aus ihnen geworden! Nie ist etwas geworden! Alles Schall und
Rauch. Ha, ha, Schall nun wohl nicht, Schall keinesfalls. Rauch, Rauch,
der sich längst verflüchtigt hat. – Die Gründe des Scheiterns? … Zu jung,
lange Zeit war ich zu jung und zu unreif, um eine Oper zu komponieren.
Als ich so weit war, fand ich keinen Librettisten für meine Stoffe. Hatte
ich einen ausfindig gemacht, wollte der einen Batzen Geld für seine
Arbeit, was ich ihm nicht zahlen konnte. Ich stand mit x Theatern in Kontakt. Die DDR, ein kleines Land mit teuflisch vielen Theatern. Brieflich
taktete ich mich durch die DDR-Opernlandschaft. Absagen, Absagen.
Einmal war das Thema zu altbacken, einmal zu aktuell, dann wieder zu
politisch, zu provokant, dann zu naturalistisch oder zu realistisch oder zu
symbolistisch oder zu revisionistisch. Meine Frage: Hätten sie denn ein
Thema zwecks einer künstlerischen Zusammenarbeit? Nichts, nichts,
heiße Luft. Ich war ein No-Name ohne Reputation. Und das Schlimmste,
was man mir vorwarf, einem Komponisten mit ehrlichen Ambitionen:
Die Vorlage sei gut, das Thema sei gut, der Text auch, aber eine Oper?
Man könne sich dazu keine Musik vorstellen. Ich erwiderte, dass doch
mein Gegenüber die Oper nicht schreiben solle, sondern ich, ich selbst,

der Komponist, ich hätte alle Musik der Welt im Kopf! Damit machte ich regelmäßig alles nur schlimmer. Das Urteil stand fest und war unumstößlich: Der Text sei unmusikalisch, daraus könne kein noch so begabter Komponist eine lebensfähige Oper machen. – Ein Wunder, ein mystisches Wunder, dass ich trotz allem fünf Opern komponiert habe, von denen vier gespielt wurden. Ich bin ein Stehaufmännchen, ein Kämpfer, ein Egoist. Zwei Opern mit allem Drum und Dran habe ich gezwungen, Uraufführungen an großen Häusern, alles monumental: Bühne, Orchester, Chor, Ensemble. Ich wollte es allen zeigen. Aber ich konnte es auch kammermusikalisch, zwei Kammeropern sind aufgeführt worden. Halt, halt! Kammeroper sollte man nicht sagen. Kammeroper geht genauso schlecht wie in der Literatur Erzählungen. Romane verkaufen sich, Erzählungen verkaufen sich schlecht. Opern, zeitgenössische, die gehen … zur Not. Kammeropern gehen nicht gut. Auf den Genretitel „Kammeroper" verzichten und ihn durch etwas Fremdsprachliches ersetzen, mit etwas Exotischem auf den Putz hauen: Collage, Performance, Grusical, Swimmingpool … Oder es mit intellektuellem Unterstatement versuchen: Bericht, Versuchsanordnung, Prozess, Reportage … Verdammt, diese Äußerlichkeiten, und doch sind sie so wichtig! – Fest steht: Opern schreiben, Opern komponieren kostet Lebenszeit, ist, überspitzt gesagt, der Kampf auf Leben und Tod, ja, auf Leben und Tod, die Theater als Herren über Leben und Tod eines Opernkomponisten. Je mehr Opern man schreibt, desto mehr Lebenszeit ist weg, verschwunden, nicht mehr auffindbar. Ein Wunder, dass es mich überhaupt noch gibt, dass ich auf dieser Welt noch herumturne! Dabei ist das reine Komponieren einer Oper nicht das Problem, das ist ja meine Profession, deshalb habe ich studiert, dazu fühle ich mich berufen. Das Problem ist, was dem Komponieren einer Oper vorausgeht und was danach folgt – oder auch nicht folgt … Auf meine erste Oper jedenfalls folgte nichts, gar nichts. Die Jury des Kompositionswettbewerbs sprach meinem Stück eine Aufführungsempfehlung aus. Eine Oper für drei Sänger und kleines Orchester, das Bühnenbild das Innere eine Kapelle in Griechenland, klare dramatische Struktur: „Ballade für Maria und Nico". Inhalt: Liebe in Zeiten des Krieges. Dauer fünfundsechzig Minuten. Eine kleine Oper für ein kleines Haus, nicht aufwendig, kostengünstig, praktikabel, gemäßigt moderne Musik, klanglich apart. Ich schrieb nach Greifswald, Neustrelitz, Freiberg, Bautzen, Rudolstadt, Döbeln, Brandenburg, Annaberg, Bernburg, Eisleben, Zeitz, Stendal, Nordhausen, der Anfang meiner Opern-Bettelbriefe. Nach vier Jahren gab ich auf. Niemand wollte mein Stück spielen. Jahre später kam das Opern-Glück zurück. Jetzt war ich der richtige Mann zur richtigen Zeit am richtigen Ort, und das richtige Thema gab es auch: Dresden. E. T. A. Hoffmann. 40 Jahre DDR. 40 Jahre sozialistische Musikkultur. Dresdner Musikfestspiele. Die Semperoper als Hort von Uraufführungen (Strauss, Wagner). Kompositionsauftrag, die Zeit drängte, 1989 sollte die Aufführung sein. Ich wollte Ruhm, Ehre, Erfolg. Eine große Oper für ein großes Haus, alle wollten das. Vier Akte, Dauer: 150 Minuten reine Spielzeit, alles war gewaltig: Partitur, Chor, Bühnenbilder, Kostüme, Musiker. 26 Solisten, 80 Choristen, 3 Orchester, Komparsen, Tänzer, Kinder, Extrachor und, und, und … Ich: der Bruder von Berlioz, groß, größer, am größten! Ein Jahr Manuskript, zwei Jahre Partitur. Parallel dazu Vorbereitungen durch Dramaturgie, Regisseur und Inszenierungsteam. Meine Arbeit war getan, die Musik lag vor, es gab einen Verlag für die Noten, sehr viele Noten, nun war das Theater dran … Täuschung, Täuschung, meine Arbeit fing erst an. Der Komponist, einer der für alles verantwortlich gemacht wurde: für die Termine im Verlag, für den unzulänglichen Klavierauszug, für die Einstudierung der Sänger, für Ungereimtheiten in der Partitur, für Unstimmigkeiten im Libretto. Änderungen und Sprünge in der Musik wurden verlangt, eine Simultanszene wurde in zwei Szenen aufgelöst. Ich übernahm Tonbandaufnahmen, ohne die mein Stück nicht auskam. Und zum Ende hin scheiterte das ganze Unternehmen fast am Orchestermaterial. Es entsprach nicht den geforderten Normen. Die Fotokopien spiegelten sich im Licht der Bühne, die Noten verschwammen vor den Augen der Musiker, und das spröde Papier ließ sich nicht blättern. Dazu noch Telefonterror während der Endproben, jeden Tag mehrmals eine männliche Stimme am häuslichen Telefon: He du, ich spiele deinen Mist nicht. Wir werden deinen Mist nicht spielen! Die verstellte Stimme, ich ahnte, wer es war. Freunde wurden zu Feinden wegen einer Oper. Der Tag der Uraufführung. Beifall, freundlich, andauernd. Alle lassen sich feiern, als wären sie die Helden, als hätten sie das Werk ganz allein vollbracht: Sänger, Chor, Orchester, Regisseur, Dirigent, Chorleiter, Librettist, Bühnenbildner, Assistenten, Komparsen … Ich werde unsichtbar, bin unsichtbar, verschwinde in den Menschenmassen. Ich möchte mich erschießen, Selbstmord durch Erschießen. Opern zu komponieren und sie aufzuführen kostet Lebenszeit, viel Lebenszeit. Fazit: Die „Hoffmann-Oper" minus drei Jahre Lebenszeit. – 1994, Schwetzinger Festspiele. Theater Bayerische Staatsoper – Auftraggeber, Initiator, ausführendes Organ. Orchester Stuttgart. Sänger international. Regisseur Düsseldorf. Dirigent Bernhard Kontarsky. Ein Ostdeutscher vertont einen westdeutschen Stoff. Drei Jahre Arbeit für die Andersch-Oper. Zwei Tage vor der Premiere der Eklat. ARTE will zeitversetzt übertragen, aber bekommt keine akzeptablen Bilder hin, mit diesem Beleuchtungskonzept der Dunkelheit, der Punktscheinwerfer, der „Verfolger". Der Regisseur ist zu keinem Kompromiss bereit. Alles müsse so bleiben, wie es ist, sonst sei seine Regie im A…! Tag des diplomatischen Hickhacks! Ein Tag Probenverlust. Nachts ein Bühnendurchlauf, eine Komplettprobe ohne mich. Ich hocke im Hotel und denke an Pistolen und Selbstmord. Wie die Einigung zustande kam? Ich weiß es nicht. ARTE übertrug, und man sah genug. Fazit: Minus zwei Jahre Lebenszeit. Es folgte die Grass-Oper. Acht Jahre Arbeit, Kampf, Enttäuschungen, Verzweiflung, Wut, Aufstehen, Mutfassen, Euphorie, Entsetzen, Zusammenbruch, Aufstehen, Zähigkeit, Weitermachen und Weitermachen. Ich werde es Grass zeigen, dass ich es bringe, dass ich ein Opernkomponist bin, ein ernstzunehmender Opernkomponist. In der Pause der Uraufführung Grass im Interview mit dem Westdeutschen Rundfunk. WDR: Herr Grass, Sie sehen nicht glücklich aus. Was sagen Sie zu dem, was Sie soeben gehört haben? Grass: Ich war schon immer der Meinung, dass sich mein Werk mit den intellektuellen Anspielungen und der barocken, üppigen Sprache nicht als Oper eignet. Ich glaube, ich hatte recht. WDR: Herr Grass, es kommt noch ein zweiter Teil. Grass seufzt: Ja, ja, leider … leider … (Es gab die Dolchstoßlegende im Ersten Weltkrieg über den Ausgang desselben. Mit Grass erfüllte sie sich zum zweiten Mal auf dem Gebiet der Kunst.) G. hält bis zum Ende aus. Beifall. Verbeugen. Der Applaus ebbt schnell ab. Jetzt zeigt man auf den Nobelpreisträger im Zuschauerraum. Es dauert, dauert bis die gebückte Gestalt auf die Bühne gekrochen kommt. Verdammt, er hätte sich doch vom Sitz aus verbeugen können. Peinlich, peinlich. Er geriert sich, als wäre er die Hauptperson, als hätte er die Oper komponiert. Mich hat man vergessen. Das Orchester nimmt fast die ganze Bühne ein. Ich stehe hinter der Tuba. Ich denke an Pistolen und Selbstmord … Und dann möchte ich Grass erschießen, mich nicht … Grass möchte ich … Fazit: Minus sechs Jahre Lebenszeit. – Ein Jahr später die emotionale Rehabilitierung. *Passage* nach Christoph Hein. Überzeugtes, angetanes Publikum, alles funktioniert. Hein ist zur Uraufführung gekommen. Die Premiere ist gut, die Instrumentalisten sind gut, der Dirigent ist eifrig bei der Sache, die Bühne fein ausgedacht, die Sänger überzeugen, sie schauspielern authentisch, die Regie ist schlüssig, vernünftig. Nicht ein Ton meiner Partitur ist gestrichen, ist überflüssig. Doch etwas stimmt nicht mit der Aufführung, je länger sie dauert, ich werde unruhig, hibbelig … das Feuer fehlt, die Leidenschaft, die unbedingte Identifikation mit meinem Stück. Glatt läuft alles ab, glatt. Liegt es an meiner Musik? Ich bin enttäuscht, leer. Gütiger Beifall. Hein wird sofort auf die Bühne geholt. Diese eitlen Autoren. Ohne meine Musik keine Oper, möchte ich rufen. Ohne mein Libretto, ohne meine Komposition keine Oper, heute nicht, morgen nicht … Ich verbeuge mich brav. Ich verschwinde, mache mich unsichtbar. Zur Premierenfeier bin ich anwesend-abwesend. Ich gehe zur Elbe. Sie hat erhöhten Wasserstand. Ich beuge mich übers Geländer der Brücke. Diesmal kein Gedanke an Pistolen. Dieses Mal möchte ich mich ins Wasser stürzen, dieses Mal stürze ich mich ins Wasser! Fazit *Passage*: Ein Jahr Lebenszeit perdu! Minus ein Jahr Lebenszeit … Nein … nein! Zwei … zwei! Zwei Jahre! – Ich zähle. Wenn ich richtig gerechnet habe, kosteten mich meine Opernabenteuer zwölf Jahre Lebenszeit. Eigentlich müsste ich längst tot sein, längst tot sein … weggetreten, abgetreten … Gestern fügte ich den neunzehn Briefen zwei hinzu. Ein Brief ging nach Oslo mit meinem Hamsun-Gedicht. Die sollen wissen, dass mich der Hamsun auch poetisch beschäftigt hat und wie tief ich mich in sein Leben vergraben habe, ein halbes Jahr, mindestens ein halbes Jahr. Die sollen merken, dass der Hamsun keine Spielerei von mir war, kein kurzfristiges Aufflackern

von Begeisterung, dass der Stoff mich nicht mehr losgelassen hat … Hier
ist mein Gedicht zu Hamsun. Eigentlich bräuchte es keine Fabel mehr zur
Oper.

HAMSUN

Geächtet kommt er zurück. Taub und
hinfällig nimmt er Nørholm
wieder in Besitz. Krankenhaus, Gefängnis,
Psychiatrie, Altenheim und der Prozess
sind überstanden.

Hier ist alles zu groß geworden. Das weiße Haus
mit den vielen Zimmern, die Landschaft, die Äcker,
die Wiesen, der Wald, das Meer und seine Sachen,
die an ihm konturlos herumschlottern.
Er verbringt sein Lebensende unter Goldregen auf einer
Gartenbank, abgeschnitten von der Welt durch seinen
Starrsinn, durch den Starrsinn des Alters.
Er brabbelt vor sich hin vom früheren Leben:
von Hunger, Ruhm, Erfolg, Amerika, rauschenden
Familienfesten, von seiner Arbeit als Schäfer, Postbote,
Dorfschullehrer, Straßenbahnkontrolleur, Landarbeiter,
Schriftsteller, Bauer … von den Schreibqualen, den Fluchten,
den schöpferischen Ängsten, die er in Whisky ertränkte mit
Sibelius, dem Gleichgesinnten.

Aber dann schreibt er doch noch einmal, 90-jährig, präzise,
klar, hellsichtig, modern: *Es sind Belanglosigkeiten, von denen*
ich schreibe, und es ist eine Belanglosigkeit, daß ich überhaupt
schreibe. Wie kann es anders sein? War es voriges Jahr oder
vor noch längerer Zeit, daß ich vollkommen in Ordnung
und bei Kräften war? Ich erinnere mich
daran wie an eine Vision …

Zum Schluss ruft er seine verstoßene Ehefrau
zurück. Die Kämpfe, Bösartigkeiten, Verletzungen
sind vergessen, sie hält seine Hand, gütig, resigniert,
gramvoll. Über dem Bett die Fotografien seiner Idole,
Goethe, Dostojewski. Auf dem Nachtschränkchen
das späte Buch:
So ging der Tag.
Es wurde dunkler Abend.
Es war zu Ende.

Der zweite Brief ging an meinen norwegischen Regiefreund nach Berlin.
Berlin ist der Mittelpunkt seines aufregenden Inszenierungslebens. Für die
neue Oper in Oslo hat er noch nichts gemacht, es gibt da seit Jahren
atmosphärische Störungen. Vielleicht kann die beiden Entzweiten mein
Stück zusammenführen? Ich schreibe, bitte, flehe, wenn Oslo sich melden
sollte, er möge allen Gram auf die Nordländer mir zuliebe vergessen und
auf die Versöhnungswilligen zugehen, Toleranz üben. Hamsun in Norwegen, in Oslo, wo sonst, wo sonst!? – Die ökonomische Seite der Sache,
ich stelle keine unerfüllbaren Forderungen. Ich bin ein bescheidener
Mensch, bin ein bescheidener Notenschreiber geworden. Der *Hamsun* ist
mir Herzenssache, ich kann verzichten, verzichten. Meine Oper mit Ein-
sparungspotenzial ohne Ende. Kein Chor, nur ein Sänger, nur ein Bühnenbild. Libretto und Komponist, die gleiche Person. Einsparungen auf
allen Gebieten: bei den Kostümen, den Chornoten, nur eine begrenzte
Anzahl an Klavierauszügen ist nötig. Die musikalische Einstudierung
kann man dem Solisten überlassen … Ich würde mich selbst mit einbrin-
gen! Vier Wochen statt acht Wochen szenische Proben. Ja, ich wäre sogar
zu einer reduzierten Orchesterfassung bereit, für eine kleine Bühne mit
kleinem Orchestergraben, in Bergen, Stavanger, für die Freilichtbühne in
Hamerøy am Hamsun-Museum. Hier in Deutschland in Schwetzingen,
am Rokokotheater von Schwetzingen, ich habe Erfahrungen mit kleinen
Bühnen … Zwei Sänger habe ich angeschrieben, zwei der gegenwärtig
Besten. Beider Familienname beginnt mit G., mein Regiefreund weiß,

wen ich meine. G. und G. auf dem Höhepunkt ihrer Karrieren. Sie können alles singen, und sie singen alles. Lieder, Bach, Mozart, Romantik, klassische Moderne. Der Eine hat vor Kurzem einen fulminanten Woyzeck gegeben, der Andere hat Bayreuth erobert. Ihre gestalterischen und sängerischen Fähigkeiten sind universell, sie sind die Sängerdarsteller auf den Bühnen der Welt. Spiel und Gesang – nicht voneinander zu trennen, beides miteinander verknüpft wie Pech und Schwefel. Ich würde ihnen den *Hamsun*, wie man so sagt, auf den Leib schreiben, auf den Leib komponieren. – Ich schicke meinem Regiefreund ein zweites Mal das Hamsun-Libretto. Luxusausgabe, Taschenbuchformat, Großdruck, überall, in jeder Situation lesbar, in Probenpausen, im Zug, im Flugzeug, auf dem Klo, im Bett, auf der Parkbank, im Restaurant, im Café, am Strand. Sollte er das erste Libretto „verbummelt" haben, jetzt wird er es lesen, jetzt muss er es lesen, wird es achten und wertschätzen. Mein Stück ein Fressen für einen Regisseur seines Formats. Er kann es nicht ignorieren. Für ihn, den Fantasie-Regisseur, würde ich auch einen Chor hinzufügen, einen Fernchor, einen Geisterchor, einen Chor der Trolle. Sollte Oslo ausfallen, falls mit denen dort kein Konsens zu erzielen ist, dann vielleicht München, Wien, Amsterdam, Salzburg? Salzburg wäre ein ideales Pflaster, Salzburg wäre der Kracher. Mit keinem anderen Theater ist mein Freund künstlerisch so eng verbunden wie mit Salzburg. Mozart hat er dort inszeniert – ich glaube drei Mal … –, Strauss, Korngold, Massenet, Mussorgski, Puccini, warum nicht einen „Modernen"? Warum nicht eine Uraufführung? *Hamsun* in Salzburg, klingt schräg, aufregend, abgefahren. *Hamsun in Salzburg,* der neue Titel für meine Oper. In Salzburg *Hamsun in Salzburg,* in Moskau *Hamsun in Moskau,* in New York *Hamsun in New York.* Mein Regiefreund liebt solche bizarren Ideen. *Hamsun* für Salzburg, für die Salzburger Festspiele. Salzburg der Olymp meines Komponistenlebens. Höher geht's nimmer!

HAMSUN IN SALZBURG
Oper für einen Sänger, Sprechstimmen und Orchester
Libretto vom Komponisten

DIE FABEL: Das Libretto ist eine literarische Collage, zusammengestellt aus Texten von Knut Hamsun, eigenen Texten, aus der Filmerzählung *Hamsun* von Per Olov Enquist und aus den Cantos von Ezra Pound. Die Situation, in der Hamsun gezeigt wird und agiert, ist ein fiktive, sie ist erfunden. – Die Oper spielt im Jahr 1948. Hamsun lebt allein. Er ist ein Ausgestoßener, ein vom norwegischen Volk Verachteter. Ihn ereilt am Beginn des Monodramas ein Schlaganfall. In dessen Folge reflektiert er über seinen psychischen Zustand, führt Selbstgespräche, bewertet seine nationalsozialistische Anhängerschaft, sinniert über seine fortschreitende Taubheit und die damit einhergehende Schwächung der Kommunikationsmöglichkeiten. Die Persönlichkeitsstruktur hat sich bei dem 89-Jährigen seit dem Ende des Zweiten Weltkrieges radikal verändert: Charakterstärke ist zu Starrsinn geworden, sprachliche Eloquenz zu Aphasie, Geselligkeit zu Eigenbrötlertum, Lebensmut zu Todessehnsucht, Ironie zu Zynismus. Aber er ist nicht senil. Seine geistige Verwirrtheit ist dem Alleinsein geschuldet, den schwierigen politischen Nachkriegsjahren, der Taubheit, dem schlechten Sehvermögen, den Gebrechen eines alten Menschen. Ein Schriftsteller am Ende seines Lebens verstrickt in Ruhm, Schuld, Vergessen, Todessehnsucht und Behauptungswillen.

DAS BÜHNENBILD: Zentraler Punkt des Bühnenbildes ist der Hamsun-Museumsturm von Hamarøy in Nordnorwegen. Er ist Wachturm, Beobachtungsturm, Gefängnisturm, Stimmenturm, Menetekel. Auf der ganzen Bühne liegen unregelmäßig verteilt Baumstümpfe, Holzklötzer, zu hackendes und gehacktes Holz. Der Turm ist immer nur schemenhaft zu sehen, Dunkelheit überwiegt. Hamsun wird in seinen Bewegungen, seinem Agieren herausgeleuchtet. Die Farben des Nordlichts könnten am weiten Horizont eine Rolle spielen. Erst zum Schluss, wenn sich Hamsun auf den Weg zu seiner Frau macht, hellt sich das Bühnenbild auf, und der Turm ist im Licht zu sehen. Tag und Nacht, die Zeit spielt keine Rolle. Die vergehende Zeit ist die Musik.

ZUM MUSIKALISCHEN: Hamsun ist ein Bassbariton, Charakterfach. Errungenschaften aus Jahrhunderten Gesangsentwicklung sollten sich in ihm bündeln. Von Arioso bis Sprechgesang, von Schreien bis Flüstern, von Tonhöhensprechen bis zur rhythmischen Deklamation. – Das Orchester: 20 Violinen (5 Gruppen zu je 4), 8 Bratschen (4+4), 8 Celli (4+4), 5 Kontrabässe. 4 Flöten, 1 Oboe, 4 Klarinetten, 1 Fagott, 3 Trompeten, 3 Hörner, 3 Posaunen, Harfe, Klavier, E-Bass, Schlagzeug. – Im Orchester sollten Hamsuns Seelenzustände musikalische Deutung finden: Zerrissenheit, Isolation, Traumata, Delirium, Aufbegehren, Erinnerungsängste, Humor, Güte, Schöpfertum. Musikalische Mosaiksteine stehen für sich, finden zusammen, überlagern sich, werden zu Flächen, geben rhythmische Impulse, steigern sich dynamisch von extrem tief bis extrem hoch, zerfallen wieder wie Meereswellen, mal sanft, mal stürmisch, dann wieder säuselnd, spielerisch, aufstöhnend, kräftig, gleichmäßig, unruhig etc. Die Oper ist abendfüllend, die reine Spielzeit darf zwei Stunden nicht überschreiten. Eventuell eine Pause vor dem 19. Bild. Die DIALOGE werden wegen der Sprechstimmen wenig Zeit beanspruchen. Die einzelnen Szenen sollen wie Filmschnitte funktionieren, sie folgen dem sinfonischen Prinzip der Gegensätzlichkeit: schnell, langsam, beschwingt, ruhig, vorwärtstreibend, aufbrausend, dramatisch, lyrisch etc. Im Libretto „Pause–längere Pause" heißt: Die Musik spielt.

I VORSPIEL

Hamsun beim Holzhacken / er tut so, als ob / das Geräusch des Hackens darf nicht zu hören sein Landstreicher sind wir auf Erden. Landstreicher.
Wir wandern Wege, wir wandern durch Wüsten.
Zuweilen kriechen wir, ja, kriechen wir,
und zuweilen gehen wir aufrecht, aufrecht und zertreten einander.
Pause

Nein, nein, man darf nicht zart besaitet sein,
wenn man mit dem Leben fertig werden will. *Pause*
Verschiedene Dinge … ereignen sich nun einmal, im Leben.
Die Menschen, sie wimmeln durcheinander, durcheinander.

Und dann beginnt, beginnt der Tod zu hausen.
Er schlägt willkürlich zu, ohne zu achten, wo er hintrifft.
Willkürlich ... will ... will ... aaahh ... aaaaahhh ... a, a, a ... ach ...
Hamsun sinkt zusammen und bleibt reglos liegen

II ORCHESTERZWISCHENSPIEL

III MONOLOG
Hamsun bewegt sich / stockend
Verdammt! Teufel! Teufel noch mal! Ich lebe ... lebe.
Idiotisch! Gott, und ich wollte doch sterben.
Ein schöner Tod, so plötzlich, ohne Leid ...
Mir schwindelt. Mein Kopf ... mein Kopf birst!
Mein Gehirn ein Malstrom, Fieber, mich schüttelts, mir ist kalt,
    kalt ...
Mein Arm, mein linker Arm ... ein Anhängsel,
ein schlackernder nutzloser Schlauch ... mit starren Fingern ...
Wasser! Wasser! *Er robbt zum Wasserhahn, der wie ein Spazierstock aus
dem Boden ragt / er trinkt und lässt sich das Wasser über den Kopf laufen /*

LÄNGERE PAUSE
IV DIALOG
Die Stimme Maries über Lautsprecher aus dem Turm / laut plärrend
MARIE. Warum hast du das getan! Du bist nicht bei Verstand! Du,
du ... Idiot! „Hitler ein Vorkämpfer der Menschheit, ein Verkünder des
Evangeliums. Eine Reformatorengestalt höchsten Ranges! Wir, seine An-
hänger, beugen das Haupt bei seinem Tod." Gerade heute, an diesem
Tag ...! Deutschland hat kapituliert!
HAMSUN. Nein! Nein! – Nein?
MARIE. Der Brief von Goebbels, wo ist er? Du musst ihn verbren-
nen ... Der Brief von Goebbels, als du ihm die Nobelmedaille geschenkt
hast! Wo ist er? Wo hast du den Dankesbrief? Wo? – Du verdammter
Idiot!
HAMSUN. Ich bin nie ein Feigling gewesen. Ich habe gesagt ...

MARIE. Jeder kennt dich. Sie werden dich erschießen.

HAMSUN. Sollen sie mich erschießen! Aber nicht die Jungen. Die nicht. *leer und leise* Ich will erschossen werden, will erschossen ... will ... mein Kopf ... mein Kopf ... *sinkt zusammen / Pause*

V CANTO
Dein stilles Haus

    Die Beuge des Krummstabs, gebogt in der Wand,

    Die Rispen weißfiedrig, ein Delphin auf Seesprind

        Ich bin unbedingt für Verkehr ohne Tyrannei –

    Kielspur tanzquirlig in caracole

    Hast du die Kielspur gesehen am Seewall, ihr Walmen,

    Die Flaumschlägerei? Tatzentapp, Wellenschwapp,

    Das nenn ich Übermut,

        Kannst du sehn mit Augen von Türkis und Koralle

    Kannst du gehen mit dem Wurzelstrunk der Eiche?

    Iris, gelb im Flussbett dort

    Quercus auf dem Sumeru

        Kannst du sehn mit Türkisen-Augen?

           Himmel Erde

                in der Mitte

                    ist

                Wacholder

Die Läuterungen

        sind Schnee, regen, Artemisia

        dazu Tau, Eiche, Wacholder

VI MONOLOG
Hamsun versucht, sich zu fassen / mit Galgenhumor

    Ein Unglück – Bagatelle!

    Ein Unglück hat ein Ende ...

    Das geschieht einmal und ist dann vorbei ...

    Schlimmer ist es ... Jahr um Jahr Glück zu entbehren. *Pause*

    Die Mücke ist eine Plage, sie singt mit Glasschwingen.

i-i-i-, singt sie, i-i-i- …
Im Anfang ist sie eine Prüfung für den Verstand – nur im Anfang …
Glück, was ist das? Glück?
Man muss erkennen … die Unwichtigkeit alles Glücks …

VII DIALOG

Die Stimme Ellinors klingt etwas überdreht / sie hat getrunken

ELLINOR. Papa? Du bist so furchtbar … stark. Stark bist du … Hast du nie jemanden bewundert?

HAMSUN. Doch, Strindberg.

ELLINOR. Ich dachte, du könntest niemanden bewundern.

HAMSUN. Wir waren in den 90ern drei Jahre in Paris zusammen.

ELLINOR. Und was hast du bewundert?

HAMSUN. Dass er so unvernünftig war.

ELLINOR. Wie ich! Wie … ich?

HAMSUN. Nee … nee … aber … er war immer auf der anderen Seite der Grenze. Er hielt sich nicht an das Gewöhnliche.

ELLINOR. Talent!

HAMSUN. Mädchen, Talent hat jeder, und Gott sein Dank, er war sehr talentlos. Aber ein Kämpfer war er. Kämpfer für tausend Dinge. Ein Duellant in allen Waffengattungen. Keiner konnte ihn fällen, Ellinor, niemand. Nur er selbst hat sich und seine Sache oft gefällt … Und sich wieder hingestellt, um für eine andere Sache weiterzukämpfen.

ELLINOR. War er dabei glücklich?

HAMSUN. So ein Mann ist nie glücklich.

ELLINOR. *leiser, mit schwerer Zunge* Ein … großer Mann?

HAMSUN: Er war nur zehn Jahre älter als ich. *Längere Pause, als würde er auf Antwort warten* Strindberg sagte damals, er fange an, sich alt zu fühlen –, aber das war ein Zeichen dafür, dass er jung war. – Ein alter Mann … der sich für jung hält, ist hoffnungslos.

LÄNGERE PAUSE

wohnhaft in

DIE STRASSE (1)

Ich zucke zusammen. Ein dumpfer Knall schreckt mich auf. Ich vertippe mich. Fast im gleichen Moment das Klirren, das Splittern von Glas. Ich höre es wie durch eine Nebelwand, leise, aber extrem deutlich. Die Präzision eines Scherenschnitts. Das Geschehen ist eindeutig. Autos sind ineinandergefahren, draußen in der Nähe meines Arbeitszimmers, rechterhand, nicht weit von mir, an der Kreuzung. Ich kenne das, und trotzdem erschrecke ich. Die Plötzlichkeit der Geräusche ... Meine Konzentration ist hin, ich ärgere mich ... ich bin verärgert über mich selbst und muss an meinen Vater denken, der ebenso schreckhaft war. Von ihm habe ich das geerbt ... Bei ihm kam die Schreckhaftigkeit vom Krieg. Das Zischen, das Fiepen der Granaten, die Einschläge, die Angst. Granatsplitter wanderten bis ins hohe Alter durch seinen Körper. Mutter beruhigte uns Kinder, die Splitter seien nicht schmerzhaft, sie würden sich von innen nach außen bewegen, seien ungefährlich. Wir befühlten Vaters Unterarm, entdeckten unter der Haut etwas bläulich Hartes. Respekt und Ekel befielen uns regelmäßig bei dieser, wie uns schien, obszönen Intimität.

Ich schalte den Computer auf Energiesparmodus und gehe nach draußen, sehe, wie sich ein Opel in einen VW verkeilt hat, die Fahrertür ist eingedrückt. Die aufgesprungene Motorhaube des Opels wie das aufgerissene Maul eines Hais. Drama, denke ich, Aufregung, Vorwürfe, Entsetzen. Weit gefehlt! Ruhe, Stillstand. Das Leben ist stehengeblieben, Verkehr im Schritttempo, vorsichtiges Umfahren des Unglücks, neugierige Blicke ... Der Unfall mitten auf der Kreuzung, wie eine moderne Skulptur sieht er aus. Vier Straßen führen auf ihn zu, in der Mitte der Knotenpunkt der Zerstörung. Ein junger Mann sitzt auf dem Sims eines Zauns und hält sich den Kopf, er betupft sich die Stirn, wenige Tropfen Blut. Zwei andere Personen starren weltabgewandt in ihre Smartphones. Diese Gelassenheit, diese Empathielosigkeit, dieses Schweigen, ich kann das nicht verstehen, mir pocht das Herz bis zum Hals, und dabei habe ich mit der ganzen Sache nichts zu tun. Der Rettungswagen kommt ohne Signal, die blauen Rundumleuchten blinken. Ein Sanitäter geht zu dem jungen Mann und schaut sich dessen Kopf an. Sie reden verschwörerisch, kurze Frage, kurze

Antwort. Ein anderer Sanitäter legt dem Verletzten einen Verband an. Die Polizei fährt vor, lautlos. Zwei Bemützte steigen aus einem VW-Kombi, die Türen machen plopp wie beim Öffnen einer Flasche mit Bügelverschluss. Aus der Parkbucht des Halteverbots knattert ein weißer Kastenwagen davon, und ich weiß im selben Moment, dass dieses Auto, dieser „Sichtversperrer" der eigentlich Schuldige am Unfall ist, der eigentliche Täter. Er macht sich davon, niemand bemerkt es, nur ich weiß, was hier soeben passiert ist. Ich kenne mich auf dieser Straße aus, bin hier zu Hause, und ich werde den Teufel tun, mich als Zeuge einzumischen. Ich bleibe anonym, ich habe hier nichts verloren. Ich gehe zurück zu meiner Arbeit. Ich muss weiterschreiben. Ich bemühe mich um Konzentration. Das Ereignis hat mich unnötig gestört.

Vor dem Abendbrot der tägliche Spaziergang, Geist lüften. Die Kreuzung ist geräumt. Nichts deutet auf das nachmittägliche Scharmützel hin. Wenn man allerdings aus der Luft schauen könnte, würde man erkennen, dass die Rekonstruktion des Unfalls durch die Polizei weiße Kreidestriche hinterlassen hat ähnlich Höhlenmalereien aus der Steinzeit. Mit einiger Fantasie würde man einen Krieger, ein Strichmännchen mit Speer, wahrnehmen und ein Nashorn mit drei Köpfen und drei überdimensionalen Hörnern. Kunst auf dem Asphalt. Wenn es nicht regnet – es hat schon seit Wochen nicht geregnet –, werden die Striche viele Tage zu sehen sein. Ich sollte die Malerleiter holen und ein Foto machen. Aber ich trau mich nicht. Ich hier abends … mit einer Leiter auf der Straße … mit Fotoapparat … kindisch … grotesk und kindisch.

DAS ARBEITSZIMMER (1)

Ich gebe es zu, ich habe mich nie richtig bemüht, den neuen Computer zu verstehen. Nie ist das falsche Wort, das klingt nach lebenslänglich, ich besitze ihn seit über einem Jahr, gut … anderthalb … kurz vor Weihnachten 2016 kam das Verhängnis in Person eines Mannes von der Telekom, der uns für das digitale Zeitalter fit machen wollte. Wir konnten uns nicht wehren. Wider Erwarten arbeitete er zügig und professionell, installierte WLAN, beruhigte uns mit den Worten, jetzt wäre endlich das schnelle Internet bei uns angekommen. Ob wir es bräuchten und wollten, war ihm egal.

Ein neuer Drucker, ein neuer Laptop mussten her! Meine Novellen schrieb ich auf dem alten Gerät, da fühlte ich mich sicher.

Der neue Computer, wie fremd wir uns waren! Sagen wir so, zwei verfeindete Parteien standen sich gegenüber und keine bemühte sich um das Vertrauen der anderen. Meine „Goodwill-Aktionen" wurden vom neuen Gerät regelmäßig mit rätselhaften Fragen torpediert. Ich stockte, verzweifelte, ich wollte doch nur schreiben, schreiben, neue Büchlein rekrutieren … Mit dem alten Laptop arbeitete ich vierzehn Jahre, da ging alles automatisch, schnurrte alles ab wie ein gut geübtes Klavierstück, Präludium C-Dur von Bach, WK – Wohltemperiertes Klavier. Ich tippte meine Gedanken, meine Texte ein wie ein handschriftlicher Roboter, aber mit dem Segen der Technik ausgestattet: Verbesserungen, Umstellungen, Schriftvarianten, groß, klein, dick, dünn, kursiv, Abschnitt, Einzug, Druck usw., alles kein Problem. Dass der Anfang schwierig, sehr schwierig war … kein Gedanke mehr daran.

Heute, nach anderthalb Jahren habe ich Frieden mit dem Ungeliebten geschlossen. Es besteht eine Art Waffenstillstand zwischen uns. Ich lasse mich durch seine Eigensinnigkeiten nicht aus dem Konzept bringen, er akzeptiert meine Schreiberei mit Verständnis, überfordert mich nicht. Seine Fragen an mich sind einfach, verständlich, kindgerecht. Wir könnten Freunde werden.

DAS SCHLAFZIMMER (1)

Ich schreibe, schreibe und kann darauf warten, in der Nacht wildes Zeug zu träumen. Ich schlafe fest, der Geist ist wach, schwirrt, verknäult sich, springt, hüpft, rekelt sich, kämpft. Ich träume sogar in Fortsetzungen. Die Toten stehen auf. Die vor langer Zeit Verstorbenen werden lebendig, die Großeltern, die Hainsberger Oma. Längst vergessene Onkels und Tanten treten auf – Onkel Felix aus Klotzsche, Tante Lina und Onkel Alfred aus

Somsdorf, Onkel Richard und Tante Else aus Freital-Burg. Sie treten aus den Fotoalben heraus auf mich zu, bedrängen mich. Ich träume von Situationen, die ich als Kind mit ihnen oder bei ihnen erlebt habe: Kirschen pflücken, Garten gießen, Teppich klopfen, Kuchen singen, Geburtstage, Wanderungen: Sächsische Schweiz, Frauenstein, Rabenauer Grund, Stolpen, Erzgebirge, Rehefeld, Hinterhermsdorf, Geising, Altenberg …

Und in der gleichen Nacht, in der ich Kind war, bin ich plötzlich der Erwachsene, der Kerl von jetzt, der sich auf den Weg zu den Auferstandenen macht als Mensch von heute, als 71-Jähriger … und er kommt nicht an, kommt nie ans Ziel, verläuft sich in einer Erzgebirgslandschaft mit einzelnen Gehöften, unbefestigten Wegen, Baumgruppen, Baumgerippen, einer hügeligen Landschaft, die sich wiederholt und wiederholt. Eisenbahnen zockeln durch die Gegend. Er möchte einsteigen, plötzlich ist die Eisenbahn ein Bus, der ihm vor der Nase wegfährt. Er fährt Rad, es geht ganz leicht, er fährt im Kreis, immer der gleiche Wald, immer der gleiche Weg, die Gegend menschenleer … Ich träume jede Nacht das Gleiche, kann mich aber beim Aufwachen nicht an die konkreten Vorgänge erinnern. Adorno sagt: „Je enger Träume untereinander zusammenhängen oder sich wiederholen, umso größer ist die Gefahr, dass wir sie von der Wirklichkeit nicht mehr unterscheiden können."

Von meiner Frau träume ich nicht. Sie liegt rechts neben mir und kommt in meinen Träumen nicht vor. – Sie dreht mir den Rücken zu, wenn sie schlafen kommt, sie dreht mir den Rücken zu nach sechs Uhr, wenn sie die erste Tablette genommen hat. Das Gleiche passiert gegen acht, sie kommt, legt sich hin und dreht mir den Rücken zu. Ich stehe um halb neun auf und sehe ihren Rücken. Ich fühle mich nicht geliebt, ungeliebt fühle ich mich, ich fühle mich schlecht. Ich schleiche hinaus, gehe durch die Wohnung, ziehe die Vorhänge auf, öffne die Fenster. Atme einige Mal tief ein wegen der Gesundheit … Sport ist das nicht, ich muss ans Schreiben denken. Ich frühstücke gegen neun. Durch die offene Wohnzimmertür sehe ich meine Frau ins Bad gehen. Ich trinke Tee. Sie kommt ins Zimmer und legt sich den BH an, wie Frauen das so tun, zuhaken, den BH drehen, mit den Armen unter die Träger schlüpfen. Anmut. Das „Ich-fühle-mich-nicht-geliebt" ist vergessen.

Ich setze mich an den Computer, er sagt: „Willkommen zurück! Machen Sie genau dort weiter, wo Sie aufgehört haben." Ich werde ihm das Du anbieten.

Von Musik und vom Komponieren träume ich nicht, habe ich lange nicht geträumt. Das macht mir Angst.

KALENDERNOTIZEN vor dem 71.
Januar 2017

Novelle beendet, Aufräumen des Arbeitsplatzes. Einunddreißig lose, handschriftliche Manuskriptseiten und Rechercheblätter, achtundzwanzig Recherchebücher, das Bedrückungsjahr durch Schreiben hinter mich gebracht. „Der Spaziergang" – ein bewusst harmloser Titel. Der Ich-Erzähler ein Geiger, der sich vor einer moralischen Instanz dafür rechtfertigt, warum er nach seinem Berufsleben im Alter nochmal neu beginnen möchte. Ich kenne mich mit der Psyche von Geigern aus, mit den komplexen Problemen vom Spielen dieses Streichinstruments: Linke Hand, rechter Arm, Bogenführung, Lagenspiel, Intonation, Phrasierung, Vibrato, Kinnhalter, Mensur der Saiten, ich weiß einiges über den extrem beanspruchten Bewegungsapparat eines Geigers. Ich war verlobt mit einer Geigerin, und mein Sohn spielt das Instrument. Eigentlich sollte die Novelle „Der letzte Spaziergang" heißen, doch der Titel verrät die Pointe und ist besetzt durch Grass und Kempowski.

Mein Librettofreund, mein „Für-alle-Lebenslagen-Freund" in Aumühle bricht auf nach L. A., übermorgen, nach seinem Geburtstag. Ich mache für ihn ein Gedicht:

Fragen eines schreibenden Komponisten
Sind die Menzer Elegien bei dir gelandet oder
Im Sturm von Hamburg versandet?
Bist du an deinem Geburtstag zu Hause
Oder machst du in New York eine Sause?

Wird das neue Jahr ein ganz süßes
Oder wie das letzte ein ziemlich mieses?
Wir sind in Sorge, geht es dir gut?
Nur das Beste für dich … Mut
Für den Weg auf den Sechzigsten zu.
Noch mal ne Oper, wär das nicht der Clou?
Wann sehn wir uns mal zum
Klönen und Schnacken und Mahl?
Du, Inge, die Beste und Ecke?

So viele Fragen und die nur zum Zwecke
Dass unsere Freundschaft noch lange bestehe –
Wehe!!

Das zweite Klavierkonzert von Brahms, Rudolf Buchbinder und Zubin
Mehta. Wenig inspiriert. Ich liebe Brahms, aber diese Komposition klingt
routiniert und langweilig. Eine langweilige Interpretation einer langweiligen Komposition. Den Interpreten kann man nichts vorwerfen, sie haben
alles richtig gemacht.

Den ganzen Januar über Winter. Schnee, Kälte, Frostnächte. Autos
fahren auf- und ineinander. – Samstag, es schneit. Ein leiser Tag, ein schöner Tag. Der Enkel ist da. Er vorlaut: Was ist denn das? Was ist denn das?

Das Weltkriegsmuseum in Danzig kann nicht eröffnet werden, es ist
zu europäisch. Die Heldentaten des polnischen Volkes sind nicht genügend berücksichtigt worden, so die polnische Regierung. Diese nationalistische polnische Regierung! Erst Nationalismus, dann Faschismus, dann
Krieg! Ein schlechtes gemeinsames Europa ist besser als ein gutes gespaltenes – so dachte ich an einem verschneiten Samstag im Januar, ich, ein
hoffnungsloser Optimist, nein, ein hoffnungsvoller Skeptiker, ein optimistischer Skeptiker … oder so ähnlich …

DAS ARBEITSZIMMER (2)

Ich sitze an meinem Opus magnum. Links neben mir der weiße, klappbare Notenständer. Auf ihm das Notizbuch des letzten Jahres mit den Eintragungen. Juni, der 71. in Menz. Ich beginne mit diesem Geburtstag, der außerordentliche Bedeutung für mich hatte ... oder hatte er keine? Bedeutungslos wäre besser ... Ich weiß nicht, weiß nicht ... Jetzt, in diesem Moment jedenfalls, während ich über den 71. schreiben möchte, will ich mich an ihn erinnern, ist er mit Bedeutung aufgeladen. Morgen wird das vielleicht ganz anders sein, ist Verdrängen, Vergessen angesagt.

Meine Eltern heiraten im August '45. Es hat sofort geklappt. Eine große Liebe. Die Ehe hält bis zum Tod meines Vaters. Aus seinem Tagebuch: *Sonnabend, 15. Juni 1946. Morgens: Brot, Marmelade, Brotaufstrich, Tee. Frühstück: Schnitten mit Brotaufstrich. Mittag: Spinatsuppe mit Kartoffelstückchen. Kaffee: Salzstangen, Waffel, Marmelade. Abends: Biersuppe, Brot, Quark, Gemüsesalat, Radieschen, Bratkartoffeln. (Ab heute allein.) Sonntag, 16. Juni 1946. Morgens: Brot, Marmelade, Kaffee. Frühstück: Brotaufstrich-Schnitten, Quark. Mittag: Spinatsuppe mit Kartoffelstückchen. Kaffee: Waffeln mit Schlagcreme. Abends: Gulasch, Salzkartoffeln, Staudensalat; später Waffeln, Marmelade. Montag, 17. Juni 1946. Morgens: Tee, Waffeln, Marmelade. Frühstück: Quarkschnitten. Mittag: Möhreneintopf. Kaffee: Quarkschnitten, Röstbrot. Abends: Suppe (Kartoffeln mit Haferflocken), Gulasch, Salzkartoffeln, Staudensalat, später Brot, Erdbeeren. Dienstag, 18. Juni 1946. Morgens: Erbsensuppe, Brot, Brotaufstrich. Frühstück: Brotaufstrichschnitten. Mittag: Kartoffelsuppe, Brot, Hefekloß. Kaffee: Brotaufstrichschnitten. Abends: Erbsensuppe, Haferflocken dick mit Zucker und Zimt, Bratkartoffeln, Staudensalat, Brot, Butter; später Limonade, Brotaufstrichschnitten. Mittwoch, 19. Juni 1946. Morgens: Haferflockensuppe, Brot, Brotaufstrich, Kaffee. Frühstück: Brotaufstrichschnitten. Mittag: Spinatsuppe. Kaffee: Brotaufstrichschnitten. Abends: Schnittbohnen mit Kartoffelstückchen, Erdbeeren, Brot; später dasselbe. Donnerstag, 20. Juni 1946. Morgens: Kürbismus-Suppe, Brotaufstrich, Brot. Frühstück: Brotaufstrichschnitten. Mittag: Möhreneintopf, Molkenquark-Schnitte. Abends: Pellkartoffeln, Gulaschsoße. (bei Walli) Später: Butterschnitte, Rettich, Erbsen mit Kartoffelstückchen,*

Molkenquark-Schnitte. – So geht es von Himmelfahrt bis Ende des Jahres! Es ist kaum zu glauben, im zweiten Nachkriegsjahr führt mein Vater Buch über seine Essgewohnheiten, akribisch genau, unverdrossen. Drei Anmerkungen zum Leben gibt es: Sonnabend, 15. Juni: „Ab heute allein". Meine mit mir schwangere Mutter kam ins Krankenhaus. „Donnerstag, der 20. Juni" ist eingerahmt, der Tag meiner Geburt. Abends am selben Tag ist Vater „bei Walli", bei einer Tante seiner Eltern. – Ferdinand von Schirach in einem Gespräch mit Alexander Kluge: „Kleist beschreibt Taten exakt. Wie ein Kopf an die Wand geschlagen oder wie ein Feuer gelegt wird. Literatur ist kein Abbild der Wirklichkeit. Es ist eine eigene Wahrheit." – Vater schreibt exakt seine eigene Wahrheit auf. Er enthält sich jeder Moral, jeder Emotion. Ich als Säugling, meine Mutter, die Lebenssituation, die zerstörte Welt kommen in seinen Aufzeichnungen nicht vor. Die einzige Wahrheit, die es für ihn gibt: das Existenzielle des Essens, des Überlebens und der Mangel. Vater schreibt moderne Literatur. Die Wichtigkeit des Belanglosen.

DIE STRASSE (2)

Entlang „unserer" Straße haben sich die neuen Eliten in Bürgerhäusern und Villen einquartiert. An der Menge der Zigarettenkippen vor den Haus- und Gartentüren kann man auf die Anzahl der Beschäftigten schließen. Schilder geben Auskunft über die angebotenen Dienstleistungen.

Top itservices; kompetent-persönlich-initiativ – www.top-itservices.com – Physiotherapie Evelyn Szakacs für Säuglinge, Kinder und Erwachsene – Paulavor GmbH – Fachübersetzung Polnisch Agniezka Gryz-Männig – Mendy Pocher Rechtsanwältin/Ulrich Horrion Rechtsanwalt/Dirk Endert Rechtsanwalt – Haus Elisabeth. NOVADENT-Schöne Zähne für alle – Terra Immobilie-Vermittlungs- und Verwaltungs-GmbH – PRO-FI Baubetreuung GmbH – men KOM consulting-Menschenkenntnis und Kommunikation mit System, Termine nach Vereinbarung – AJI invest-Wohnungen zu vermieten – Anwaltskanzlei Familienrecht-Verkehrsrecht-Erbrecht – Privatpraxis für ressourcenorientierte Psychotherapie-Diplompsychologin MA Sabine Laniado – RST Steuerberatungsgesellschaft mbH Essen, Niederlassung Dresden – BUST Steuerberater für Ärzte Jürgen Tobergte-Wirtschaftsmediator – Vodafone-Vod. Business Premium Store Dresden – teltis GmbH – Winter & Zander Steuerberater – Mathias Jürgens Versicherungsmakler – NOTAR H. W. Lückers, Parkplatz im Hof – diamonds network Marketingberatung-Grafik & Design – Otto Heil-Immobilien – Öffentlich bestellter Vermessungsingenieur – BHB Planung-Planungsgesellschaft mbH Architekten und Ingenieure – DAT-Ihre Vermögens-Manufaktur – CLUB HAVANNA.

Nach der großen Ampelkreuzung geht es nicht mehr so nobel weiter. In der Gründerzeit-Häuserzeile befinden sich im Erdgeschoss: Bäckerei Otto – Spielothek City-Casino – Fahrschule VOSS – Fußpflege-Kosmetik Sabine Wölfel – Modefriseur-Friseur-Massage – Volkssolidarität-Treff am Heidepark. Oben gibt es bezahlbare Wohnungen.

Weitere Villen an unserer Straße beherbergen die FDP mit dem Spruchband „Stark für Sachsen in Berlin", das Kinderhaus BABE und den Honorarkonsul der Republik Panama (mit Briefkasten für die Panama-Papers). Ein ärmliches Zweifamilienhaus ist Gemeindezentrum der Evangelischen-Lutherischen Freikirche-Dreieinigkeitsgemeinde, im Schaukasten der Spruch: „Freut euch mit mir, denn ich habe mein verlorenes Schaf wiedergefunden". Zwei Garagenanlagen aus DDR-Zeiten verschandeln den vornehmen, großbürgerlichen Gesamteindruck. – Die Kunst hat es schwer gegen die geballte Ladung an staatstragenden Berufen. Die Kunstauktionen Dresden mit ihrem Chef James Schmidt setzen ein Zeichen für Werte und Kreativität, für die gleichen Ideale stehen Sven Arnold, Dachdecker und Pianist (!), und Stefan Plenkers, eine „Hausnummer" in Deutschland, Maler und Grafiker mit internationalem Renommee, und ich, Komponist und Autor mit bescheidenem Renommee ... O Gott!, bin ich unten, das erste Mal, dass mich Schreiben so anstrengt, so an die Grenzen bringt. Schreiben ohne Thema, ohne Plot, es macht mich verzweifelt, obwohl ich genau weiß, dass ich auf dem richtigen Weg bin. Das Puzzle der tausend Möglichkeiten, Labyrinth, Irrgarten. Ich bin zornig, klappe den Computer zu und schwinge mich aufs Rad, fahre auf der Gefahrenstraße, nicht auf dem holprigen Fußweg – der Trotz eines Schuljungen. Ich strenge mich an, beiße mich durch. Es geht immer leicht bergan, es gibt kein Ausruhen. Kurz vor der Ampelkreuzung wird es steiler. Ich gehe aus dem Sattel. Schaffe gerade so die Grünphase. Ich schwitze, Schweiß rinnt, ich rieche. Die Sonne, es ist heiß. Jetzt wird die stolze Straße eine Nebenstraße. Weiterhin geht es aufwärts, ich will nicht absteigen, werde nicht absteigen. Rechts eine Gartenanlage, links sanierte Plattenbauten. Die Russen und die NVA wohnten früher hier. Der Wald wurde platt gemacht, um sechsstöckige Wohnsilos hinzusetzen. Ich trete und trete. Die Straße ist nun ein Parkplatz, und dann hört sie ganz auf, verschwindet, ist nicht mehr da, ist Sandweg und kurz darauf Trampelpfad. Ich muss absteigen. Links und rechts Büsche, Brennnesseln, Hagebuttensträucher, wilde Brombeeren. Mit einem Erwachsenenrad würde ich hier nicht durchkommen. Das Klapprad ist nicht schnell, aber praktikabel. Ich habe den Querweg erreicht, der Wald als Dach, als Schattenspender. Mir geht es besser. Die hügelige Strecke macht mir nichts aus. Beim Ab hole ich Schwung für das Auf. Eine Abzweigung, jetzt vorbei an der Kiesgrube nur noch abwärts, ein neuer Weg. Er ist steinig und ausgewaschen. Ich ruckle und zuckle vorsichtig nach unten, stehe in den Pedalen, will nichts riskieren, die neue Bereifung ... Ich erreiche den Prießnitzgrund, der Bach ist ein Rinnsal. An einer aufgestauten Stelle raste ich, hänge die Füße ins kalte Wasser. Gegenüber spielen, planschen Kinder. Mit geht es fast gut. Die Hitze ist hier nicht zu spüren. Ich beginne zu singen, Judith Holofernes: „Ich mach heut nichts! nichts! nichts / was etwas nutzt! nutzt! nutzt / Ich mach heute nichts / was etwas nutzt, wobei man schwitzt / oder lang sitzt / Ich bin Nichts! Nichts! Nichts / nutz! nutz! nutz / Ich mach heute nichts was etwas nutzt ..."

Ich singe gegen das Schreien der Kinder an ... Ich radle nach Hause, dusche. Ich atme auf, bin frohgemut, ein schönes altes Wort ... Frohgemut setze ich mich an den Computer und schreibe weiter, füge Puzzleteil auf Puzzleteil ... Geduld üben, geduldig sein, dem Verschwinden die Stirn bieten, dem Verschwinden ein Schnippchen schlagen! *Der Geist hilft unsrer Schwachheit auf* ... Doppelchörige Motette von Bach, ich habe sie gern gesungen, sie war mir von allen Bach-Motetten die liebste.

Dieser schöne tröstende Choral am Schluss nach all den polyphonen Ver-
wicklungen. Ja, der Geist hilft, der Geist hilft unserer Schwachheit auf, er
hilft auf aus Abgründen und Wirrnissen. Empor hilft er, empor.

KALENDERNOTIZEN vor dem 71.
Februar 2017

Volker S., gestandener hiesiger Schriftsteller: Tagebuch broschiert, vor-
nehm. – *Überall Welt / Journal 2004–2015.* Gehäkelte, geklöppelte, fein-
sinnige Banalitäten in der dritten Person. Immer dieser „hohe" Ton. Wo
bleibt das Ich? Lese trotzdem mit kollegialem Interesse.

Am Frühstückstisch. Meine Frau liest Zeitung. Sie monologisiert über
die Schlechtigkeit der Welt. Ich bin beim heutigen Tag, beim Einkaufen,
bei Bier, Kartoffeln, Gurken, stillem Wasser, FAZ, Sächsischer Zeitung.
Bin beim Nachmittag, bei „Bares für Rares" im TV, DLF Büchermarkt.
Abends im Funk Staatskapelle Martinů, Janáček, Zemlinsky, Schulhoff
(Streichquartett + Orchester), ein außergewöhnliches Programm.

Die Popsängerin Conchita will nicht mehr Wurst genannt werden.
Conchita Wurst ist der Name, mit dem sie bekannt wurde. Nach drei Jahren merkt sie, dass Wurst für sie wohl nicht mehr der adäquate Familienname ist.

Tauwetter. Die Stadt mit ihrem hässlichsten Gesicht: graue Schnee-
reste, braune Rinnsale und Pfützen, schlierige Straßen, vermüllte Fußwege.
Achtlos Entsorgtes kommt zum Vorschein (Silvester, Fasching). Morast
und Verwesung und Endzeit, als hätte man das schneeweiße Unschulds-
tuch weggezogen.

Wie wichtig Erfolge auch im Alter sind. Kleine, winzig kleine – früher
vollkommen unwichtig, jetzt lebensnotwendig: Die Erdbeermarmelade
von DARBO. Jever in kleinen Flaschen. Entenfüttern am Fluss mit dem
Enkel. Das schreiende, geometrische Bild aus eigener Produktion (hässlich,
hässlich – ich nenne es „Porträt Donald Trump"). Der blühende Hibiskus – Winterleuchten. Sibelius Streichquartett. Die neue Hängelampe
(Glaskugel mit Drahtgeflecht – Antarktis).

Ich drucke die Novelle aus. Siebzig Seiten Papier mit schwarzer Schrift. Das Fühlen, der Geruch, das Blättern, das blitzartige Springen über die Seiten hinweg, das Vergleichen … Das ausgedruckte Buch liest man ganzheitlich, konzentriert, gefühlsbeladen. Das gleiche Buch im Computer liest man isoliert, punktuell, zerstreut, zerklüftet, unzusammenhängend. Das Buch wird bleiben. Bücher sind Liebeswerk. Weiter mit Volker S. Dass er in seinem Journal von seinem Kind und sich in der dritten Person erzählt – hochfahrend! Ja, hochfahrend für Tagebuchnotizen.

Spaziergang. Mein Roman vom vorigen Jahr im Schaufenster der Buchhandlung. Ich möchte den Buchhändler umarmen. Heute ist er mein Freund. – Ich gebe ihm den Text meiner Novelle. Dieter bekommt ihn später. Erst der Buchhändler, danach D., der mich inzwischen zu gut kennt. Ich befürchte, er ist ohne die nötige Distanz zu meiner Schreiberei. Als Autor ärgert mich das, als Freund fühle ich mich geschmeichelt.

Nicolai Gedda, Tenorgröße der sechziger und siebziger Jahre, ist schon am 8. Januar verstorben. Der letzte Wille: Sein Tod sei erst einen Monat nach dem Ableben bekanntzugeben. Er wollte in allem und endgültig und absolut seine Ruhe.

Bin fleißig … male das Auge des Zyklopen, vier Mal, vier Mal in verschiedenen Farbkombinationen, vier Blätter ein Bild: das geschwungene Auge, darin die geometrischen, strengen Formen, suggestive Malerei. Ich habe sowas noch nicht gemacht, bin von mir selbst überrascht. Wie ich darauf gekommen bin? Ich weiß es nicht. Das Unergründliche der Inspiration. Manche sagen das Göttliche. Ein Schmarrn! Mit der Arbeit kommen die Einfälle, mit dem Denken! Bleib wach im Denken!

Klaus F. wird siebzig. 17. Februar 2017, auch er hats mit der Sieben, ich rufe ihn an. Er freut sich, ist ganz zahm und verbindlich. Er kann ziemlich aggressiv sein. – Volker S. ist am Ende seines Journals richtig gut. Er lässt die dritte Person sein und spricht von sich, von seinen Gefühlen, mit seiner Stimme. Vorher schrieb er als Wolken-Kuckucksheim-Poet, nun schreibt er als Vater, Mensch, Textarbeiter.

DAS HAUS (1)

Herbst 1997, wir sind auf der Suche nach einem neuen Zuhause. Seit vier Jahren leben wir auf dem Weißen Hirsch und wollen in die Stadt zurück. Die Gründe sind vielschichtig – der Weg zum Theater, zu unseren Arbeitsstellen, Schauspiel, Oper. Wir verbringen unsere Freizeit im Auto oder in der Straßenbahn. – Unsanierte Altbauwohnungen mit den maroden Elektro- und Wasserleitungen, den undichten Fenstern, den porösen Wänden und Decken, den durchgetretenen Fußböden, den vorsintflutlichen Sanitärbedingungen haben wir satt, dazu Geräusche und Gerüche und Schmutz und Verfall ... Wespennester, Fledermäuse, Schimmel, morsches Holz. – Und ... ich kann hier oben nicht komponieren. Silberweg 1, erster Stock, Villa am Wald, Insel der Seligen, Urlaub, Natur, trügerische Ruhe, elf Katzen (Überbleibsel der Russen), Hundegebell, das Plop-Plop der Tennisspieler ... Ich fühle mich antriebslos, meine Komponistenseele verirrt sich mehr als notwendig in die Wald- und Heideeinsamkeit hinter dem Haus.

Wir sehen uns zehn Wohnungen an. Großzügige helle, moderne Räume, drei Zimmer, vier Zimmer, westlicher Standard. Ich hätte jede genommen, bin in solchen Sachen impulsiv, wollte Veränderung, unbedingt Veränderung. Meine Frau fand immer ein Haar in der Suppe, immer passte ihr etwas nicht. Nach jeder Besichtigung war ich beleidigt und verstimmt. Und dann sind wir uns doch einig, Heideparkstraße 17, Erdgeschoss. In der Annonce stand: *Zwei- und Dreiraumwohnungen zu vermieten plus Dreizimmerwohnung im Hinterhaus.* – Das Hinterhaus fiel uns sofort auf. Unabhängig musizieren ohne Rücksicht auf die Nachbarn, welch glückliche Fügung für Musiker. Wir fuhren hin, ein nebliger Oktobertag. Das Vorderhaus, die Zufahrt, das Umfeld, Düsternis, Schmutz, überall Improvisation. Gerüste. Handwerker, unbefestigte Wege, Bauschutt, Klopfen, Hämmern, Sägen. Es hieß, im Dezember sei alles fertig. So recht glaubten wir nicht daran.

Das Hinterhaus, ein ehemaliges Kutscherhaus, enttäuschte. Wohnküche, 18 Quadratmeter Wohnzimmer, oben zwei Zimmer mit schrägen Wänden, wohin mit unseren Sachen, mit den Kleiderschränken, wohin mit dem Flügel, den Noten, den Büchern? Wendeltreppe. Haben wir damals ans Alter gedacht?

Die Vorderhausvilla war ebenso enttäuschend. Doch die Maklerin wollte unbedingt ein Geschäft machen, sie ließ nicht locker. Sie drängte uns, das Vorderhaus zu besichtigen. Wir bahnten uns den Weg in den ersten Stock durch Staub, Dreck und Sandstein, gingen rechts durch eine nicht vorhandene Tür, den Korridor entlang, sahen zwei kleine Räume, eventuell Schlafzimmer, der andere Raum mit den Anschlüssen war wohl die Küche. Wir traten in das Wohnzimmer, dunkel war es, nur ein Fenster, eine verglaste Tür führte hinaus auf den Balkon. Meine Frau: Oh ja, Balkon, das wollte ich schon immer! Ich fragte: Wie oft nutzt du ihn? Sie war nicht abgeneigt, ich dagegen sehr. – Wir gingen runter ins Parterre: Gut, also das Erdgeschoss noch. Wieder der Korridor, rechts die zwei Räume zum Schlafen und Kochen, links das Bad, modern gefliest, mit Wanne, aber ohne Fenster. Meine Frau verzog das Gesicht. Wir kamen ins Wohnzimmer, blieben stehen, standen gewissermaßen im Freien und drumherum Wände und Fenster. Helligkeit, Freundlichkeit, Großzügigkeit. Was oben der Balkon, bildete hier den Erker mit Panoramafensterfront, mit freier Sicht in den Garten auf Birken, Tannen, Sträucher, Dächer, Himmel, das gegenüberliegende Grundstück mit Haus ca. fünfzig Meter entfernt.

Nebenan das zweite Zimmer, mein späteres Arbeitszimmer. Eintreten durch eine Altbau-Flügeltür, der hohe luftige Raum, dieses Gefühl von Ankommen … Obwohl an der Hauptstraße gelegen, war es ganz still, man hörte sich atmen. Ich musste an das Theaterstück *Der Kontrabass* denken: In einem lärmgeschützten Raum monologisiert ein Kontrabassist über das Wohl und Wehe seiner Profession. Auf Seite 18 des Textbuches steht die Regieanweisung: *Er geht zum Fenster und öffnet es. Barbarischer Lärm von Autos, Baustellen, Müllabfuhr, Presslufthämmern etc. dringt herein. Er brüllt …* Ich tat damals Gleiches, ich öffnete beide Fenster des Zimmers. Motorräder, LKWs lärmten, Kreissägen, Rasenmäher, Haussanierungen, Müllabfuhr, Geräusche, die sich multiplizierten.

Ich schloss die Fenster. Heilige Ruhe. Schallschutzfenster hatte man eingebaut, wie sie auch auf Flughäfen zum Einsatz kommen. Die Fenster gaben den Ausschlag. Am 15. Dezember 1997 zogen wir ein in das neue Haus, in die neue Wohnung, wir waren die Ersten von sechs Parteien. Wir fühlten uns sofort zu Hause, und schließlich, und endlich … seit zwanzig Jahren wohnen wir hier und wollen nicht wieder ausziehen, morgen nicht und übermorgen nicht. Wir wollen hier nie mehr raus, bis das passiert, was jedem passiert … bis das passiert, was jedem Menschen einmal im Leben passiert …

DAS ARBEITSZIMMER (3)

Das Arbeitszimmer als Heimat … mit der perfekten Größe, den richtigen Abmessungen, fünf mal fünf Meter. Wäre es zu groß, würde ich mir in ihm verloren vorkommen, wäre es zu klein, fühlte ich mich in ihm gefangen. Ein Arbeitszimmer, das die Gewissheit von Unabänderlichkeit verströmt. Ich brauche diese Gewissheit. In – meinem – Alter – braucht – man – solche – Gewissheiten.

Heimat ist alles hier drin! Der Steinway-Flügel mit dem Komponiertisch. Ein in der Höhe verstellbarer Bürostuhl lässt mich hin und her schwenken zwischen Tastatur und Notenblatt, zwischen Flügelnotenablage, Notenständer und Computer. Neben dem Laptop auf einem Extraschränkchen der Drucker, darunter die Schublade für Papier, weiter unten ein offenes Bürofach für ausgedruckte Manuskripte, sieben Plastefächer vollgestopft mit Schreibarbeiten aus fünfzehn Jahren. Sie müssten entsorgt werden, aber ich kann nicht, die Blätter sind Heimat, Schwarz-auf-weiß-Sicherheit.

Heimat ist die Kommode aus der Zeit des Historismus, nichts Besonderes, man sieht sie in vielen älteren Haushalten stehen, inzwischen auch wieder bei den Jungen. Meist fehlt der Aufsatz, wie hier auch. Das sperrige Möbel ragt in die Ausbuchtung des Flügels hinein, platzsparend für gewichtigen Inhalt – für Klavierauszüge, Liedbände, Klaviernoten von Bach bis zur Moderne, klassische Partituren, für Operettennoten aus den 1930er/40er Jahren. Was in so eine Kommode alles hineinpasst! Man bekommt es erst mit, wenn man sie wegen Malerarbeiten ausräumen muss. Berge von Noten sind dann von A nach B zu bewegen und wieder zurück. Schwere Noten, schwere Musik.

Mein Arbeitszimmer, alles ist Heimat, die bunte Rattan-Sitzgarnitur, die Kaschmirteppiche gegen die Winterkälte des Erdgeschosses, der schwedische Schreibtisch aus DDR-Zeiten – ein Glückskauf, nicht von IKEA, daran war damals nicht zu denken – und die komfortable Couch, die auch als Doppelbett nutzbar ist. Heimat sind die Hellerauer Möbel, die vier Umzüge aushielten! In einem der Schränke Originalpartituren, Handschriften, mein kompositorisches Lebenswerk. Heimat sind drei Bücherregale mit den unterschiedlichsten Fächern, hoch, niedrig, schmal, lang für Taschenbücher, gesammelte Werke, Bildbände, Musikbücher etc. und ein Bord über dem Sofa für Bücher im Schuber, des Staubes wegen … Heimat von Kempowski, Braun, Ebner-Eschenbach, Bobrowski, Klemperer, Somerset Maugham, Gerhard Roth, Ringelnatz etc. Und Heimat ist die selbst entworfene Bücherwand an der Stirnseite des Arbeitszimmers, das Nonplusultra einer Bücherwand, gewissermaßen Bücherheimat. Die hohe Altbaudoppeltür, umbaut von Regalen bis unter die Decke, fünf Meter lang, drei Etagen, getragen von zwei Regalsäulen, links Belletristik, rechts Musikbücher.

Heimat sind Andenken, Nippes, Kitsch. Heimat ist ein winziges Reetdachhaus aus Keramik, ebenso winzig ein Keramikstrandkorb, bunt bemalt. Heimat ist eine neun Zentimeter hohe Sanduhr, die den Fünf-Minuten-Takt vorgibt. Heimat ist die Okarina aus Porzellan mit Goldbemalung im Rokokostil, ist ein gewichtiges Miniflusspferd, das den Rachen mit vier weißen Zähnen (Porzellan) weit aufreißt, ist eine Miniblockflöte (11 cm), die zwitschern kann wie eine auffliegende Lerche, ist ein Brieföffner mit einem Granatsplitter als Griff, schwer, mit messerscharfen Kanten, Erster Weltkrieg, ist ein blauer Farbdruck mit der Silhouette der Kreuzschule (*schola crucis / schola lucis / imus domine / quo ducis*). Heimat ist eine Marionette, säuglingsgroß, ein Maler mit Palette, Pinsel, Baskenmütze (Toulouse-Lautrec?), ist eine marmorschwere Loriotfigur in einem Designersessel, nachdenklich mit Knollennase. Heimat sind zwei schlankstielige Likörgläser mit eingravierten Noten, ist ein Plasteglobus (Durchmesser 12 cm) mit verblichenen Farben, dennoch deutlich sichtbar die Sowjetunion, Französisch-Äquatorialafrika, die Länder Süd-amerikas, mit Lupe auch die DDR, Spanisch-Sahara, Rhodesien und Njassaland, Portugiesisch-Ostafrika. Heimat sind zwei Glasgefäße voller Holzkugeln, duftend nach Weihrauch, Myrrhe, Rosmarin, Thymian, Lavendel und Eukalyptus. Heimat ist ein gepresstes, zerbrechlich dünnes Blatt vom Ginkgobaum aus der Bibel meiner Großmutter väterlicherseits.

Heimat sind die goldgelben Strahlen der Nachmittagssonne an Wand und Zimmerdecke, das Sprühen und Flimmern, die Streifen und Kringel. Halbmondartige, verblassende Federwolken. Spuk. E. T. A., Gerhard Richters Schattenbilder. Heimat ist nicht sentimental, ist nicht Folklore, ist weder Kindheit noch Geburtsort, nicht Erinnerung noch Zauberwort. Heimat ist Gegenwart, ist in mir selbst. Heimat bin ich selbst … in den besten Momenten ist Heimat in mir selbst.

DER GARTEN (1)

Mit Gartennutzung, so steht es im Mietvertrag. Bei Einzug eine Neben-sächlichkeit, die wir kaum zu schätzen wussten, eher Last als Lust. Heute gehört der Gartenstreifen längs des Arbeits- und Wohnzimmers ganz fest zu uns, ist Besinnungs- und Bestimmungsort, grüne Insel und Lese-Oase. Früh gegen halb neun stehe ich am Wohnzimmerfenster und schaue nach draußen, beobachte. Der Deutschlandfunk ist eingestellt. Bis zu den Sportnachrichten verweile ich so und begutachte die Natur.

Wenn ich mich etwas vorbeuge, sehe ich links die grüne Wand der Koniferen. Im Frühjahr nach unserem Einzug hatten wir sie gepflanzt als Sicht- und Lärmschutz, acht zarte, niedrige Bäumchen. Nach einigen Jah-ren bildeten sie eine undurchdringliche grüne Mauer, kein Baum war eingegangen. Jetzt sind sie nur noch außen grün, innen vertrocknet. Ich müsste sie wegmachen und neue Bäume pflanzen, aber meine Frau ist dagegen.

Auf der Sandsteinmauer – Begrenzung zum Nebenhaus – ein hell-braunes Eichhörnchen. Es frisst den Vögeln das Futter weg. Wir haben gelesen, die heimischen Vögel sollten auch im Sommer gefüttert werden, so würden sie sich an die Wintergaben gewöhnen und immer wiederkommen. Wir glauben an dieses Gebot, es sind schon zu viele Vögel verschwunden. Keine Vogelschar mehr wie vor Jahren, nur noch einzelne Kohlmeisen, Blaumeisen, Amseln, ein Rotkehlchen, zwei, drei Spatzen, keine Grünfinken, Stare, Schwalben. Kein Eichelhäher, Dompfaff, Kernbeißer, Buntspecht, Buchfink, obwohl der Garten naturbelassen ist und nebenan Baumdickicht das ideale Vogelrevier wäre. Nie verschnittene, immergrüne Eiben, Birken, Haselnussbäume, Flieder haben sich ungehindert ausgebreitet. Die höchsten Bäume ragen über das Dach des Nebenhauses hinaus … Krähen gibt es, Krähen gibt es zuhauf! Ab und an läuft ein Kleiber am Kirschbaum kopfunter hinab.

Es ist Oktober. Sommer im Oktober. Dürre, Trockenheit, grelle Sonne, es regnet nicht mehr. Der Rasen ist verbrannt. Selbst der Giersch hat aufgegeben. Die Blumen in den Töpfen und Kästen blühen noch. Fleißige Lieschen, Gottesaugen, Astern. Ich habe sie den Sommer über jeden Tag gegossen. Bei den Büschen zur Straße gab ich im September auf. Ich kam mit dem Wässern nicht mehr nach.

Jetzt badet eine Amsel in der Vogeltränke. Sie plustert sich, rudert und schlägt mit den Flügeln, ist viel zu groß für die blaue Wasserschale. Ich muss nachfüllen gehen.

Am Pflaumenbaumgerippe leuchtet der orangefarbige Nistkasten … leer. 2016/17 gab es drei Mal brütende Blaumeisen. Den Ausflug der Jungen habe ich regelmäßig verpasst, ganz früh am Morgen muss das gewesen sein. Einmal sah ich einen grauen, lebendigen Watteball sich durchs Gras bewegen. Ein Vögelchen hatte wohl den Abflug verpasst, es nicht geschafft. Ich zog mich an und eilte nach draußen, suchte, fand es nicht. Die Katze war schneller.

Der Sport im DLF ist vorbei. Ich gehe mich waschen, lege ein Ciabattabrötchen auf den Toaster. Es ist vier Tage alt, das macht nichts, es wird ganz frisch schmecken.

Ich trinke Tee, frühstücke, lese Zeitung, denke an das Verschwinden der Vögel, der Igel, der Insekten, der Bienen. Der Wetterbericht sagt 28 Grad Celsius voraus, am 13. Oktober. Abermals ein Tag ohne Regen. Ich hole den Wasserschlauch aus dem Keller und gieße Büsche, Sträucher,

Blumen und Pflanzen, fülle die Vogeltränke auf. Die Eberesche leuchtet braun, sie hat den Kampf gegen die Dürre verloren, die Birke daneben ebenso, die schon Anfang August.

KALENDERNOTIZEN vor dem 71.
März 2017

Der Sternenhimmel: Die Meteore des Virginidenstroms leuchten nach Mitternacht.

Die Sternbilder von Nord nach Süd: Deneb – Eidechse – Schwan – Wega – Herkules – Andromeda – Kepheus – Drache – Kleiner Wagen – Dreieck – Kassiopeia – Widder – Perseus – Polarstern – Nördliche Krone – Bootes – Jagdhunde – Großer Wagen – Großer Bär – Giraffe – Kapella – Perseus – Fuhrmann – Stier – Arktur – Haar der Berenike – Kleiner Löwe – Luchs – Zwillinge – Orion – Eridanus – Kleiner Hund – Pollux – Krebs – Löwe – Jungfrau – Regulus – Prokyon – Rigel – Hase – Sirius – Einhorn – Wasserschlange – Jupiter – Rabe – Großer Hund – Schiff – Becher – Kompass.

Früh am Briefkasten. Sieben Kinder beim Morgenspaziergang mit Betreuerin. Vier sitzen im offenen Wagen, die anderen halten sich an den Händen. Sie sind ganz still. Ihr Vorbeilaufen hat etwas von einer Prozession. Wenig später ein Mann mit Hund. Er zu seinem Vierbeiner: „Och nu mach mal, dass wir weiter komm!" Lange Pause. „Nu kumm och, wir wolln dor weider!"

Erste Korrektur der Novelle. 230 Eintragungen: Stilistik, Rechtschreibung, Zeitebenen, Personenperspektive. O mein Gott, die vielen vergessenen Buchstaben … und die Flüchtigkeitsfehler. „Du weißt" – weißt mit s. Skizze mit tz. Bin entsetzt! Schreibe den Klappentext zu „Der Spaziergang". Nach mehreren Anläufen gelingt er mir passabel: *Endlich ist es soweit. Morgen wird Reinfried Pedersen die Stadt verlassen und nicht mehr in sie zurückkehren. Seit dem altersbedingten Ausscheiden aus dem Streichquartett vor fünf Jahren arbeitet er mit zäher Energie auf diesen Tag zu. Der letzte Spaziergang steht an. Er nimmt Abschied von einer Heimat, die ihm fremd geworden ist.* In klarer reduzierter Sprache wird vom Leben eines Musikers erzählt, der im Alter von siebzig Jahren nochmals neu beginnen möchte. Musikimperium „Barenboim" in Berlin. Er und die Seinen von unerschütterlicher Präsenz, Sohn Geiger, Frau Pianistin. Jetzt hat er sich, hat man ihm einen Saal gegönnt. Und einen Konzertflügel mit seinem Namen gibt es auch. In goldenen, verschlungenen Lettern „Barenboim" auf dem Tastaturdeckel, wo sonst Steinway & Sons steht. Der Konzertsaal heißt „Boulez-Saal". Sein Name auch für den Saal, das hat er sich dann doch nicht getraut.

Treff mit D. in Café Eisold. Wir sind um elf Uhr fast allein. Er ist mein künstlerisches Korrektiv und verdient den Aufmerksamkeits-Zuhörer-Versteher-Gedächtnispreis. Ich sollte ihm zuhören. Hat Grass nicht eine solche Plastik gemacht?

Nun ist es geschehen. Neuer Laptop, neuer Drucker. Die Officekarte fürs Schreibprogramm extra und teuer! Der Kauf ein Horror, eine Stunde. Zehn Minuten Parkplatzsuche. Zehn Minuten warten auf die Bedienung. Zwanzig Minuten Kauf des Laptops (er war der letzte seiner Art und musste vom Netz genommen werden). Zehn Minuten Suche nach dem geeigneten Drucker. Zehn Minuten Verweilen an der Kasse, sie nimmt die Rechnung nicht an. Der Verkäufer muss die Kasse überlisten, ich muss pinkeln. Wie schön waren die Zeiten, als man so etwas handschriftlich machte. Kassenzettel, 988 DM hingelegt und fertig. – Jetzt steht das Teufelszeug im Zimmer und wartet darauf, installiert zu werden. Mein Tischtennisfreund Hagen kann das.

Berlin. Bau des neuen Suhrkamp-Hauses. Dreiteilig. Quadratische, riesige Fenster lassen den Klotz elegant und leicht erscheinen. – Elbphilharmonie, Barenboims Saal, der Dresdner Kulturpalast, nun das neue Verlagshaus mit Café, Leseräumen, Bibliothek etc. … Da kann man nicht meckern.

TV. Christoph Hein (geb. 1944) mit neuem, dickem Roman: „Trutz", hochgelobt von Denis Scheck, der kritischen Instanz für Bücher. Hein sieht frisch und proper aus, seine neue Frau, eine Sängerin, als Jungbrunnen?

Wolfgang Leber bei Klinger in Liegau-Augustusbad. Man denkt, diese Bilder hat ein Dreißigjähriger gemalt. Konstruktivistische Szenen in Öl, Alltagsdinge und Erlebnisse von verhaltener Farbigkeit werden zu Kunst. Die Titel: *Nähtisch – Melancholie der Dinge – Stapelware – Mit Gas kochen – Koffer packen – Dekorierte Rübe – Waldgeist – Herr Tischbein.* Leber ist voriges Jahr achtzig geworden. Ja, die Alten, die jungen Alten.

24. März. Martin Walser 90! Frage an ihn: Herr Walser, glauben Sie an ein Leben nach dem Tod? Antwort: Immer, wenn ich darüber nachdenke, lande ich bei der Gewissheit, dass meine Hosenträger unsterblich sind. – Sehr schön! Er kann immer noch bissig sein.

Installation des neuen Laptops und Druckers. Der Fachmann quält sich … und ich mich mit ihm! Er mit Geduld, ich ungeduldig und mit Zweifel an der Sache: Ist das etwas für mich? Ist das für mich wichtig? Soll das zu meinem Leben gehören? – Heute nicht, heute ist es unnötig, absolut unnötig! Heute ist es die Hölle.

DAS SCHLAFZIMMER (2)

Die politische Uhr

Von meinem Bett aus sehe ich gleich morgens, kurz vor dem Aufstehn
die runde tellergroße Wanduhr, die politische Wanduhr
mit schwarzen Zahlen auf weißem Grund,
von neun bis drei in römischen, vier bis acht in arabischen Zahlen,
die Zeiger in Rot und Grün, der Rote der Große, der Grüne der Kleine,
also drehen sich rotgrüne Zeiger im Stundentakt auf
schwarzen arabischen und römischen Zahlen,
und ich frage mich jeden Morgen, kurz vor dem Aufstehn,
welche Bedeutung diese rotgrünen Zeiger,
der rote Große und der grüne Kleine, auf dem schwarzen
Zahlengrund eventuell haben sollen –
und ich stehe auf, der Bedeutung nachsinnend,
welche der Hersteller dieser Uhr gab,
indem er sie mit eben diesen charakteristischen Zahlen und diesen

Zeigern, dem roten Großen, dem grünen Kleinen, ausstattete …?
Gedankenlos, die Uhr ignorierend, gehe ich abends ins Bett,
doch morgens, kurz vor dem Aufstehn, die gleichen nagenden Zweifel.
Hat diese Uhr ein Mehr an Bedeutung, außer dass man an ihr
den quarzgenauen Gang der Zeit ablesen kann?
Sie ist kein Schmuckstück, die Uhr, eigentlich stockhässlich,
und doch ist da mehr, muss da mehr sein, morgens,
kurz vor dem Aufstehn – von meinem Bett aus.

DIE STRASSE (3)

Bei Schmidt „Kunstauktionen" laufe ich jeden Tag vorbei, mal zum Mittagessen in die Mensa des Krankenhauses, mal auf dem Spaziergang, mal
ist es der Gang zum Bäcker, zum Buchhändler, zum Zahnarzt – selten, zur
Garage, zu Terminen in die Stadt, oder ich hole Zeitungen an der Tankstelle. Ich gehe auch ins Haus hinein und schaue mir die Auslagen an –
ich bin ständiger Gast. Immer gibt es Neues zu entdecken, es ist ein
offenes Haus. Bautzner Straße 99, Eingang Rückseite Heideparkstraße
durch den Garten. Zwischen der Kunst emsige Menschen an Computern,
in der Hochzeit vor einer Auktion schon mal sechs Mitarbeiter. Ein
moderner Kunstbetrieb in authentischer Umgebung von 1857.
      Den Chef des Auktionshauses lernte ich durch ein Missgeschick ken-
nen. Ich fuhr rückwärts aus der Garage gegen das Gestänge eines Uralt-
Betonmischers. Lackschaden, Blechschaden. Mein neues Auto, drei
Monate alt! Ich war so was von sauer auf mich, wie konnte ich das
Baugerät übersehen! Ich weiß noch, wie James S. und ich verlegen neben-
einanderstanden und nichts zu sagen wussten. Er mit Schuldgefühlen, ich
mit Schuldgefühlen … Unglücke schweißen zusammen.
      Seit dieser Zeit beobachtete ich das Baugeschehen, kommentierte es,
ja man kann sagen, begleitete es moralisch. Drei Jahre Hausbau, diese
unendlichen Mühen. S. ließ aus einem verfallenen, maroden Landhaus
einen Tempel für die Kunst erstehen. Seine Ansprüche waren hoch, er ist
studierter Architekt. Zuletzt hatten Hausbesetzer die Innenräume in chao-

tischem Zustand verlassen. An der Mauer zu den Garagen ist bis heute zu lesen: *Gott ist tot, jetzt sind wir uns selbst überlassen: Unser tägliches Brot backen wir uns selbst, Genossinnen.*

Im Erdgeschoss, im Keller sind Ausstellungs- und Arbeitsräume entstanden, im ersten Stock ist die Wohnung für James und Frau und fünf Kinder ... und für zwei Katzen und einen Hund. Cockerspaniel Caspar wuselt manchmal zwischen meinen Beinen herum, es macht mir nichts aus, er ist ein ganz Lieber. Ich habe ihn noch nie bellen gehört.

Dreizehn Kataloge sind bis heute erschienen, dreizehn Kunstauktionen hat es gegeben. März, Juni, September, Dezember ... und es geht immer so weiter, nach der Auktion ist vor der Auktion. Schwere Kataloge bis zu vierhundert Seiten, mit bis zu 1400 Angeboten. Jedes Objekt fotografiert, mit umfangreichen Angaben zu Alter, Zustand, Größe, Bedeutung, zum Leben des Künstlers. Jeder Katalog eine strategische Meisterleistung. Gemälde, Drucke machen den größten Teil des Angebots aus, unter den Hammer kommen aber auch Uhren, Porzellan, Keramik, Skulpturen, Möbel, Teppiche, Geschirr, Schmuck etc.

Zu den Auktionen gehe ich nicht, da bin ich scheu ... und ich bin kein Hasardeur. Die Art dieses Kunsthandels ist mir nicht geheuer. Außerdem fehlt mir das Geld, ich finde diese Geschäfte mit der Kunst etwas unanständig ... die großen Auktionen, die Ausschläge nach der einen wie nach der anderen Seite, absolut unverständlich, sie entbehren jeder Vernunft und schaden der Kunst! Und ich kann nicht feilschen, die Rabattschlachten sind mir zuwider. In jedem Ding steckt doch menschliche Arbeit, die muss doch ihren angemessenen Preis haben.

Ein paar Mal habe ich ein schriftliches Gebot eingereicht. Es lag immer etwas über dem Ausgangswert. Zwei Mal hat es geklappt, mit Drucken von Klaus Fußmann und Maurice de Vlaminck. Der Fußmann ein Farbholzschnitt, der de Vlaminck eine Farblithographie. Ich liebe diese Art von Kunst, diese klare, zurückhaltende Farbigkeit, diese ausgewogenen, ruhigen Strukturen. In diesen Bildern kann man sich nicht verirren, sie sind ehrlich, diskret und wahr, sind Seelenmassage für unruhige Geister.

Ich war auch zwei Mal im Katalog vertreten, beide Bilder wurden verkauft. Heute früh lag die Rechnung von der Auktion Nummer 57, September 2018 im Briefkasten. Im Katalog war mein Bild folgendermaßen ausgezeichnet: *Titel „Buchcover". Um 2013. Komposition von sechs Ölkrei-dezeichnungen auf feinem, verschieden getöntem Bütten, zusammen im Museumspassepartout montiert. Hinter Glas im neuwertigen Aluminium-Wechselrahmen. Beigegeben: Drei Bucheditionen „Ab jetzt ist es spät", „Die Nähe", „Der Spaziergang/Nach Rosmersholm", unter Verwendung der Ent-würfe. Bl. jew. 15 x 24cm, Psp. 60 x 60 cm, Rh. 61 x 61 cm.*

Ein Bieter aus Luxemburg hat mein Bild ersteigert – und die Bücher dazu. Können die Luxemburger eigentlich deutsch? Der Preis lag unter dem Ausgangswert – trotzdem, ich bin sowas von stolz. Wer kann schon sagen, dass sein Bild in Luxemburg hängt? Luxemburg ist ein kleines Land, so viele Bilder haben da nicht Platz.

Morgen hole ich mir das Geld. Ich werde Kunstauktionen nun akzep-tieren. Der Dienst an der Kunst ist ein hohes Gut … oder so ähnlich.

DER KORRIDOR (1)

In unserem mentalen Gedächtnis kommt der Korridor (Flur) nicht vor. Er ist nicht vorhanden, weil er immer da ist, er ist die Dunkelkammer der Wohnräume. Man geht durch ihn hindurch und ist froh, im Wohnzimmer zu sein, im Sessel mit der Zeitung zu sitzen, vor dem Fernseher. Man ist froh, in der Küche zu sein, um von den Weintrauben zu essen, im Bad, um austreten zu gehen, im Schlafzimmer, um Ruhe zu finden. Die Wohn-räume sind intim – sinnlich, der Korridor ist nüchtern – öffentlich. Man vollzieht in ihm mechanisch Tätigkeiten, über die man nicht nachdenkt, im Korridor ist der Mensch Automat. Während man sich den Mantel, die Schuhe anzieht, sich über die Haare fährt, die Mütze aufsetzt, die Umhän-getasche schultert, zuschließt und den Wohnungsschlüssel an sich nimmt, ist man geistig schon auf der Straße, im Auto, auf dem Weg zum Treff im Café oder sitzt schon im Café beim Tee … Film rückwärts: Während ich die Wohnungstür aufschließe, sie öffne, eintrete und die Tür wieder schließe, den Schlüssel an den dafür vorgesehenen Ort hänge, die Schuhe ausziehe, Jacke und Schirm an der Garderobe platziere, in die Hausschuhe schlüpfe, bin ich schon im Arbeitszimmer und schreibe meine Gedanken über den Korridor auf, über den unverzichtbaren Korridor, der ein vernünftiges Wohnen erst möglich macht. Ohne Korridor keine vernünftige Wohnung, kein Wohnungswohlfühlgefühl.

Bei meinen Eltern hieß der Korridor in schönster Selbsttäuschung Vorsaal. Er war eine Art Zelle mit sechs Türen. „Holst du mal das und das aus dem Vorsaal?" Oder: „Da musst du mal in den Vorsaal gehen." Schuhregal und Kommode machten den Raum noch kleiner. Er bestand eigentlich nur aus Türen mit Wänden um die Türen herum. Es drängten sich Wohnungstür, Küchentür, Schlafzimmertür, Badtür, Wohnzimmertür, Herrenzimmertür. Zwei Türen gleichzeitig geöffnet und das Unglück geschah, die Türen schlugen aufeinander ein … Mehr als eine Person in diesem Käfig beim Anziehen, Ausziehen von Mantel, Jacke, Mütze, Schal, das war wie Feindberührung.

Später die eigene Familie auf der Glacisstraße, Altbau, drei Personen in einer Vierzimmerwohnung, 130 Quadratmeter. Vorsaal wäre Beleidigung gewesen. Empfangshalle, Vestibül, Palast. Platz ohne Ende für Räder, Kinderwagen, Autoreifen, Koffer, Werkzeug, Staubsauger, Aufbewahrungsort für Krempel aller Art – Kellerersatz, denn der war mit Kohlen vollgestopft. – Dieses langestreckte Ungetüm, hoch dreisiebzig, lang elf, breit zwei bis vier Meter mit Ausbuchtung zum Treppenhaus und vergittertem Fenster. Hier hatte man Angst, Angst ganz allgemein und Angst, sich zu verlaufen. – Nach einiger Zeit des Gruselns ließen wir den Monsterflur dunkelgrün streichen. Der befreundete Malermeister aus Zwickau brauchte drei Tage dafür. Die weißen, monumentalen Doppeltüren leuchteten verheißungsvoll im Dschungelgrün.

Unser heutiger Korridor misst sechs mal zwei Meter. Von der Wohnungstür aus im Uhrzeigersinn Garderobe, Kommode, Schrank, Badtür, Kommode, Wohnzimmertür, Küche mit Oberlicht, Kommoden doppelt, Schlafzimmertür mit Oberlicht. Der Korridor als Ort für Dinge, die im Keller zu weit entfernt wären, die man jedoch im Wohnzimmer, in der Schlafstube, der Küche nicht haben möchte. Werkzeug, Nägel, Schrauben, Kleber, Schuhputzzeug, Staubsauger, Staubwedel, Packpapier, Mülltüten, Schlüsselbord, Blumenuntersetzer, Glühbirnen, Elektrodoppel-, Dreifachstecker, Verlängerungskabel, Scheuerhader, Putz- und Staubtücher, Einkaufstüten und -taschen, Medizinkörbchen, Föhn, Taschenlampe, Staubsaugerbeutel … Dazu die unterschiedlichsten Kleidungsstücke an der Garderobe, je nach Jahreszeit Mäntel, Jacken, Westen, Tücher, Mützen, Schals, „Sportzeug", sieben Stockschirme und Schuhe aktuell, gestapelt auf dem zweistöckigen Ablagegitter … Weiter in Schubladen und Fächern Geschenkpapier, Geschenktüten, Geschenkband, Haushaltstücher, Batterien, Haken und Ringe für Gardinen, Sprays gegen Mücken, Motten, Ameisen, Pflanzenschädlinge, Pflegemittel für Teppiche, Sessel, Türen, Parkett – Flaschen und Fläschchen. Möbelpolitur, Leim, Brennspiritus, Nähmaschinenöl, Fett- und Glasreiniger, Lederpflege, Fleckensalz, Blumendünger, Klopapier, WC-Duftgel, Altpapier, Spielzeug für die Enkel, Wunderkerzen, Seifenblasen, Lampions, Wäschebox aus Korb, aus Plaste, zwei bauchige Glasgefäße mit Bonbons, eine bulgarische Wanduhr aus Keramik. Zwei Hängelampen, die Schirme farbig, zylindrisch – Krepppapier, asiatisch. Eine Tischlampe in Form einer Pyramide, „ewiges" Licht abends, nächtens. Zwei Wäscheständer zugeklappt. Drei Hocker, einer blau aus Holz, einer ebenfalls Holz, gepolstert, alt, der dritte aus Plastik und Metall … Dazu sieben Bilder aus eigener Produktion und ein Spiegel, gefasst in den Rahmen eines Bauernhausfensters und Schuhe, Schuhe, Schuhe, ja die Schuhe … die sind ein eigenes Kapitel.

KALENDERNOTIZEN vor dem 71.
April 2017

Novelle fertig, Korrektur fertig. Von hinten nach vorn gelesen mit zornigem Trotz. Ein überdimensioniertes Pappschild als Aufruf zur perfekten Stilistik, innehalten, innehalten nach jeder Seite. Morgen geht die Erzählung an den Verlag.

Paul Auster „Ein Leben in Worten". Was ich von ihm gelernt habe? – Das Ineinandergreifen verschiedener Zeitebenen, Mut zur Sprunghaftigkeit, zur Lücke, zu Banalitäten, zu Klischees, zu Aufzählungen. Ungewöhnliche Erzählperspektiven, die zweite Person Singular. Ich bin ich und doch nicht ich. Auster: *Die zweite Person Singular hat den höchst ungewöhnlichen Effekt, dem Leser den Eindruck zu vermitteln, vom Erzähler ins Vertrauen gezogen zu werden, vom Autor beinahe direkt angesprochen zu werden – aber eben nur beinahe.*

Überforderung des Menschen in digitalen Zeiten. Darum Bücher, darum Romane, deswegen Geschichten, erzählt, fabuliert, erfunden. Erneut Auster: *Autobiografisches Material wird zur Fiktion, sobald man es in einem Roman verwendet, woher es kommt, spielt dann keine Rolle mehr.*

Zweite Internet-Nachhilfestunde. Ich sehe immer noch nicht, was mir der Nachrichtensturm bringen soll. Er behindert meine Kreativität und killt meine seelische Ausgeglichenheit. Zurzeit ist es mir unmöglich, irgendetwas Vernünftiges einzutippen.

Gönne mir Bobrowskis Briefe. 1937 bis 1965. Vier Bände im Schuber. Die literarische Öffentlichkeit erinnert sich seines hundertsten Geburtstags: 9. April 1917 in Tilsit geboren, heute Sowjetsk, immer noch! – Dokumentation im TV. Durch das Bobrowski-Museum unweit seiner Geburtsstadt wird geführt. Die Museumsleiterin sagt Babrowski, russisch unbetontes o wird zu a, Johannes Babrowski. Frage des Reporters: Fühlen Sie sich in Sarmatien wohnhaft? Lange Pause: Nein, Sarmatien hat keine Grenzen.

Karfreitag. Thielemann/Staatskapelle mit Brahms-Requiem. Dirigent Thielemann in getreuer Nachfolge Karajans. Die Interpretation überzeugend, tief empathisch, aber auch süffig, beinahe aus der Zeit gefallen.

Am Frühstückstisch Aufforderungen meiner Frau: Machst du dein Zimmer? Ich will Gardinen waschen! – Du könntest mal wieder zum Friseur gehen! – Der Sperrmüll aus dem Keller ist zu entsorgen! – Wir brauchen einen neuen Spiegelschrank für's Bad! – Der Beutel im Staubsauger ist voll. – Mach die Spülmaschine an! – Willst du nicht mal wegfahren?

Eine Woche in Menz, ich habe die Aufforderung meiner Frau ernst genommen. – Fahrt ohne Stau, flott und ohne Aufenthalt. Trotzdem, man ist doch froh, wenn man da ist. – Morgens wüste Träume von Krieg, Angst und Vernichtung. Ich bekomme das Brahms-Requiem nicht aus dem Kopf, singe unentwegt die gleiche Stelle: *Herr, lehre doch mich! Dass ein Ende mit mir haben muss. Und das Leben ein Ziel hat, dass ich davon muss, dass ich davon muss.* – In Rheinsberg im KIK-Verkauf. Erwerbe ein warmes Flanellhemd. Kariert, Baumwolle, gute Passform, modisch, 1.99 €! Ich hatte ein Hemd für 50 € an. Sehe keinen Unterschied. Die Welt ist irre! – Samstag, 22. April, am Gatter der Pferdekoppel hinter dem Kunsthof das Schild: „Pferde nichts füttern! Kolikgefahr!" Idee zu einem Gedicht: *Pferden nichts füttern / Menschen nichts geben / Polizisten nichts erwidern / Politikern nichts glauben …* Zahnschmerzen. Rechts unten, der Backenzahn meldet sich, ich glaube der Fünfer, der seit über zwanzig Jahren raus müsste. Er will mir mitteilen, dass er noch lebt. – TV: Ein poetischer Film über den Maler Segantini, Zeitgenosse van Goghs. Das Licht van Goghs, die Strukturen van Goghs, die Farbigkeit van Goghs, doch völlig anders. Segantini malt die Schweizer Bergwelt im Urzustand. Monumentale, majestätische Alpenlandschaften, Hochebenen, Almen, Gebirgsketten. Impressionistisches Flackern, Jugendstilverspieltheit, Spiritualität und Religiosität des Symbolismus. Bauern, Bäuerinnen, Mägde, Hirten, Pferde, Kühe, Schafe, die Massive der Bergwelt wie Heilige. Schade, zu Hause steht ein Bildband von S., den hätte ich jetzt gern angesehen. – Altern ist Einsamkeit. Einsamkeit ist eine Kategorie 70 plus. Der sechste Tag in Menz, bin vergessen. Als ich noch arbeitete, wollte alle Welt etwas von mir, Regisseur, Intendant, Frau, Schauspielerin, Bank, Tonabteilung, Steuer, Buchhandlung, Mutter, GEMA, Komponistenverband etc. (Dieter: Altern sei nun mal eine einsame Sache. Ich solle mich verdammt nochmal daran gewöhnen!) – Also Vorwärtsstrategie. Morgen mache ich Rheinsberg unsicher: Buch- und Dekoladen, Kunstausstellung, Schloss, Weiße Flotte, Ratskeller. Den französischen Grafiker und Holzbildhauer Tony Torrilhon auf der Schlossstraße. Er dichtet auch: *Aus dem Holz / auf dem Holz / mit dem Holz / in dem Holz / vom Holz / zum Holz).* – Also auf geht's! Gut Holz!

DAS HAUS (2)

Sein Licht unter den Scheffel stellen … auf Niederländisch: *zijn licht niet onder de korenmaat zetten.*

Genau so steht es mit „unserem" Haus (Der Eigentümer wohnt in Nürnberg). Es verweigert sich jeder Selbstdarstellung, jeder überflüssigen Repräsentation. Es sieht solide, sauber, schlicht aus. Die Großzügigkeit des Baus nimmt man von außen nicht wahr. Eine Villa ohne alle Schnörkel. Schmale Sandsteinsimse laufen um das Haus, Sandsteineinfassungen der Fenster und Außentüren im klassizistischen Stil. Ein Zweckbau, gefällig, liebenswürdig. Die Villa mit dem perfekten Understatement, gebaut 1896/97 für Offiziere der preußischen Garnison. Die meisten Häuser hier errichtete man um diese Zeit. Preiswertes Heideland. Fort mit dem Wald, weg mit den Bäumen und Häuser hin. Sandsteinbauten, fest und trutzig, manche pompös. Der preußische Staat ließ es sich etwas kosten für seine Krieger und Militärs. Und nicht überraschend heißt das Viertel „Preußisches Viertel".

Von den Zerstörungen des Zweiten Weltkriegs blieb der Stadtteil verschont. Die Häuser zitterten, wankten wegen der nahen Einschläge, aber sie fielen nicht.

Die DDR-Zeit überstanden sie in grauer Düsternis. Vor allem Ärzte, Künstler, die Intelligenz des sozialistischen Staates bewahrten die Häuser durch ihr Wohnen vor dem Verfall. Nach der Wende bekamen die Alteigentümer ihr Hab und Gut zurück, ramponiert zwar, aber lebensfähig. Die Sanierung der Häuser machte aus unattraktiven Altbauten ein Wohnviertel von gediegener Eleganz, von Sesshaftigkeit und Kulturgewissen. Der Geist der Geschichte schwebt über Säulen, Terrassen, Balkonen, Mansarddächern, Sandsteinmauern, Linden, Eichen und englischem Rasen.

Manchmal habe ich „Hausträume". In ihnen ist das gesamte Erdgeschoss festlich geschmückt. Ein Ball findet statt, lichtdurchflutete Zimmer, Menschen aus Tolstois „Krieg und Frieden" drehen sich, tanzen, lachen, rufen, trinken, schwitzen in ihren pompösen Kleidern, in ihren engen Uniformen, ein Orchester spielt den Walzer aus Chatschaturjans „Maskerade", diese Endlosmusik von Sehnsucht, Leidenschaft, auftrumpfender Festlichkeit und Estrade. Ich sitze auf dem Boden, die Hände um die Knie, ich friere und beobachte. Dann durchfährt es mich blitzartig, ich bemerke, dass an diesem Bild etwas nicht stimmt, dass an der Musik etwas nicht stimmt. Ich stehe auf und renne zum Dirigenten, schlage ihm den Taktstock aus der Hand, rufe: „Das ist doch die falsche Musik, Tschaikowski muss gespielt werden, Tschaikowski müsst ihr spielen." Die Musiker hören auf und lachen laut, ich bin blamiert, denn auch Tschaikowski hat in „Krieg und Frieden" nichts zu suchen. Nun machen die Musiker ein Spektakel, jeder spielt, was er will. Lachen, Dröhnen und Chaos … Da wache ich auf, schnell atmend, Getöse im Kopf. Das Gefühl von Versagen und Demütigung! Ich liege lange wach.

Ein zweiter Haustraum: Es ist Krieg, das Gebäude schüttelt sich, schüttert, ich renne in den Keller, Putz rieselt, alles ist ganz real, der verwinkelte Keller, die vielen kleinen Räume, ehemals Hausmeisterwohnung, der größere Raum eine Art Atrium, das durch eine gusseiserne Säule gestützt wird. Diese zittert, beginnt einzuknicken, das Gebäude will in sich zusammenfallen wie ein Kartenhaus. Ich reiße den Kopf nach links hinten, möchte fliehen, jemand steht hinter mir, hält mich fest, hebt den Arm mit einem Messer und will zustechen … Ich wache auf. Ich schlage mir den linken Ellbogen auf … habe Schmerzen, bemerke jedoch augenblicklich, dass nichts Ernstes geschehen ist. Ich bin aufgewacht beim Versuch des Zustechens, kam mit dem Aufwachen meiner Ermordung zuvor, konnte jedoch einen Sturz nicht vermeiden. Ich bin in Abwehrhaltung zu Boden gegangen, angespannt, gestreckt, bei vollstem Bewusstsein … nichts ist passiert, ich bin gesund.

Wenn ich schreibe, träume ich solche Dinge. Schreiben macht mich zu einem Traumtänzer, Wirklichkeitsleugner, Schlafwandler, Fantasiemonster.

DAS ARBEITSZIMMER (4)

Erfolgreich
Mit Schreiben bastle ich mir
meine eigene Welt zusammen,
bin Gefängnisinsasse ohne Gefängnis,
bin Krankenhauspatient ohne Krankenhaus,

bin Selbstmordkandidat mit Selbstmordwut
ohne Selbstmordmut.

Beim Schreiben bastle ich mir meine
ganz eigene Welt zusammen,
bin Flussschifffahrtskapitän ohne Fluss,
bin Flugzeugkapitän ohne Flug,
bin Menschenversteher,
Gedankenverdreher,
bin Schachspieler, Sieger, Verlierer.
Mit Schreiben bastle ich mir
meine ganz eigene
Welt.

Mit Schreiben bin ich erfolgreich
als Triangelspieler,
Geisterbeschwörer,
Wörterverdreher.

Ich rufe: Dichter, seid Lügner!
Dichter müssen
Lügner sein.

DAS BAD (1)

Ich schaue in den Spiegel, bestimmt zwanzig Mal am Tag, und ich kann
mich nicht leiden, bin mir selbst zu viel. Ich erkenne mich nicht ... bin
ein anderer! Diese graublauen Mausaugen – starr, Passbild, Polizeifoto,
der verkniffene Mund, die dünnen Haare, die fleischige Nase, die abste-
henden Ohren, der faltige Hals. Mir tun die Leute leid, die mich jeden
Tag so sehen müssen.

Ich kann mein Gesicht nicht ausstehen, es ist mir zuwider. Ich werde
von mir ein Porträt malen, ein Selbstporträt, auf dem mich niemand er-

kennt. Ein Tarnporträt, auf dem ich mich selbst nicht erkenne. Das hat noch niemand gemacht, ein Selbstporträt gemalt, wo der Erkennungswert des Porträtierten gleich Null ist. Mein Gesicht frontal, nur Dreiecke, Rechtecke, Kreuze. Keine Bögen, Kreise, Rundungen – Steinbruch. Mein Gesicht hell, totenbleich, auf getöntem Papier, moosgrün, grau. Der Oberlippenbart, die seitlichen Haare weiß, die Nase, der Mund rötlich, die eckigen gelblichen Katzenaugen, viel rosa. Ich im Porträtrausch, weitere Selbstbildnisse folgen, ein Porträt rot und braun, eines grün und blau, das vierte grau und schwarz ... Der Höhepunkt, ich male ein Triptychon in der Art eines Erkennungsfotos der Polizei. Male den dreiteiligen Spiegel, innen mein Porträt von vorn, außen der Kopf im Profil – links das rechte Profil, nach innen sehend, rechts das linke Profil, nach innen sehend, Auge in Auge, grauschwarz beide. Das frontale Porträt bunt, feurig, clownesk! Es wird mich niemand erkennen, ich als ein anderer, ein Puppenspieler, Spaßmacher, wilder Vogel. Ich hole aus dem Schrank den Elektrorasierer. Ich entferne den Oberlippenbart, es ist so weit. Als junger Mann habe ich ihn mir zugelegt, um älter zu wirken, wegen der Seriosität als Dirigent, jetzt möchte ich jünger wirken, jünger sein ... Ich lege den Rasierer weg, der Bart ist ab ... O Gott, mein Gesicht nun nackt, teigig, entblößt. Meine Frau wird außer sich sein: „Was hast du gemacht, du siehst ja aus wie dein Vater!" Ja, der mich aus dem Spiegel ansieht, ist mein Vater, starr, enttäuscht, verwirrt. Ich bin mein Vater, es ist entsetzlich. Ich sehe im Spiegel meinen siebenundachtzigjährigen Vater, ich bin er, bin er, bin alt, so alt ... Ich schneide Grimassen. Ich habe gelesen, diese Art von Gesichtsmassage belebe die Mimik, verhindere Faltenbildung, mache forsch und jung. Ich verziehe das Gesicht, ganz langsam, nach oben, nach unten, quer. Spiegelkabinett. Ich werde schneller und schneller, ich grimassiere mit zäher Unbedingtheit, ein Perpetuum mobile grotesker Gesichtsverformungen ... Ich kann nicht mehr, schalte das Licht aus. Vor mir ein schwarzer Spiegel mit schwarzem Gesicht. Ein Schemen. Ich warte, warte ... schalte das Oberlicht an, warm und gelb, ich sehe schrecklich aus, die fliehende Stirn, die wirren dünnen Haarsträhnen, die Mauspupillen. Ich lösche das Oberlicht und knipse die Halogenleuchten über dem Spiegel an. Mein Gesicht bläulich weiß, noch schrecklicher, gespenstisch, nun das Oberlicht dazu, eine Kalkwand sieht mich an mit aufgerissenen Augen, blutendem Mund, das bin doch nicht ich … Ich schalte alles Licht aus. Dunkelheit. Finsternis. Die einzige Rettung, ein Bad ohne Fenster, ohne Beleuchtung.

Meine Frau ruft zum Essen. Der helle Tag blendet. Ich setze mich an den Tisch, blinzele, fahre zaghaft über die Oberlippe, taste, der Bart ist da. Ich fühle ihn, zupfe, er ist da, er ist noch da. Meine Frau sieht mich irritiert an. Ich esse ganz vorsichtig, damit keine Spaghetti im Schnauzer hängen bleiben.

KALENDERNOTIZEN vor dem 71.
Mai 2017

Die Tagebuchnotizen stocken, ich bin bei der zweiten Novelle. *Eine* Novelle ist noch kein Buch. Zu „Spaziergang" kommt „Nach Rosmersholm". Das „Nach" – der Weg ist gemeint, doch auch die Zeit danach. Das Libretto zu Ibsens Schauspiel ist uralt. Ich bin mit ihm „hausieren" gegangen. Fehlschläge, Ignoranz, Absagen. Nun wird es doch noch komponiert – in einer Erzählung.

Form gebiert Inhalt: Es gibt Vor- und Nachspiel, dazwischen die fünfzehn Szenen des Librettos. Eine Szene des Librettos ein Kapitel des Buches. Die klare Erzählstruktur macht das Schreiben leicht! – Dreiteilung der einzelnen Kapitel: 1. Text und Handlung Rosmersholm. 2. Die Vertonung des Textes, wie Rosmersholm klingt, wie gesungen und empfunden wird. 3. Die Befindlichkeiten, das äußere Leben des Komponierenden, der nicht abgeschottet lebt, sondern durch Ereignisse und Menschen gestört wird. 1. Bild, die Szenen eins bis sieben. 2. Bild, die Szenen acht bis zehn. 3. Bild, die Szenen elf und zwölf. – Eine Tonspur für Rebekka (Oboe, Englischhorn, Streicher). Eine Tonspur für Rosmer (Vibrafon und Fagott). Eine Tonspur für Kroll (Streicher und Percussion). Eine Tonspur für Beata (hohe Trompete). Rebekka willensstark und melancholisch. Kroll egoistisch und hinterhältig, ein „Radaubruder". Rosmer, der Zweifler, der Zerrissene. Beatas Stimme, hoch, lyrisch.

Konzeptionelle Notizen eines Vierteljahres: Das Motto der Hauptperson, des Komponisten aus „Der Neger" von Simenon: *Eines Tages werde ich es ihnen zeigen, ich werde es allen zeigen* ... – Das „Walser-Wort": Durchkommen. Man muss durchkommen! Motivation. Schub! – Die alten Vornamen sind wieder in Mode: Kurt, Robert, Alfred, Oskar, Paul, Max. Der Kleine im Buch heißt Fritz. – Einen Komponisten erfinden, der mit mir nur peripher zu tun hat. Erzählen in der zweiten Person, immer Du, außer im Vor- und Nachspiel. Das theatralische Du. Die Zeit, Gegenwart, außer den Rückblenden – Kindheit: Domchor (Knabenchor), Gymnasium, Elite, Krankheit (Ruhr), Störung der Chorprobe (Consilium abeundi). Die Mädchen, die Liebe – Simenons „Der Ausbrecher", Lernmaterial: Perspektivwechsel, Sprünge im Text als Tempobeschleunigung. Der Komponist aus meiner Geschichte ist auch ein Ausbrecher. Er mietet sich eine Dachkammer und komponiert seine Oper, etwa ein halbes, ein dreiviertel Jahr lang. Und wenn er mit ihr fertig ist, hat sich sein Leben grundlegend verändert. Die Hauptperson in Simenons Roman heißt Jean-Paul Guillaume, er wird nur J. P. G. genannt. Ich nenne meine Hauptperson E. L. K., Edwin Laurentius Krossmann. – Die Ehe von E. L. K., seine Frau ist gesellig, kommunikativ, er ein einsamer Wolf. Komponieren ist eine einsame Angelegenheit. Sie Geigenlehrerin, Professorin, eine Kapazität, kurz vor der Emeritierung. Lesbisch. Bekennt sich dazu erst in den letzten Ehejahren. – E. L. K. mietet sich in einer Frauen-WG ein. Er ist von aufreizenden Frauen umgeben, den Nymphen. – Das Eichhörnchen, das todesmutig hoch in den Bäumen mit einem Zweimetersprung die Straße quert als Zeichen für E. L. K., für das Berufliche, für das Private. Zeichen für Mut, Aufbruch, Veränderung.

6. Mai. Komme ohne Hänger mit dem Schreiben voran. Blende alles Störende aus: Arzttermin, Friedhofsbesuch, Bücherkauf, Gartenarbeit, Wochenendunternehmungen. Mache mich unsichtbar. Nur der Gang zur Elbe mit dem Enkel findet statt als Inspiration für Fritz im Buch.

18. Mai: Ich schreibe, schreibe, kann kein Tagebuch führen. Alle Gegenwart ist in dem Geschriebenen. Der Geist der Gegenwart erdrückt mich. Tippen und Erleben sind eins.

27. Mai. Es fließt, fließt!

31. Mai. Novelle geschafft! Froh – kaputt – ausgelaugt. Walser: „Durchkommen, die Hauptsache: durchkommen." Ich bin durchgekommen … auf dem alten Computer … sehr gut durchgekommen!

DER GARTEN (2)

Magrittes Blick
Über die Gartenmauer hinweg durchs Dickicht
blinkend ein erleuchtetes Fenster mit einer
nackten Glühbirne, dahinter ein Bücherregal
mit einem aufgeschlagenen Fotoband und
einem Bild von einer Gartenmauer mit
Dickicht und erleuchtetem Fenster
dahinter die nackte Glühbirne
samt Bücherregal und Fotoband
mit Bild von aufgeschlagener
Gartenmauer dichtem
Dickicht mit Fenster
und dicker Glühbirne
Bücher Fotoband
Bild Mauer Garten
glühendes Fenster
aufgeschlagen
erleuchtet
blinkend
nackt
glühend
dicht
Foto
dick
mit
hin

DIE STRASSE (4)

Das Gemälde einer Kastanienallee – vor meinen Augen, in meinem Kopf, von Cezanne, van Gogh, Liebermann, Monet oder Kirchner, Sisley, Schmidt-Rottluff, Purrmann? Ich suche seit Tagen in den Kunstbüchern, in Biografien, recherchiere, schlage bei Munch nach, der hat blühende Kastanien gemalt. Ich kann meine Kastanienallee nicht finden.

Und doch, es gibt dieses Bild. Eine gelblich braune Straße, eher ein breiter Weg, der nach unten aus dem Bild führt, quasi hinaus fällt und gleichzeitig unter den Kastanien ins Bild hinein führt, weiter oben in grüner Dunkelheit verschwindet. Links und rechts grün glühende Kastanienbäume, eine Wand aus Grün mit weißer Beleuchtung ... Der sandfarbene, sich verjüngende Weg, der sich im Nirgendwo auflöst, die Kastanien erdrosseln ihn, verdecken den Himmel, es gibt auf dem Bild keinen Himmel, nur mächtige Christbäume mit weißen Kerzen.

Ich laufe unsere Straße hinauf, Frühjahr, zwei Kilometer grünes Wunder, Kastanien als Sonnenschutz, Lärmdämpfer, Luftreiniger, später im Jahr die Früchte, Tierfutter für den Zoo. Erinnerungen tauchen auf: Basteln mit Eicheln und Kastanien bei Mutter, Tiere, Fantasiefiguren, skurrile Menschen ... Die Kastanienallee in Berlin, Prenzlauer Berg, grüner Augenbalsam im Großstadtgrau vor schreienden Häusergraffitis. Freund S. im Hinterhaus mit dem Musikverlag, früher großzügig, repräsentativ in der Oranienburger Straße, nun gelittene Dependance des westdeutschen Großverlages. Eine Kastanie im Innenhof, höher als die umstehenden Mietshäuser, nach dem Licht sich reckend ... Kastanien an der Landstraße nach Ahrensberg, einem Flecken in Mecklenburg. Nie habe ich größere Kastanienbäume gesehen, und braunere, kilometerweit sich entblätternde Ungeheuer im Juli.

Kastaniensterben

Viel früher kommt diesmal der Herbst, im Juli, Anfang August.
Die blätterlosen Bäume vor meinem Fenster,
Kastanien, kahlgefressen von Schädlingen, den Miniermotten.

Braunes, verdorrtes Laub, knöchelhoch in unserem Garten,
auf dem gepflasterten Boden der Straße,
die Motten gemästet mit Chlorophyll,
so werden sie jeden Winter überstehen.
Und im nächsten Jahr werden sie wiederkommen
und wieder losfressen,
im Juli, Anfang August – und dann immer früher
und früher und früher …

Die hohen, stolzen Kastanien werden ganz langsam sterben,
Jahr um Jahr etwas mehr, hier bei mir vor meinem
Fenster – an unserer Straße,
an der im Sommer weithin leuchtenden grünen Allee
von Reichenberg nach Moritzburg,
sterben am See von Lugano
und in Vincent van Goghs Arles.

KALENDERNOTIZEN zum 71.
Juni 2017

Der Einundsiebzigste in Menz. Allein, frei, du selbst … auf dich zurückgeworfen. Namenstag im schönsten Monat des Jahres. So dachtest du als
Kind, so denkst du heute noch.

Juni – Erdbeertorte, Süßkirschen, Abende im Freien, mildes Wetter,
ohne die Hitze des Juli, des August. Natur, Sonne, Mond, Schwalben,
Pfifferlinge, Glühwürmchen, Sternschnuppen. Ferne, Nähe …

Die Stechlin-Landschaft, die satten Farben. Das Leuchten. Die durch-
sichtige Luft, die Grüns, die Blaus, das Grellgelb, Honiggelb, Rapsgelb …
die verschiedenen Rots – Zinnober, Karmin, Kadmium, Scharlach, Pur-
pur … und Violett, Ultramarin, Orange, Türkis, dazu Weiß, Unschulds-
weiß. Margariten, Rosen, Buschwindröschen, Weißdorn, Malven. Cumu-
luswolken, Schäfchenwolken, Schleierwolken – zart, zerbrechlich,
wattig … und Sprießen und Blühen und Wehen und Wispern und Säu-

seln, Duften, Summen, Springen, Schweben, Fliegen, Klingen, Singen, Tönen … Inferno der Natur, infernalische Natur. Entzückte Lebensgeister – erschlagene Lebensgeister durch so viel Bewegung, Gedeihen, Wachstum, Energie und Aufbruch. Hermann Hesse 1937 in einem Brief aus Montagnola: *Es gibt nun einmal für mich nichts, was ich mehr scheue und fürchte und was mich mehr anstrengt, vielmehr im Inneren angreift und bis zur Lust am Selbstmord peinigt als Feste.*

Sabine Curio im Rheinsberger Schloss. Ölbilder. Tradition und Beständigkeit – Gegenwart und Vitalität. Ölbilder in der Nachfolge von Niemeyer-Holstein. Meer, Usedom, Bäume, Blumen, Akte, Porträts, Stillleben, Winterbilder, Eis … Und Holzschnitte, Farbholzschnitte, sie kann alles. Die Fülle der Themen. Die Titel: *Schilfufer. Tauende Bucht. Vereistes Ufer. Garten mit Gartenschirm. Am Fenster. Alter Kahn. Interieur. Das „Buch" Regenzeit.* Die diskrete Farbigkeit erinnert an japanische Grafiken. Du möchtest die Curio kennenlernen, wirst ihr ein Buch von dir schicken, das Buch mit deinem Gedicht zu den Norwegenimpressionen. Vielleicht entwickelt sich etwas. Sie lebt ihr Einsiedler-Malerleben in Stolpe auf Usedom – am Haff.

Abends Geburtstagsdrink mit Familie D., Scheunenstillleben – *Drei Menschen am Tisch mit Gläsern und Kerze.* Familie D., er Bauunternehmer, sie managt den Künstlerhof. Ein Hof für die Kunst, das Bauwerk selbst Kunst, mit den gemaserten braunen Holzbalken, den Massivholztischen und ausrangierten Holzstühlen eines Krankenhauses, den Ziegelwänden, dem Sandsteinmauerwerk, der bis zum Boden reichenden Fensterfront mit dem Blick über die Terrasse zur Pferdekoppel, zum Weizenfeld, zum Rundum-Waldrand, zum aufgehenden Mond. Im Flyer Werbung für die Workshops: Malerei, Keramik, Holzgestaltung, Fotografie, Bildhauerei.

Frau D. geht an die Theke und holt Nachschub. Kerzenlicht. Später Sonnenuntergang. Die langen Tage im Juni. Einvernehmliche Gespräche, Musik, Malerei, Politik, Sport. In solcher Umgebung kann kein Unmut aufkommen. Einundsiebzig, immer einundsiebzig …

Zehn Uhr, die Kerze ist heruntergebrannt. Sie erlischt, Rauch kringelt nach oben. Ihr sitzt im Dunkeln. Schweigen … So sitzenbleiben und einer brennenden Kerze beim Verlöschen zusehen. Das ist es. Das – ist – es.

DAS WOHNZIMMER (1)

Lob der Dinge. Lob des Grüns – kein schreiendes Grün, kein Frühlings-grün – Moosgrün, Dunkelgrün, Graugrün. Lob der Polstergarnitur, des Sofas, der zwei Sessel, des Korbs, massiv mit samtgrünem Büffelleder. Lob der Teppiche, dick, wärmend, olivgrün mit Muster am Rand, bräunlich, grau, Jugendstil. Lob der Grünpflanzen. Am Panoramafenster nach Nor-den grüne Barriere: Feigenbaum, Hibiskus, Bogenhanf, Zyperngras, Mar-morpflanze, Clivia, Gliederkaktus, Schiefteller, Grünlilie, im Volksmund Sachsengras. Am Westfenster – Sonnenfenster – Kakteen, sie wachsen und wachsen, ohne dass man sich um sie kümmert. Einmal im Monat Wasser, damit begnügen sie sich. Verteilt im Raum künstliche Grünpflanzen, Efeu, Exotisches, Hängepflanzen, man möchte sie gießen, so natürlich wirken sie.

Lob auf die Farben, die Bilder. Von meinem Malerfreund: Frühjahr mit tauendem Schnee … Ebenfalls von ihm herbstliche Bäume, glühende Laubfärbung, Farben nach oben strebend, hinaus aus dem Bild. – Lob der Farben. Eine bunte Sonne aus Holz mit Gesicht, Reliefarbeit, Folklore. – Fotografien. Meine Frau im Kostüm zu „Die lustige Witwe". Mein Sohn lässig mit der Geige im Arm. Mein Enkel M. als Fünfjähriger im Zeit-schriftenladen des Flughafens von Sofia, versunken in ein Magazin. Zwei Fotos von Rerik im Winter, die Natur erstarrt, Schnee, Raureif, Frost. Hafen mit Häusern und Kirche, rotes Abendlicht. Blick zum Haff, zum Meer Richtung Halbinsel. Gefrorener Sand. Eisschollen. Rauchsäulen aus einzelnen Häusern. – Lob der Farben. Impressionistisch Somsdorf bei Freital. Feldweg mit Bäumen, Windflüchter. Hochebene. Am Horizont die Erzgebirgskirche, auf einem Spitzdach das Türmchen mit Glocke, die zur Taufe meiner Großmutter ruft. Elisabeth Mierich, geboren am 9. De-zember 1894. – Lob der Schwarz-Weiß-Bilder. Eine Lithografie von Kirschbaumästen. Eine Waldlandschaft im Hochformat, Baumstämme. Sehr rhythmisch. Druckgrafik. Und zu guter Letzt Grass und ich im The-ater, Konversation betreibend. Ich erinnere mich genau, im Moment der Aufnahme schmeichelte ich ihm. Deshalb sein gnädiger, versonnener Blick.

Lob der alten Dinge, der ererbten Dinge aus den Jahren 1910, 1920. Lob der Nähmaschine „Phoenix", heute noch einsetzbar. Lob der Standuhr von Lenzkirch, erste Adresse in Deutschland. Lob des Ohrensessels, geräumig, schwer, mit eiserner Konstruktion zum Verstellen der Rückenlehne. Lob der kleinen Dinge, der funkelnden, glänzenden Dinge aus Stahl, mein Großvater mütterlicherseits war Dreher. Ein Aschenbecher, schwer wie ein Ziegelstein, zwei Dosen für Schmuck, ähnlich der Bauhauskunst, nützlich und schön.

Lob des Holzes, der hellen Holzfarben. Kiefer, Kirsche. Vier Stühle, samtene Bezüge, rosa, grün. Runder Esstisch, zu erweitern für sechs Personen. Kirsche, geölt gegen Wasserflecken. – Das Wohnzimmersystem „Baltic". Schrankwand zwischen Folklore und Moderne. „Kiefernwald", gelbbraun, honig-, bernsteinfarben, Wärme, Sympathie. Offene Regale für Bücher, Schränke zum Einhängen, Unterschränke, Unterschubfächer, Glasvitrine, Übereckregal, Kommoden mit Schubfächern. Mobiliar für den Altbau, zwei Meter sechsunddreißig hoch. Siebzehn Meter Bücher. Ausgaben aus den sechziger Jahren bis heute. Alles gelesen. Simenon, Kempowski, Pessoa, Mayröcker, Sarah Kirsch, Damm, Echenoz, Mankell, Storm, Keller, Hamsun und die Russen, die Franzosen, die Amerikaner und, und, und. Bücher quer durch die Weltliteratur, alte, neue, aktuelle, vergessene.

Lob der Bücher, Lob der Lieblingsbücher: Claude Lanzmann *Der patagonische Hase*. Christoph Ransmayr *Die Schrecken des Eises und der Finsternis*. Werner Herzog *Eroberung des Nutzlosen*. Jurij Brězan *Mein Stück Zeit*. Christoph Hein *Von allem Anfang an*. John Banville *Die See*. Fred Wander *Das gute Leben*. Erik Larson *Isaacs Sturm*. Friederike Mayröcker *Paloma*. Josef Haslinger *Phi Phi Island*. Sigrid Damm *Christiane und Goethe*. Ingmar Bergman *Die besten Absichten*. – Bücher zum Wiederlesen. Zwölf Bücher für zwölf Monate oder besser ein Monat für zwölf Bücher? Die vielen Lieblingsbücher! Hundert, zweihundert? – Leseglück ohne Ende.

DAS ARBEITSZIMMER (5)

Die weißen Tasten
Heute, an einem Samstagvormittag,
beim Klavierüben
stellte ich überrascht fest,
als ein Sonnenstrahl durchs Fenster
sich breitmachte auf der Tastatur meines Flügels,
dass ich auf schneeweißen Tasten spielte,
also auf schwarzen und weißen,
wie es dieses Gershwin-Stück verlangte,
aber die weißen waren so jungfräulich weiß,
viel weißer als bei dieser Zahnpastawerbung,
sodass dieser Umstand in mir ein Gefühl
nie gekannter innerer Befriedigung und
außerordentlichen Glücks auslöste.

Man muss wissen, vor zwanzig Jahren sahen die
weißen Tasten braun aus, das heißt,
in der Mitte ein Schimmer von Braun,
aber nach außen immer brauner und brauner,
und die ganz tiefen und hohen ganz eklig braun,
nicht anzuschaun.
Ein Steinway-Flügel mit solchen Tasten,
Baujahr fünfunddreißig, das einzige Manko an ihm.
Er klang himmlisch, spielte sich famos.
Ich kratzte mein Opernhonorar zusammen,
versetzte eine goldene Taschenuhr.
Er sah gut aus, ohne Makel, glänzend Nussbaum,
umso mehr waren diese braunen Tasten
ein Ärgernis. Der Klavierstimmer sagte:
Da lässt sich nichts machen.
Ihr Vorgänger war Kettenraucher. Riechen Sie?
Ich mach mal den Flügel auf.

Ich sagte: Machen sie ihn lieber wieder zu,
den Geruch kriegen wir schon weg, im Nu!
Aber was machen wir mit den Rauchertasten?
Er: Da hilft nur Licht und Sonne, dann werden die
Elfenbeintasten wieder weiß.
Ich: Und wie lange kann das dauern?
Er: Fünfzehn, zwanzig Jahre, wer weiß.

Ich glaubte ihm nicht, versuchte die Tasten vom Braun
zu befrein mit Spiritus, Entfroster, Benzin,
mit Fit, Scheuersand, Alkohol, Terpentin.
Nichts half, ich gab auf, laut Klavierstimmer blieben
nur das Fenster mit Sonne und Licht und der
aufgeklappte Deckel samt Rauchertastatur
in ständiger Sicht.

Heute ist es soweit, nach zwanzig Jahren.
Der Morgen hat es ans Licht gebracht,
das Weiß der Tasten ist phänomenal.
Klavier spiele ich, locker und leicht, wie von
psychischem Druck befreit, die Fesseln gelöst,
die Finger gleiten, die Töne perlen,
ich spiele und spiele, Brahms,
Chopin, Beethoven, Satie. Ich spiele wie noch nie.

Da ruft meine Frau, ja sie schreit,
sie muss ja schreien bei dem Getöse:
„Was ist, kommst du endlich zum Essen?
Es ist schon ganz kalt, besonders die Klöße!"

KALENDERNOTIZEN nach dem 71.
Juli 2017

Novelle „Rosmersholm" überarbeitet, ausgedruckt in den Verlag. Sehr zuversichtlich, beide Geschichten sollten sie machen, „Der Spaziergang" mit einer dramatischen Pointe, „Rosmersholm" mit einer freundlichen. Es treffen sich Tragödie und Komödie, die klassische Konstellation des Theaters.

Meine Schriftstellerfreunde sterben, jetzt hat Peter Härtling aufgegeben (83). Sein Verdi-Roman, große Erzählkunst. Der alternde Verdi nach Aida, der Neues versucht, der das Streichquartett, das Requiem schreibt, der endlich den „Lear" komponieren will, was ihm nicht gelingt, der unter äußerster Anstrengung Otello, Falstaff vollendet und sich danach zum Sterben auf sein Landgut zurückzieht. Hat Härtling an sein eigenes Ende gedacht?

2015. Ich schreibe Härtling, wie nahe mir sein Verdi gegangen ist. Lege mein Büchlein mit dem Gedicht über den Verdi des Falstaff bei. Er antwortete mir: *Lieber Herr ... haben Sie Dank für Ihre freundlichen Sätze über meinen „Verdi" und lassen Sie mich auch gleich danken für Ihr Verdi-Gedicht, den ganzen Band, in dem nicht wenige Gedichte stehen, die ich mag. Ihnen alles Gute, Ihr Peter Härtling.*

In der ZEIT: Wie die Vögel *noch* singen: Lerchen – düdidüdidüdi. Finken – trütt, trüb, trief, rief. Amseln – pök-pök-pök. Spechte – glückglückglück. Nachtigallen – flööt. Meisen – zizibä, sitzida. Rotkehlchen – zieh zieh zieh. Käuze – huhuuuuuuuu. Krähen – kiäk kja ärrr! Und sie dröhnen, hähern, klopfen, jauchzen, leiern, tockern, zischen, binken, finken, pritschen, scherrbsen, zirpen, dacken, flöten, quirlen, rollen, schackern, schnirpen, läuten, dudeln, girlen, trillern, wirbeln, lachen, girren, schlagen, schluchzen, schmettern, krägeln, rollern, schreien, lispeln, rücken, rülschen, schnurren, wispern ihr Lied ...

Auf dem Lerchenberg. Essen in Familie. Bruder und Schwägerin aus Leipzig haben eingeladen. Wir feiern die Geburtstage der Lebenden – und der Toten. Hier saßen schon unsere Großeltern, meine Eltern, die Eltern meiner Schwägerin. Wir tafeln im Freien. Sonne, milder Wind, Landschaft weit nach allen Seiten. Grandiose Sicht. Im Norden die Großstadt, langgezogen im Elbtal. Im Osten die Sächsische Schweiz, die Tafelberge. Im Süden das Erzgebirge, bläulich schimmernde Hügel, der Geising reckt sich. Im Westen zerklüftete Täler, auf den Höhen Rabenau, Somsdorf, Weißig, unten Freital, viel Besiedelung. Industrie. – Wir unter Bäumen und Sonnenschirm. Klappbare Gartenstühle. Regionales Mittagessen, sächsisch, böhmisch, Gulasch, Knödel. Bier. Wein, später Kaffee. Liebermanns impressionistisch hingeworfene Bilder von Biergärten, Vergnügungsgaststätten, Gartenlokalen. Schwof, wie man in Berlin sagen würde.

Günther Schwarberg: *Sommertage bei Bertolt Brecht – Tagebuchskizzen unter dem dänischen Strohdach.* Mehrmals gelesen ohne Interessensverlust. Notizen vom 1. August bis 31. Oktober 1996. Ein Sommerbuch licht und hell. Verschmelzen von Arbeit, Freizeit, Landschaft, Liebe, Hoffnung, Gegenwartsleben, Exilleben, Weltgeschehen, Glücklichsein, Schöpfertum. Schwarberg sachlich, zurückhaltend, unaufgeregt – aber auch atmosphärisch und klug plaudernd. – *10. August. Ein Sonnabend. Die Sonne putzt dieses Land mit bunten Reflexen. Immer sieht es aus wie frisch geharkt. Wir fahren mit unseren Rädern auf dem alten Bahndamm entlang. Damals, als sie hier wohnten, gab es noch eine Eisenbahnstrecke an der Südküste Fünens entlang. Die Eisenbahn wurde stillgelegt. Geblieben ist der Damm als schöner Wanderweg. Diese Insel ist wie ein Paradiesgärtlein. Aber nicht damals, es war Vorkrieg, und bald würden die Soldaten kommen mit dem Hakenkreuz am Stahlhelm. Ich werde mich immer an den Tag der Besetzung von Dänemark und Norwegen erinnern. Mein Vater sagte damals: „Schon wieder zwei Länder, in denen man sich nach dem Kriege nicht mehr sehen lassen kann."*

Sommergeschichten für Herz und Hirn, zu lesen am Strand, im Park, im Garten, auf der Terrasse, auf dem Balkon, am besten unter einem dänischen Strohdach.

DAS SCHLAFZIMMER (3)

Nachdenken über Verluste. Erinnerungen an die verschwundene H0-Aufzieheisenbahn, die Zigarettenalben, die Klarinette, den Frack, alles Dinge, die in Kleiderschränken deponiert waren. Kleiderschränke als Aufbewahrungsorte, Verstecke für Liebesbriefe, Geldkassetten, Steuerformulare, Fotoalben, Kontoauszüge und, und, und.

Der Verlust von Bildern, Kritiken und Dokumenten aus dem dritten Kreuzchorjahr, schmerzlich bis heute. Zwei Jahre liegen gebunden vor dank Vaters Sammelleidenschaft, das dritte Jahr befand sich in einer gewöhnlichen Wellpappeschachtel vom Süßwarenhersteller „Vadossi". Weg, weg! Entweder mit einem Berg anderer Papiere entsorgt oder schlimmer, das Konvolut weggegeben, verborgt. Das ist wie mit dem Verleihen von Büchern, man bekommt sie ohne Aufforderung nicht zurück. Das Paradoxe: Die Schuld des nicht Wiederbekommens liegt ganz bei einem selbst. Borgen ist wie Schenken. Aus dem Blick, aus dem Sinn. Jahre vergehen, dann plötzlich, wer hat das Buch, ich habe doch eine Notiz gemacht. Aber wo, wer, wann? Vergebens. Der Verlust nagt und nagt, immer mal wieder, man kommt dagegen nicht an.

Im Kleiderschrank meiner Eltern – in einem Wäschekorb die H0-Aufzieheisenbahn. Gestapelt übereinander die Zigarettenalben, fünf oder sechs, die Welt auf bunten Bildern. Brücken, Schiffe, Länder, Städte, Sport, Flugzeuge, Autos, Persönlichkeiten … Porträt des jungen Brecht mit kurzen, nach vorn gekämmten roten Haaren. Der Dichter Quasimodo mit furchterregendem, maskenhaftem Gesicht. Die Olympiade in Paris 1904, Helfer stützen den Sieger des Marathonlaufes ins Ziel. Er wird später disqualifiziert. – Die Eisenbahn, Weihnachtsspielzeug meiner Kindheit. Schienen für das gesamte Wohnzimmer, vier Weichen, zwei Kreuzungen, drei Lokomotiven, Güterwagen für Holz, Getreide, Öl, Mehl, Stückgut, Zement, Personenwagen mit zu öffnenden Türen für die einzelnen Abteile, ein vierachsiger Speisewagen mit Stühlen und Tischen, dazu noch Bahnhof, Brücke, Abfahrtsschilder, Tunnel, Signale etc. Alles einem Aufkäufer aus dem Westen für 50 D-Mark überlassen in der Wendezeit. Man wollte das alte Zeug nicht mehr, man brauchte Platz für Neues.

„So was gibt man doch nicht her! Das sind doch Reliquien!" Ich verschenkte Frack und Klarinette, der Frack zu klein, die Klarinette kaputt. Das Instrument vom Westonkel, der Frack vom Westonkel, die Frackzutaten zusammengestellt vom Hausschneider des Onkels aus Heidelberg. Auf dem Paket waren prägnant sichtbar die Initialen des Handwerksbetriebes zu erkennen. Es kam trotzdem ohne Beanstandung durch den DDR-Zoll. Der beste Frackschneider Dresdens „baute" das gute Stück, er bekam alles geliefert, das stachelte seinen Ehrgeiz an. Sonst ließ er nur großen Namen seine Schneiderkunst angedeihen, Kempe, Konwitschny, Adam, Masur … Es fehlte nichts, vom feinen englischen Tuch bis zu den Perlmuttknöpfen, vom Frackhemd (bügelfrei) bis zu den Reversspiegeln, von der Nähnadel bis zum Nähgarn und der Stoßborte für die Frackhose, dazu Weste, Bauchbinde, silberne Manschettenknöpfe, zwei Fliegen, eine aus samtener, goldgelber Seide zum Selbstbinden. Ich übte Fliege binden. Ich konnte das viele Jahre, es war unendlich komplizierter als das Binden einer Krawatte.

Mein Kleiderschrank ähnelt heute dem Kleiderschrank meiner Eltern auf beängstigende Weise. Mit dem Altern ist in ihm immer mehr Platz, wo früher Klarinette, Frack, Infrarotlampe, Heizkissen, Kreuzchoranzug, Eisenbahn, Zigarettenalben, Liebesbriefe, Chor-Erinnerungen, Kleiderbügel, Ledergürtel, Krawatten, und Fliegen lagerten.

Diese verschwundenen Dinge! Unvorhersehbar überfallen mich Verlustgedanken in den blödesten Situationen. Überall kann mir das passieren, im Auto, auf dem Spaziergang, beim Musikhören, beim Bäcker, im Supermarkt … diese Verlustgedanken, diese Attacken … Angstmomente, in denen ich nicht mehr weiter weiß, nicht mehr weiter möchte … Momente von Endgültigkeit … Für die Winzigkeit einer Sekunde bin ich absolut hilflos, bin ich nicht mehr Materie, sondern nur noch Hülle …

Ja, die Sache mit der Schuld, sagt Rebekka resignierend in Ibsens Drama *Rosmersholm*, die Sache mit der Schuld.

DAS WOHNZIMMER (2)

Das Aquarell
Ohne Titel
An hervorragender Stelle

Über der Couch
(kein röhrender Hirsch)
Fließende Farben
Bordeaux/Siena/Kaltgrau
Umbra/Braunocker/Kobalt
Indigo/Sepia/Preußischblau
(kein balzender Auerhahn)
Einmal Nassschnee im Herbst
Einmal Frühlingstauwetter
Einmal sich bäumende Pferde
Franz Marc
(keine Schneegipfel)
Einmal graublauer Morgen
Einmal letzte Abendsonne
Dann wieder Augen/Rinnsal
(kein blühendes Tal)
Nasse Erde tropft
Mäandernder Fluss
Lungenflügel? Fußspuren?
Moor? Rasen? Wiese im Winter?
Gestein? Trüber Tag?
Rätselhaft/Fahles Licht
Anregend/Aufregend
Verstörend/Erde tropft
Über den Rahmen

DER GARTEN (3)

Die Linde am Gartentor ist schlank. Sie wächst in den Himmel. Sie ist
über hundert Jahre alt. Zuletzt sah sie krank aus, die Misteln hatten ihr
zugesetzt. Wir ließen die Baumarbeiter kommen. 31 Mistelkugeln wurden
heruntergeschnitten und sofort zerhäckselt. Jede Kugel von der voluminö-
sen Größe eines Gummiballs, wie er beim Training zur Beckenbodenstraf-

fung bei schwangeren Frauen genutzt wird. In zwei Stunden war alles geregelt. Misteln sind Schmarotzer, sie machen die Bäume kaputt. Wieso hängen sich die Engländer solches Zeug in die Wohnung, zu Weihnachten oder zu Hochzeiten?

Im Juni 2002 fegte eine Windhose durch Gärten und über Häuser hinweg. Sie setzte unseren beiden Pflaumenbäumen zu. Die Reneklode wurde entblättert, die Hauspflaume ebenfalls. Sie überstand es, die Reneklode nicht. Die trieb im nächsten Jahr nicht mehr aus, wir mussten sie fällen. Das stürmische Rasen, das Aus für Kiefer und Birke, beide wurden entwurzelt, die Äste des Nadelbaums zerschmetterten den eisernen Gartenzaun. Samstagnachmittag, wir feierten meinen Sechsundfünfzigsten, Wasser drang durch die Fenster ein, Toben und Finsternis, zehn Minuten, vielleicht etwas länger, danach schien eine unschuldige Sonne, als wäre nichts gewesen. Das Jahr der Unwetter, der Hochwasser. Fluten im Januar, März, Mai, August, November. Im Sommer das große Wasser, braun, hoch, mächtig, apokalyptisch, der Minitornado als Vorbote.

Inzwischen ist auch die Hauspflaume ein Gerippe, die Äste sind abgestorben, die letzten Früchte ernteten wir vor langer Zeit. Ein Glas Marmelade steht im Keller. Ob sie noch schmeckt? Jetzt hängen da Nistkasten und Futterhäuschen.

Zwei Sauerkirschbäume sind auch noch da, in der Nähe der Mauer zum Nachbarn. Wir können sie aus Wohn- und Arbeitszimmer beobachten, wir leben mit ihnen, sehen das Grünen im Frühling, die schneeweiße Blüte, das Reifen der Kirschen, die knallgelbe Laubfärbung im Herbst, wir spüren mit ihnen die Winterruhe. Anfangs ernteten wir volle drei Eimer dunkelroter Sauerkirschen, Schattenmorellen? Zuletzt reichten die Früchte nur für einen runden Napfkuchen. Eigentlich müssten sie weg und junge Bäume gepflanzt werden, eine neue Kirsche, eine Pflaume, ein neuer Apfelbaum, Bäume, die wenig Platz beanspruchen. Auch die Koniferen wären dran. Der Wall zur Straße ist löchrig und durchsichtig geworden.

Ich scheue mich vor dem Eingriff, habe Skrupel, bin ein sentimentaler Bäume-Mitfühler, Bäume-Empathiker geworden. Die Tat würde mir vorkommen, als ob ich mich meiner eigenen Beine und Arme entledigte ... und wer will das? Da fällt mir ein: Großvater mütterlicherseits predigte immer, Sauerkirschen seien besonders gesund: Sie enthielten Lebenssaft. Ihr mit euren Süßkirschen, die belasten nur den Magen! – Er hatte einen Sauerkirschbaum, den ich jeden Sommer abpflücken musste. Die Arbeit war nicht ungefährlich, der Baum stand an einem Abhang, die Leiter fand wenig Halt. Eine Mutprobe! Ich ließ mir nicht anmerken, wie herausfordernd und anstrengend diese Arbeit für mich war. Als verweichlichter Kruzianer wollte ich nicht gelten. Stolz erfüllte mich, wenn ich den Baum bis auf die letzte Kirsche leergeräumt hatte. Großvater lobte mich und hatte Respekt vor meiner Leistung: „Der Junge ist richtig, der kann ja nicht nur singen!"

KALENDERNOTIZEN nach dem 71.
August 2017

Mittwoch, 16. August, der Lektor am Telefon. Herr S. lobt meine Schreiberei. Das hat er noch nie getan. Rosmersholm will er unbedingt machen, „Spaziergang" wohl eher nicht. Ich erkläre mich, ohne „Spaziergang" kein „Rosmersholm". Ein kurzes Zögern, ehe er zustimmt. Allerdings, der Genrebegriff „Novellen" sei zu hoch gegriffen. Er ist für „Erzählungen". Ich stimme sofort zu, Erzählungen, zwei Erzählungen, darauf soll's nicht ankommen. Ein Besuch im Verlag wird erbeten, Vertrag, Cover, Finanzen etc. Wenn die Korrekturfahnen vorliegen und ich sie gelesen habe, werde ich hinfahren. Ich bin enthusiasmiert!

Die Welt im Kampfmodus, USA gegen Russland. Iran gegen USA. Russland gegen Europa. Europa gegen USA. Jeder gegen jeden. Korea, Venezuela, Syrien, Israel, Iran, Jemen, Katalonien. Die Slowakei will keine Flüchtlinge, Ungarn will keine, Polen will keine, der ganze „Ostblock" will keine, bald werden auch die Italiener sagen: Schluss! Schluss! – Die Welt wird implodieren!

Die SPIEGEL-Titelbilder politisch entlarvend, mit sarkastischem Humor bis zum Zynismus. – Am 5. August ein gelber Spielzeugkäfer hilflos auf dem Dach liegend. Text: *Ende Legende. Wie Bundesregierung und Konzerne den Ruf der Auto-Nation Deutschland ruinieren.* – Am 12. August: Das Matterhorn strahlend in der Morgen- oder Abendsonne. Text: *ALPENTRAUM. – Wie sich das bedrohte Paradies wandelt.* Erst bei genauerem Hinsehen bemerkt man, wie links ausgebrochene Gesteinsbrocken aus dem Berg nach unten purzeln und springen.

Picasso hat „Guernica" vor dem faschistischen Angriff gemalt. Der Titel kam später hinzu, wurde zum Bild erfunden und trotzdem, man kann sich keinen besseren vorstellen. Nachträgliche Empörung ist unverhältnismäßig, grotesk. – Eine Parallelgeschichte: Pendereckis „Hiroshima", dieses apokalyptische Klanggebilde, diese schreiende Geräuschsinfonie für Streicher war längst fertig, bevor der Titel entstand. Beide Arbeiten sind aus dem Kanon der Kunstprodukte nicht wegzudenken. Große Künstler sind Seher, Visionäre! Welches Grauen ging in deren Köpfen vor?

Habe mich in der eigenen Bibliothek verirrt und Fontanes *Unwiederbringlich* gelesen. Sommervergnügen. Fontanes sprachliche Eleganz! Die ironische Distanz zu der Adelsgesellschaft, die er beschreibt, ohne die Personen zu denunzieren. Keyserling muss den Roman gut gekannt haben, und Thomas Mann auch. Spätromantik, Impressionismus, Seelendrama, kühle Erzählhaltung, alles ist drin. Ein unterschätzter Fontane-Roman. Die Gräfin über ihren Mann (Holk): *„Ich wette, daß er lieber eine Halle bauen würde, darin man Federball spielen kann, oder wie das jetzt Mode ist, auf Rollschuhen Schlittschuhlaufen, jedenfalls alles lieber als irgendwas, was mit Kirche zusammenhängt. Und nun gar eine Gruft bauen …"* Fontane als auktorialer Erzähler: *„Wie bei vielen Eheleuten, so stand es auch bei den Holkschen. Wenn sie getrennt waren, waren sie sich innerlich am nächsten, denn es fielen dann nicht bloß die Meinungsverschiedenheiten und die Schraubereien fort, sondern sie fanden sich auch wieder zu früherer Liebe zurück und schrieben sich zärtliche Briefe …"* Holk zu sich: *„Ich sehne mich nach einem anderen Leben, nach Tagen, die nicht mit Traktätchen anfangen und ebenso aufhören: ich will kein Harmonium im Hause, sondern Harmonie, heitere Übereinstimmung der Seelen, Luft, Licht, Freiheit …"*

Carmen in Aix-en-Provence und Bregenz. Mit Bizets Oper geht es mir wie mit Dvořáks Neunter, wie mit der „Zauberflöte", wie mit „An der schönen blauen Donau". Ich kann diese Musik nicht mehr hören, ich bin voll damit. Bei Carmen würde eine innovative, zeitgemäße Inszenierung über das Musikdilemma hinweghelfen, doch in Aix Folklore und Kitsch, in Bregenz Wasser, Ruderboote, Feuerwerk, Show und immer wieder Wasser. Was haben Carmen und das Wasser denn miteinander zu tun? Nichts! Es wird permanent gegen den Text angesungen, angespielt. Und die Musik knattert, kracht, schmachtet und weint. Carmen als Musical, oberflächlich und trostlos.

Nachtrag zu Schwarbergs Sommerbuch. Am 14. Oktober 1983 besuchte Volker Braun Brechts Sommerhaus in Svendborg. Er schrieb folgendes Gedicht: *wer wohnte unter dem dänischen strohdach? / auf der bronzetafel steht der name des dichters. / wem außer ihm / bot sich der unterschlupf? war er allein / auf der flucht vor den faschisten? seine frau / trug die koffer und kinder. / und waren da nicht diese lieb- / reichen freundinnen, und / hatte er nicht auch eine Köchin dabei / marie hold aus augsburg?*

ARBEITSZIMMER (6)

Seit ich mich nicht mehr pianistisch produzieren muss, spiele ich selten Klavier, spinne nur ab und zu vor mich hin, improvisatorisch … klimpere, wie man so sagt … interessiere mich aber wieder mehr für das Klavierspiel an sich … Der klare und präzise Ton des Klaviers befördert und befruchtet meinen Schreibstil, der genauso so sein soll wie der Klavierklang, klar und präzise. Ich höre plötzlich wieder kritisch und lustvoll Klavierkompositionen und mache mir übers Klavierspiel im Allgemeinen und im Besonderen Gedanken, die ich mir nicht so recht erklären kann. Gestern las ich in der Kritik zum Roman *Der nasse Tod* von Kenzaburo Oe: *Die wahren Künstler sind im Alter keineswegs gereift oder versöhnt, sondern gehen in ihrem Spätwerk den Dingen erst auf den Grund.* Das wird es sein, den Dingen auf den Grund gehen, im Alter den Dingen auf den Grund gehen. Das Klavier als das universellste Musikinstrument. Auf ihm kann man alle existierende Musik zum Klingen bringen, sofern man das technische Rüstzeug und die musikalische Bildung hat. Da sind zuerst die Kompositionen speziell für dieses Instrument, ein unübersehbarer Notenkanon. Hinzu kommen Musiken aus allen anderen Genres, Sinfonien, Opern, Lieder,

Chorwerke, Streichquartette, andere Kammermusik, Orgelwerke, Orchesterwerke, Unterhaltung, Jazz, Pop … Lern- und Lehrstoff ohne Ende. Und doch, das Klavier ist auch eines der beschränktesten Musikinstrumente in Bezug auf seine Tonerzeugung. Man drückt eine der 88 Tasten, der Ton ist da, aber man kann mit ihm nichts anfangen. In der Zehntelsekunde des Anschlags entscheidet sich alles: Lautstärke, Klangvolumen, Charakter, Länge. Die Pedale sind wichtige Hilfsmittel für die Lautstärke, die Farben, die Länge der Töne, ändern aber nichts am spezifischen Klang. Das Klavier als Instrument für schnelle Musik, für Musikereignisse auf engstem Raum. Pianisten sind Zauberkünstler, Jongleure, Fingervirtuosen des Augenblicks. Hindemith wusste, für welches Instrument er schrieb. In der Klaviersuite „1922" ordnete er für den Ragtime an, das Klavier solle wie ein Schlagzeug behandelt werden. Er hatte den ureigensten Klavierklang verstanden.

Was ist nun aber mit der lyrischen, der mäßig bewegten, der langsamen Musik, der Musik fürs Herz, fürs Gemüt, für Innerlichkeit, für die großen Gefühle? – Über Pianisten heißt es, schnell spielen kann jeder, doch auf die langsamen Sätze kommt es an, hier entscheidet sich das musikalische Vermögen eines Interpreten, hier muss der Pianist Farbe bekennen, muss dem Klavier Töne entlocken, die dem Klavier gar nicht eigen sind. Den Besten gelingt das, sie schaffen die Illusion einer unendlichen Melodie, eines menschlichen Gesangs, einer schmachtenden Geige, eines klagenden Fagotts, einer Bluestrompete, schaffen die Imagination eines großen Orchesters.

Vielleicht waren auch Tschaikowskis „Jahreszeiten" und die für mich unbefriedigenden Aufnahmen mit Lang Lang und Vladimir Ashkenazy Auslöser meiner plötzlichen Klavierphobie. Ersterer in den schnellen, temperamentvollen Stücken virtuos und überzeugend, in den lyrischen Sätzen schmalzig und trivial. Ashkenazy in den langsamen Stücken feinfühlig und erzählend, in den zupackenden Sätzen ungenau, wuschig und laut. Beide Interpretationen weit weg von meinen musikalischen Vorstellungen. Dabei sind die technischen Anforderungen der Stücke überschaubar, ein gut ausgebildeter Amateur wird sie spielen können. Die musikalischen Anforderungen jedoch sind hoch. Einfachheit muss geadelt werden,

Melancholie muss verlebendigt werden, Folklore muss zur Kunst werden, Lautheit muss zur Dramatik umfunktioniert werden. Hier meine handwerklichen, technischen Interpretationstipps zu den zwölf Monaten. Inhaltlich sind die Stücke eindeutig, sie verlangen „nur" einen fantasiereichen Erzähler: 1. Januar „Am Kamin". *Moderato*: Rubato, Phrasierung, Atmung. 2. Februar „Karneval". *Allegro giusto*: Tempo. Virtuosität. 3. März „Lied der Lerche". *Andantino*: Erzählend. Musik ist höhere Sprache. 4. April „Schneeglöckchen". *Allegretto con moto*: Singen. Die unendliche Melodie. 5. Mai „Weiße Nächte". *Andantino*: Die Melodie im 4./5. Finger rechts. 6. Juni „Barkarole". *Andante cantabile*: Legato, schwingendes Metrum. 7. Juli „Lied der Schnitter". *Allegro moderato*: Hymnus auf den Sommer, strahlend, nicht derb. 8. August „Die Ernte". *Allegro vivace*. Toccata. Leise, huschend. Legato gegen Staccato. Rhythmus zwei gegen drei. 9. September „Jagdlied". *Allegro non troppo*: Ein jubelndes Forte-Stück. Oktaven. Repetition. 10. Oktober „Herbstlied". *Andante doloroso*: Melodie im 4./5. Finger rechts, ebenso in der linken Hand. Phrasierung. Frage-Antwort. 11. November „Troika-Fahrt". *Allegro moderato*: Ein Klangstück/Orchesterstück. Schellen. Die große Geste. 12. Dezember „Weihnachten". *Tempo di Valse*: Ein schneller eleganter Walzer. Schlittschuhläufer.

Ich werde mir die „Jahreszeiten" vornehmen und üben, üben, üben und den Herren Lang Lang und Ashkenazy Konkurrenz machen ... Und ich werde besser sein als die, weil ich mir eine individuelle Konzeption erarbeitet habe und zu meinem Klavierspiel eine zweite Sache hinzukommt: Atmen und Singen. Die Herren Ashkenazy und Lang Lang atmen und singen nicht. Ohne Atmen und Singen ist unser ganzes Klavierspiel für die Katz!

DER KORRIDOR (2)

Ist der Korridor für die Schuhe da oder sind es die Schuhe für den Korridor? Eindeutig ist das nicht. Für meine Frau stehen drei Kommoden für neunundachtzig Paar Schuhe bereit, zehn Paar belagern den Gang für den täglichen Bedarf. Für mich gibt es eine Kommode mit dreiundzwanzig Paar Schuhen, fünf Paar stehen auf dem Schuhgitter, ebenfalls für den Tag. Hinzu kommt eine unübersichtliche Anzahl von Hausschuhen, verteilt in den Zimmern. Alle Treter gestapelt, und ein Schuhberg biblischen Ausmaßes würde unsere Wohnung unpassierbar machen.

Meine Frau besitzt Schuhe für alle Lebenslagen, für Sommer, Übergang, Winter, für Frühjahr, Herbst, für drinnen, draußen, für Regen, Hitze, Kälte, für Stadt, Land, für Laufen, Rennen, Wandern, Radfahren, Garten, Theater, Konzert, Tanz, Bälle, Empfänge. Es liegen sogar fünf Paar Theaterschuhe herum. Sie waren unverzichtbar für szenische Proben in der Oper. Ihre Worte dazu: „Die waren für Tannhäuser, die für die Zauberflöte, die für die Festwiese der Meistersinger, fünfzig Minuten mussten wir da herumstehen, in den Endproben vier Stunden und mehr."

Meine Frau besitzt hohe Stiefel, Stiefeletten – gefüttert und ohne Futter. Sandalen, Pantoletten, Badeschuhe, Schnürschuhe, Slipper, Sportschuhe, Absatzschuhe – hochhackig, niedrig, Plateauschuhe, flache Schuhe und zwanzig paar Hausschuhe aus Plaste, die man eher im Schweinestall vermuten würde als im Wohnzimmer. Nun gut, jetzt zu mir: In unserer Familie spielten Schuhe, gute Schuhe, immer eine wichtige Rolle. Sie versinnbildlichten irgendwie ein besonderes Lebensgefühl, ein Lebensgefühl von Beweglichkeit, Selbstbestimmtheit, Initiative, Freiheit, Gesundheit. Der Westonkel versorgte uns in den fünfziger Jahren mit der Marke „Salamander". Man lief weich und leicht in ihnen, und wir mussten viel laufen, zum Bäcker, zum Fleischer, zu den Behörden, zum Arzt, zur Hainsberger Oma, zum Zeitungsladen, zur Post, zur Straßenbahn, zur Eisenbahn, um in die Großstadt zu kommen, in die Oper, ins Konzert, zum Weihnachtsmarkt, zur Arbeit, in den Kreuzchor, zum Pferderennen. Die fünfziger Jahre waren mit Laufen ausgefüllt. Doch einen Nachteil hatten sie, die schönen, so verführerisch nach Leder riechenden Westschuhe. Die Sohlen hielten nicht lange durch, diese federnden Kreppsohlen waren bei unserem Laufpensum allzu schnell hinüber – durchgetreten, die Absätze schief. In diesem Moment kam Großvater ins Spiel, er reparierte die Schuhe, geduldig und mit heiligem Ernst. Er besaß alles, was zu so einer Reparatur nötig war: Hammer, Nägel, Schusterleim (der musste gekocht werden), Leder- und Gummistücke, ein scharfes Messer zum Zuschneiden des Materials, eine Raspel und Sandpapier für die Feinarbeiten und einen Dreifuß, auf den man die Schuhe mit der Sohle nach oben stülpen konnte – und das Wichtigste, Großvater besaß eine Menge handwerkliches Geschick.

Ich gebe zu: Drei, vier Paar meiner Schuhe sind hinüber, unmodern, ich ziehe sie nicht mehr an. Ich müsste sie entsorgen, doch ich kann nicht, sie gehören zu meinem Leben. Die Schwarzen mit der dünnen Sohle, die ich nur im Theater zu Vorstellungen trug, haben Fußweg und Straße nie gesehen. Die blauen Sandalen mit Klettband, in die man so schnell hineinschlüpfen kann. Zwanzig Jahre alt oder mehr? Vorn links sind sie fast durchgetreten … Die braunen italienischen Mokassins, seit 1979 habe ich sie nicht mehr getragen. Mit ihnen bin ich acht Tage durch Lausanne gelaufen, hoch, runter, quer, zum Genfer See und zurück, acht Tage Straßenpflaster, die Schuhe hatten genug, meine Füße auch. Jeden Winkel von Lausanne habe ich aufgesucht, nur Simenons letzte Bleibe nicht. Er kam in meinem Literaturkosmos noch nicht vor. Später, viel später, habe ich dazu ein Gedicht geschrieben, ein Gedicht vom Verlust.

Hiermit behaupte ich, Simenon gekannt zu haben
Mitten in L. – letzter Aufenthalt, letztes Haus.
Zwischen Wohnblöcken, Neubauten, Parkhäusern, Baugruben
sein „kleines rosa Häuschen".
Er schreibt nicht mehr, er hat abgeschlossen.

Auf der Bank, im Schatten der Zeder, Maigret mit Pfeife,
im Schatten des Fensters – Teresa.
Unter der Zeder die Asche von Marie-Jo und ihm.
Schattenreich inmitten von Straßenlärm, Baufahrzeugen,
Kindergeschrei, klingelnden Handys,
laut kreischend anfahrenden Motorrädern,
L. liegt an einem Hang, Berg.

Er braucht Ruhe, Ruhe.
Ich stelle das Lärmen ab.
Das kann ich noch für ihn tun,
nur das noch.
Hiermit behaupte ich, Simenon gekannt zu haben.

KALENDERNOTIZEN nach dem 71.
September/Oktober 2017

Flucht und Ankommen. Gehen und Verweilen. Nervosität und Lethargie. Aufbruch und Anhalten. Verlangen und Abwehr. Einfälle und Leerlauf. Kunst und Krempel und Abfall und Müll und Fallen und Aufstehn.

Sibelius' Sinfonien geben Halt. Die weite Klanglichkeit der Musik, die schillernde Atmosphäre, die Strenge der motivischen Arbeit. Sibelius' Musik ist großzügig und akribisch, wollüstig und sachlich, auftrumpfend und intim. Manchmal schau ich in die Partituren und singe mir die Musik stumm vor. Ein Paradoxon: Ich singe mir die Sinfonien stumm vor.

Houston unter Wasser, schreckliche Bilder, doch Trump leugnet den Klimawandel, schlimmer noch, er will alle ökologischen Verträge der USA mit der Welt canceln.

Herbstzeit. Das große Lesen. Klaus Funke *Die Schnauze lebt.* Ulrike Edschmid *Ein Mann, der fällt.* Jocelyne Saucier *Ein Leben mehr.* Marion Poschmann *Die Kieferninseln.* Olav H. Hauge – Gedichte und Tagebücher. Simenon *Der Präsident.* Das Wiederlesen des Wiederlesens des Wiederlesens! Simenons einziger politisch grundierter Roman. Vom alten Mann und der Macht, vom alten de Gaulle und seinem Gegenspieler Malraux … Und seitdem die Rechte für Simenon nicht mehr bei Diogenes liegen, diese Ausgabe mit Mehrwert.

Klaus F., auf Seite 96 von 440 Seiten Kapitulation, unlesbar, alles schrecklich: der Titel, der Einband, das Cover, der Druck, das Thema, die Sprache, die Dialoge. Mein Schulfreund, ja gut, halber Schulfreund auf Abwegen, ganz weit weg von seriösem Erzählen. Wer hält ihn auf? Er kann es doch ganz anders, und vor allem besser, viel besser!

Flucht nach Menz, 28. September–5. Oktober. Habe leeres Quartheft mit. Versuch mit „Menzer Elegien 2", sammle Gedichtideen: Notizen über das Rheinsberger Schloss, über die Postsäule auf dem Triangelplatz, über Tucholsky, über den Buchhändler, über die Streuobstwiese, über die sich sammelnden Schwalben auf der Überlandleitung, über den Zeltimbiss mit dem Holzbeinmann, über die Robinien und Akazien, über den Menzer Friedhof, über den Roofensee, über das Pilzesuchen, über Neuglobsow am Stechlinsee (wochentags tourismusfrei, menschenleer), über die Fontane-Gaststätte, über eine Grafik von Ralf H., über Monets verschwommenen Blick auf Menz, der mein Blick ist. Über die Pferdekoppel hinter dem Kunsthof, über Frau Dietrichs bunt lodernde Ölbilder, über eine Hommage auf das Volkslied vom Ringlein, über die Eröffnung der Lindenoper in Berlin (Schumann „Faust-Szenen"), über das lyrische Autofahren ohne Verkehr, über die alten versandeten, katzenkopfgepflasterten Überlandstraßen, die vergessenen Chausseen nach Dollgow, Neuglobsow, Zernikow, Buchholz, Altglobsow, Köpernitz, Schulzenhof, Neuruppin.

Ulrike Edschmid „Ein Mann, der fällt". Klare, reduzierte Sprache, einfallsreich, bildhaft, natürlich, modern, cool. Das Buch beginnt im Berlin-West der 80er Jahre. Das Schlüsselerlebnis. Ein Mann stürzt beim Renovieren der Wohnung von der Leiter und ist seitdem querschnittsgelähmt. Die Liebesgeschichte aus Sicht der Ich-Erzählerin. Sie berichtet filmschnittartig, wie sich der Mann mit ihrer Hilfe ins Leben zurückkämpft. Das letzte Drittel anekdotisch, da gerät der Mann etwas aus dem Blickfeld. Schade! Bitte mehr Leidenschaft, möchte man Frau Edschmid zurufen. Sie wird bei Suhrkamp verlegt. Sie hat's geschafft, die veröffentlichen keine Nieten.

Samstag. Pilzesuchen. Pilzetag. Alle Zeichen stehen bestens, zunehmender Mond, milde und feuchte Nächte, warme trockene Tage. Fahrt zum Pilzfleck, Rheinsberg, Zechow … Bin spät dran, halb elf, finde trotzdem genug, in zwei Stunden ein voller Korb mit Maronen, Pfifferlingen. Drei Stunden putzen, schneide sie dann zwei Stunden lang dünn auf Zeitungspapier zum Trocknen. Krieche am Boden herum. 18 Uhr Rücken, Aufrichten unmöglich. Gehe gebückt auf dem Spazierweg. Ein ganzer Tag für getrocknete Pilze. Das ist Leidenschaft.

Am Sonntagmorgen das Trommeln des Regens auf die Oberlichtfenster. Ungewohnt. Musikgedanken. Stücke zum Wetter: Gewitter, Sturm, Regen, Sonne, Wind und Wolken, Nebel, Eis, Schnee usw. – Ulrich Tukur im DLF. Spricht zur dunklen Seite der Deutschen – Melancholie, Todessehnsucht, Romantik, Nebel, Sturm, Nacht, Wölfe, Fatalismus. – Lesezeit: Kappacher „Der Fliegenpalast". Die Lebenskrise eines alternden Schriftstellers. Nur Schreiben könne über die Misslichkeiten hinweghelfen. – In Madagaskar ist die Pest ausgebrochen. In kürzester Zeit 29 Tote. Wie bitte? Die Pest? Die Geisel des Mittelalters? – Die Bremer Kammerphilharmonie und Järvi mit Brahms' 2. Sinfonie. Kammermusikbesetzung, etwa 40 Musiker, die Bläser mit „hervorragender" Wirkung. Brahms aufgehellt, licht, redend, knackig, forsch und leidenschaftlich im Lyrischen wie im Dramatischen.

Mittag im Haus. Pfifferlinge mit Geschnetzeltem. Kräutertee. Draußen feiner Regen, die „Scheune" geheizt, alles stimmt. Wohlfühlen. Bin müde, die Ruhe, die Harmonie, lege mich ins Bett und bin sofort weg. Der ewige Schlaf ist kein Trug. 18.30 Uhr. Gehen um den Anger in feuchter Dämmerung. Niesel. Der Rücken knirscht. Die Feldsteinkirche wird angeleuchtet. Sie strahlt städtisch, warm, gelblich, imposant – van Goghs „Kirche von Auvers". Flinke Schatten über meinem Kopf fliehen, huschen haarscharf an mir vorbei. Ich denke an Schwalben, es sind Fledermäuse. Ein klein wenig Grauen. Ich eile, lande an der Pferdekoppel hinter dem Kunsthof, rotgelbe Streifen über dem ebenen Acker irritieren mich – die Sonne ist doch längst untergegangen – und Blinkzeichen am Feldwegende und Bellen und Rufe. Der Hund von Baskerville! – Geisterstunde. Ich lache gequält, schüttle mich, bin erleichtert, der Nachbar lässt seinen Hund Stöckchen holen.

Noch ein Buch: Marion Poschmann *Die Kieferninseln*. Eine Autorin mit sensiblen Kenntnissen der japanischen Kultur und Lebensweise. Sie schickt einen Professor aus skurrilem Grund (Bartforschung) nach Japan, wo er auf einer Pilgerroute Erleuchtung erfahren will. Das Buch spielt in der Gegenwart in einer seltsamen Zwischenwelt und mutet kein bisschen exotisch an. Man denkt: alles erträumt, alles Fake, alles Mumpitz, und doch glaubt man jedes Wort. Die Poschmann kann alles, Herz und Hirn,

Tiefe und Leichtigkeit, Humor, Mystik und Spannung. Spannend ist das Buch auch. Ein Buchwunder. Nur die alte Rechtschreibung stört. Warum das?

Mittwochnachmittag. Die Sorge um die Pilze. In den vergangenen Tagen wurden sie von mir jeden Morgen und Abend „umgebettet" und neu gelagert, erst am Boden, dann auf der Heizung. Jetzt zerbröseln sie zwischen den Fingern wie Herbstlaub. Nun könnten sie Jahrhunderte in einem luftdicht verschlossenen Einweckglas überdauern. Zwei Gläser sind es geworden, in jedes Glas kommt das Zettelchen: *Pilze am 30. September anno 2017 gefunden in der Nähe von Menz, getrocknet und aufbewahrt von …*

Dienstag, 12. Oktober in den Verlag. Zwei Stunden Korrekturgespräche, Coverdiskussionen, „Buch-auf-den-Weg-bringen" im besten Einvernehmen. Euphorisch zurück.

Was sonst noch passierte? Tillich tritt ab. Er will kein Ministerpräsident mehr sein. – Der Operettenneubau unter Wasser. Bei Sicherheitsprüfungen (!) hat ein Techniker den Hahn der Sprinkleranlage erwischt. – Susanne D. verteidigt öffentlich die rechten Verlage. – Heiner Geißler, *der* authentische politische Querkopf stirbt mit 87. Andreas Schmidt, Schauspieler, der anarchische Widerpart zu Krause in den famosen Brandenburgfilmen, stirbt mit 53. – Trump kassiert das Gesetz über das Verbot von Elefantentrophäen. Zwei Tage später setzt er die Anordnung auf Druck von Tierschützern außer Kraft. Er müsse sich erst genau informieren.

Reformationsfest. Peter Rösel im Kulturpalast. Klavierabend. Das Flügelmonstrum (280 cm) mit Pianist verloren in der Orchesterarena. Dresden hat keinen anständigen Kammermusiksaal. Beethoven Opus 10 Nummer 3, D-Dur. Die filigrane klassische Gedankenmusik im riesigen Auditorium. Verweht! Beethoven Opus 110 besser, der späte Beethoven mehr Klangkomposition als Struktur. Nach der Pause Schubert, die späte A-Dur-Sonate. Die unendlichen Melodien schwingen im Raum, vierzig Minuten, der große Saal wirkt nun doch noch intim. Rösel mit zwei Zugaben. Jetzt erst ist er ganz bei sich, spielt gelöst und frei.

Hauge *Gesammelte Gedichte*, Seite 300. So ein Gedicht müsste mir gelingen: *Wie lang hast du geschlafen? – Das wagst du, / schlägst die Augen auf / und schaust dich um? / Doch, du bist hier, / hier in dieser Welt, / du träumst nicht, / sie ist wie du / sie sieht, die Dinge hier / sind so. / So? / Ja, grad so, / nicht anders. / Wie lang hast du geschlafen?*

DAS ARBEITSZIMMER (7)

Die U-Wörter, die Unwörter: Unruhe. Ungeduld. Ungemach. Unstet. Unerträglich. Unvermögen. Unbestimmt. Unleidlich. Unfug. Unsäglich. Unvernunft. Unmöglich. Untervermietung. Uferlos. Untergang.

Der Alltag frisst und nagt. Du bist ein verunsichertes Bündel verzagter, ängstlicher Körperlichkeit. Wrack! Diese nutzlosen, widerwärtigen Versuche ... Der Versuch mit dem Schreiben. Du versuchst es mit Schreiben und kannst nicht schreiben. Du versuchst es mit Komponieren, die Unmöglichkeit des Komponierens, du bringst keine einzige Note zustande. Du versuchst es mit Malen, auch das Malen funktioniert nicht. Und das Lesen ... du kannst nicht lesen. Lesen ist dir unmöglich. Spazierengehen, schrecklich, dir schwindelt, du taumelst durch die Gegend. Der Alltag übermannt dich, krallt, verhakt sich in dir, hält dich fest.

Therapie, du versuchst es mit Bildern, mit Fotografien, mit Bildbänden ... du blätterst, schaust, sprichst, imaginierst, bist Karl Ove ... Jeden Abend Fernseher aus, Arbeitsstuhl, Leselampe. Wodka im Schrank lassen! Eine kleine Flasche Jever vor dem Schlafengehen, nicht mehr, bloß nicht mehr. Die Abende mit den Bildern.

Erster Abend: „Veduten und Landschaften" (Elger Esser). Frankreich, getaucht in Gelb, in Ocker, in helles Braun, in Sandfarben, Sahara-Sand überzieht Städte, Brücken, Flüsse, Bäume, Wasser und Himmel. C. D. F., Canaletto. Fotografien von heute ohne Autos, Eisenbahnen, Menschen, ohne Wetter, ohne Bewegung, ohne Dramatik ... Dauer, dauerhaft.

Zweiter Abend: „Nordland – Die letzte Wildnis Europas". Das Land Hamsuns, das Land Rebekkas aus *Rosmersholm*, das Land Kathrines aus *Ungefähre Landschaft*. Hamsuns Turm in Presteid, sein Museum gegenüber den Lofoten.

Dritter Abend: „Horizons" (Sze Tsung Leong). Die Welt in Panorabildern. Die Erde eine Scheibe, der graublaue Himmel das Universum. Der Himmel ist nichts und doch alles. 144 Bilder der Einsamkeit, ohne menschliche Existenz. Kein Blick zurück, der Blick voraus, kühl, gefühllos.

Vierter Abend: „Escapes – Traumrouten der Alpen" (Stefan Bogner). Fünfzehn Alpenpässe, fotografisch erkundet. Sich windende Straßen in Weißgrau, Hellgrau, Schwarzgrau, die sich in die zerklüftete Landschaft aus Geröll, Gestein, Felsen, einzelnen Nadelbäumen, Restschnee, Moränen und Schutt hineinfressen. Vereinzelt Nadelbäume. Der Blick von oben, der Topos der Unwirtlichkeit, Alpenpässe pur, puristisch.

Fünfter Abend: „Wracks am Ende der Welt – Der Schiffsfriedhof um Kap Hoorn". Großes Kino. Stolz und Vergänglichkeit im Farbenrausch. Dramatik, Kampf, Tod … und am Ende das Meer, das immer da ist, das übrig bleibt.

Sechster Abend: „Heimat" (Peter Bialobrzeski). Deutschlandbilder von den Alpen bis zur See. Atmosphärisch, dicht, leise. Langsamkeit. Sommerbilder, Seebilder, Winterbilder, immer mit Menschen, einzelne, viele, in Gruppen, wie Ameisen, wie bunte Zinnfiguren, Skifahrer, Rodler, Wanderer, Badende. Die Natur als Heimat, Besitz und Verbundenheit, Respekt und Ehrfurcht.

Siebter Abend: „Avannaa", Nordgrönland (Tiina Itkonen). Bilder des blauen Lichtes, des Eises, des Meeres, des Frostes, der Dämmerung und der Finsternis. Dazu bunte, fröhliche Holzhäuschen mit gelb leuchtenden Fenstern. Hoffnungslichter, Lebenslichter, Adventslichter … und Eisberge, Eiswüsten, Robbenjäger, Schlittenhunde und Polarlicht und der Mond und die Andeutung eines gelbroten Sonnenaufgangs. Festtage des Lichts, Festtage eines kurzen eisigen Sommers.

Im „Zeit-Magazin" wird Janosch befragt: Wie wird man kontemplativ? Er antwortet: *Man macht es wie Wondrak und löst alle Probleme im Kopf. Nur noch im Kopf, nicht mehr in der Welt. Irgendwann hat er die ganze Welt im Kopf und ist kontemplativ.*

Du hast gesiegt. Du bist kontemplativ. Die G-Zeit, die Gutzeit ist angebrochen – Gelassenheit. Geduld. Gleichmut. Gegenwart. Gegend.

Gesundheit. Gelingen. Großzügigkeit. Geste. Geländer. Garten. Grafik. Granit. Gunst. Geist.
Dank den Bildern!

DAS WOHNZIMMER (3)

Im unteren Fach der Kommode aufrecht 240 Schallplatten, bunte Hüllen, schwarze Scheiben mit erheblichem Gewicht. Sie dienen mehr der Stabilität der Schrankwand als dem besinnlichen Hören. Nach der Wende hätte ich sie beinahe entsorgt, ersetzt durch CDs. Ich wollte sie wegwerfen und den Plattenspieler dazu. Das viele Neue, es war so verführerisch!

Ich habe es nicht getan. Die Ehrfurcht vor dem Alten, die Erinnerungen ließen mich zurückschrecken. Die Platten blieben, der Plattenspieler ebenfalls, er funktioniert bis heute, Made in GDR. Die Platten ein Schatz. Ich hätte es mir nicht vorstellen können, dass sie mal wiederkommen … Und wenn auf den CDs nur Leere ist … die Platten werden rauschen und krächzen und Musik machen und zu hören wird sein: die *Geistliche Chormusik* von Heinrich Schütz. Ich habe sie im Sopran, im Alt, im Bass gesungen mit Inbrunst und Überzeugung. Die Thomaner Bach, die „Kruzis" Schütz. Ich kann mich nicht erinnern, dass mir das Umlernen in die anderen Stimmgattungen schwergefallen wäre. Schütz war meine Musik. Sie hat mich als Jugendlicher geprägt. Und Gershwin hat mich geprägt, die Aufnahmen von „Porgy and Bess", von der „Rhapsodie in Blue", der ganze Gershwin, also was auf dem DDR-Markt zu bekommen war.

Viele Platten von Supraphon, die Tschechen waren marktführend und weltoffen in den 50er und 60er Jahren. Brahms, alle Sinfonien. Doppelkonzert für Violine und Cello. Strawinsky *Die Geschichte vom Soldaten*, *Piano Rag-Music, Ebony Concerto*. Ravel *Bolero, La Valse*, die Sonatine für Klavier. De Falla *Nächte in spanischen Gärten*. Poulenc/Martinů – Konzerte für Cembalo und Orchester. Debussy/Ravel – Streichquartette. Bartók *Rhapsodien für Violine und Orchester*. Honegger *Pacific 231* (Musik über eine Lokomotive). Die Zweite Sinfonie für Streichorchester und obligate Trompete (im dritten Satz mit hymnischer, choralhafter Wirkung). Dvořák *Das amerikamische Streichquartett*. Verdi Streichquartett. ETERNA zog in den 70er Jahren nach: Bartók *Der wunderbare Mandarin, Cantata profana*. Karl Amadeus Hartmann 8. Sinfonie, *Concerto funébre*. Hindemith *Sinfonische Metamorphosen/Sinfonie in Es*. Reger *Hiller-Variationen* mit Widmung meines Vaters. Elgar *Enigma-Variationen*, Lutosławski *Konzert für Orchester*. Grieg *Aus Holbergs Zeit* (Musik zu einem Schauspiel). Henze *Kammermusik 1985* (Friedrich Hölderlin).

Von Amiga: Jazzportrait Erroll Garner. Louis Armstrong *Oldtime Jazz*. Kenny Ball, Mahalia Jackson, Oscar Peterson, Ella Fitzgerald, Billie Holiday, Manfred Krug *Greens*. – In meinen Kompositionen, auch in den seriösesten, ist der Rhythmus des Jazz versteckt.

Die Achte von Anton Bruckner. Als Dreizehnjähriger wünschte ich sie mir – Bruckners achte Sinfonie, zwei Platten, achtzig Minuten Musik. Ich bekam sie als Weihnachtsgeschenk des Kreuzchors. Die Platten überstiegen weit den Etat des Chores, man schenkte sie mir trotzdem. Die Verantwortlichen dachten wohl, in dem Alter Bruckner, der kann nur musikbesessen oder irre sein. – Im Konzertführer wird die Sinfonie auf sieben Seiten erklärt. Ich las das und war verstört. Ich hörte etwas ganz anderes, als das Buch mir weismachen wollte, hörte meine eigene Geschichte, sah vor mir die eigenen Bilder. Ich lieh mir die Partitur in der Musikbibliothek aus. Nichts änderte sich an meinem Hörereignis. Bruckners achte Sinfonie, die Geburt meines selbstständigen Musikdenkens und -hörens.

KALENDERNOTIZEN nach dem 71.
November 2017

Diese Alltäglichkeiten! Winterreifen, obwohl nirgends Winter ist. Haare schneiden im Theater. Enkel abholen, notwendig. Kaufhalle, Freital, Friedhof, Fleischer, Tischtennis! Viel TV. Talkshows: Lanz, NDR, Riverboat, Steinbrecher, Böttinger, Will, Maischberger. Fußball Samstag, Sonntag, Montag, Mittwoch, Donnerstag – notwendig?

Warten und Unruhe wegen der Erzählungen. Der Verlag verspricht, vor Weihnachten wird es! 25 Freiexemplare. Weihnachtsüberraschungen, Weihnachtsgaben. Meine Freude soll die Freude meiner Freunde sein. Bücher, nicht alltäglich. Die Poschmann ohne den deutschen Buchpreis, sie war nominiert. Bin für sie enttäuscht. – Olav H. Hauge *Mein Leben war Traum. Aus den Tagebüchern 1924–1994.* Philosophische, zeitpolitische Eintragungen, Naturbeobachtungen, Lebensnotizen, Poetisches, Prosaisches. Das ganze Spektrum eines hoch gebildeten, weltoffenen Schriftstellers, nirgends Provinz, obwohl Hauge sein ganzes Leben in Ulvik am Hardangerfjord verbracht hat. Eintragung vom 11. Juni 1958, da war er 40 Jahre alt: *Immer gibt es etwas, das in uns wühlt, ganz äußerliche Dinge; sie beunruhigen uns, rühren die Sinne auf, so daß wir nie zur Ruhe kommen. Oft sind es Kleinigkeiten, Dinge, die im Grunde nichts zu sagen haben, die uns am meisten beunruhigen.* – Der Hauge bin ich.

Neue CDs: *Geistliche Sommermusik* von Mauersberger. Den Eingangschor habe ich 70, 80 Mal gesungen – *Geh aus, mein Herz und suche Freud in dieser schönen Sommerzeit ...* das habe ich noch drauf, textlich und musikalisch ... Streichquartette von Frederick Delius und Edward Elgar (1917/18). Romantische Nachklänge, die Moderne leugnend. Seelenmusik. – Claude Debussy, Richard Strauss *Colors*, Werke für Klavier zu vier Händen, Bearbeitungen: *La Mer, Nachmittag eines Fauns,* Salome *Schleiertanz,* Walzerfolge *Rosenkavalier,* und zum Schluss *Till Eulenspiegel,* da flippt das Duo Tal und Groethuysen aus. Das Jahrhundertbuch von David Foster Wallace heißt *Unendlicher Spaß.* Unendlicher Spaß mit Richard Strauss. Ich kann mich nicht satthören!

Sonntag 26. November, Schillergarten. Elisabeth W. gibt ihren Opernabschied. Alle sind gekommen. Sängerkollegen, Musiker, Garderobieren, Maskenbildner, Techniker, Regisseure, Inspizienten, Freunde – die Tochter von der Insel Hiddensee. Laut und schrill geht es zu. Theaterleute sind ein aufgewecktes, extrovertiertes Volk. Elisabeth W., die Sängerin meiner wichtigsten Uraufführungen, Kammermusik, Oper, Lieder. Moderne, meist expressive Kompositionen, die sie bis an ihre Grenzen forderten. Ich stehe in ihrer Schuld. Intime, leise Lieder, Chansons, Balladen nach der Huch, der Mayröcker habe ich ihr versprochen, das muss ich noch tun für sie, Freundschaftsbeweise, versöhnliche musikalische Altersgrüße. – Gestern sang sie das letzte Mal in der Zauberflöte die dritte Dame. Das letzte Mal, so heißt es jetzt oft, das letzte Mal.

Die Lautheit um mich herum. Mein Dasein schrumpft soeben auf ein flüchtiges, nichtssagendes Fingerschnippen zusammen inmitten von Aufgeregtheiten und Feiertrubel. Ich verschwinde auf meinem Stuhl, ich schrumpfe, werde zwergenhaft.

DIE KÜCHE (1)

Ode an die Dinge

Ich akzeptiere die lebensnotwendigen Dinge, ich respektiere sie,
Brot, Salz, Wasser, ein scharfes Messer zum Brotschneiden,
ein Messer mit dünner Klinge für das Bestreichen des Brotes mit Butter,
Butterschnitte mit Salz nach den Anstrengungen des Tischtennisspiels,
ich kann genügsam sein. – Brot, Salz, Butter und Wasser, Stilles Wasser,
gemischt mit Apfelsaft, Verhältnis siebzig zu dreißig,
viel Apfelsaft, wenig Wasser, und nicht kalt, kalt ist nicht gut.

Ich schätze alle notwendigen Dinge, schätze die verschiedenen
Messer, die Gabeln, die Löffel, die Tassen und Teller,
die Tiegel und Pfannen und Schüsseln und Körbe und Reiben und
Klopfer und Kannen und Schalen und Töpfe und Raspeln und
Siebe und Spieße und Quirle und Zangen und Tüten und Beutel
und Wischtücher und Topflappen und Kuchenformen und
Teigroller und Kuchenplatten und Flaschenöffner.
Ich schätze den Wasserkocher, den Geschirrspüler,
den Kaffeeautomaten, die Herdplatten, die Backröhre und
den gefüllten Kühlschrank – meine Frau und ich gehen
gern einkaufen, den gefüllten Kühlschrank mögen wir,
wir haben den Mangel der Nachkriegsjahre erlebt.

Jetzt zu den liebenswerten, den lebenserhaltenden Dingen,
zu Essen und Trinken und Nahrung,
zum Fach für Mehl, Reis, Zucker, Salz, Klöße,
dem für Tee, für Anis, Fenchel, Kümmel, Kamille, Schafgarbe,
Weidenrinde, Holunderblüte, Linde, Spitzwegerich,
Pfefferminze, Salbei, Thymian, Sanddorn, Erdbeere,
Brennnessel, Himalaya, Löwenzahn. Schwarzen Tee aus
Ostfriesland, Ricola aus der Schweiz, Erzgebirgstee. – Zum
Fach für Gewürze: für Kräutersalz, Rosmarin,
Kümmel, Paprika, Hackfleisch, Pfeffer, Nelken,
Majoran, Curry, Bohnenkraut, Zimt, Beifuß, klare Brühe,
dem Fach für Öl: Sonnenblume, Raps, Oliven, für
Essig: Johannisbeere, Pflaume, Orange, Himbeere,
Lavendelblüte, Apfel – nicht vergessen das Fach
für Mandelkerne, Spaghetti, Tütensuppen, Cappuccino,
Eierflocken und keinesfalls vergessen die Schalen und Töpfe
mit Äpfeln, Zwiebeln, Tomaten, Mandarinen, Weintrauben,
Birnen, Gurken, Porree, Orangen, Kiwi und Avocado.
Und endlich die Fächer im Kühlschrank für
Wurst und Käse und Joghurt und Sahne und Milch und
Marmelade und Eier und Butter und Zitrone und Senf
und Ketchup und Möhren und Salat und Bohnen und Kohlrabi,
Kartoffeln – in einem Extraregal die Trinkerei, Bier, Wein,
Säfte, Apfel, Kirsch, Orange, Karotte, Zitrone, verschiedenes
Wasser, der Mangel der Nachkriegszeit,
das sagte ich schon.

Die überflüssigen Dinge, ich liebe sie ebenfalls,
die Anzahl der Lampen – vier, die Anzahl der Uhren – drei,
die digitale Küchenwaage, zwei hohe Fächer mit
Tupperware, drei Korbkisten mit Koch- und Backrezepten.
Ich liebe die Mengen an tiefen Tellern, flachen Tellern,
die Schüsseln in jeder Größe und Art, ganz zu schweigen
von den Tee- und Kaffeetöpfen, sie stapeln sich,

meine Frau kann nichts wegwerfen – die Erinnerungen,
die uns wieder und wieder einen Streich spielen.

Ich liebe sogar die absolut überflüssigen Dinge.
Ein Party-Dekoset mit sechzehn Teilen, ein Stövchen
zum Warmhalten von Speisen und Getränken,
vier Glaskannen für Kaffee, den wir nie trinken werden,
acht runde Teller für Kuchen, der nie gebacken wird.
Ein Multi-Pizza-Ofen, ein Multifunktions-Küchengerät und
hoch auf dem Sims des Oberfensters zum Flur
sieben leere Flaschen, Flaschen gehabten Genusses:
Der Klare Stechlin – Flensburger Pilsener – Vodka 2005
Sail Bremerhaven – CAORUNN PURE GRAIN SCOTTISH
GIN – Grolsch Premium Lager – Havanna Club Rum –
Burgas 63 Slibowitz –, und zu guter Letzt eine weiße
Wandkachel mit blauer Schrift:
Meine Küche nett und rein, soll eine Musterküche sein.
Schiff ahoi! Das Universum der Küche
nicht erklärbar –
nicht zu erklären.

DAS BAD (2)

Meine Frau wollte die Dusche, ich nicht. Ich bin kein Duschmensch, ich
bin ein Badewannenmensch. Ich vermisse die Wanne. Die neue Dusche,
eine ganz gewöhnliche vom Baumarkt, vom Billigmarkt. Altersgerecht
wurde versprochen, nichts davon. Man muss in sie hineinsteigen wie auf
ein Podest, ein gebohntes Dirigentenpodium. Vorsicht Rutschgefahr!
   Die Lamellen zum Zuziehen aus poröser, sandfarbener Plastik. Man
schließt sich ein, es klirrt und kracht, als würde eine Gefängnistür zuge-
worfen. Nur unter Aufbietung äußerster Kräfte ist der Duschkopf zu verstellen, von stark auf sanft und zurück. Das Duschen ist eine Tortur, ich
werde mich nie daran gewöhnen.

Bei meinen Eltern war Freitag Badetag. Freitagnachmittag wurde der Badeofen angefeuert. Zeitungen, Holz, Briketts. Die Feuerung war ein mickriges Loch. Man musste stetig nachlegen, sonst ging das Feuer aus, man kam sich vor wie der Heizer auf einer Dampflok. Die lodernden Flammen, die quellende Asche … Endlich ist das Wasser heiß, ein Wannenbad ist damit möglich, ein einziges Wannenbad. Vier Personen, zwei Wannenbäder. Wir Jungen badeten im Wasser der Eltern, man musste sparsam sein. Ich war meist als Letzter dran, das Wasser wurde kühler und kühler, ich fror, ich stieg enttäuscht aus der Wanne. Das Bad, vorher Sauna, inzwischen Kältepol, ich fror noch mehr, bekam Gänsehaut, es schüttelte mich. Ich rief nach der Mutter, sie rubbelte mich ab. Diese sorgsame Nähe, ich spüre sie noch heute.

Später in der großen Altbauwohnung, das Bad ein Verschlag, eine umfunktionierte Bügelkammer. Jede Woche einmal feuern, baden, ausruhen, entspannen, träumen. Nie war das Theater, die Arbeit, das Musikmachen, Musikerfinden weiter weg als in dieser Badeklause, in dieser klaustrophobischen Einsamkeit. Das Wannenbad als Therapie gegen Rücken- und Nierenschmerzen, gegen Schnupfen, Erkältung, Aufgeregtheiten, gegen Missstimmung und Unausgeglichenheit. Das Baden als etwas Erotisches und Meditatives. Baden ist Entschleunigung und Hingabe, ist Erinnerung und Rückblick, Sommer und Urlaub, Meer und Wellen, Seeluft, Seewind und Schönwetterwolken, ist blau, türkis, blau, blau … Duschen ist pornografisch und flüchtig, ist Bewegung und Hektik, ist Gegenwart, ist rot, violett, rot, rot … In der Badewanne kommt man zur Besinnung, unter der Dusche von Sinnen. Ich vermisse die Langsamkeit des Badens. Ich vermisse das „Badewannenbad".

DAS WOHNZIMMER (4)

Morgens. Du ziehst die Übergardine auf und der Kalender erscheint im Licht. „Sächsische Heimat", quadratisches Format, er ist eher klein, macht nicht viel her. Trotzdem, die Bilder wecken Erinnerungen, keine nostalgischen, sondern aufklärerische im Sinne von: Ach ja, so ist das, so war das gewesen. Jeden Montag nimmst du ihn von der Wand und blätterst eine Woche weiter.

Der 27. Jahrgang hängt im Blickfeld. 52 Fotografien von Landschaften, Gebäuden, Tieren, Pflanzen, alten Dokumenten, von Dörfern, Städten, Persönlichkeiten, Handwerkern und Handwerkskunst, von Malern, Dichtern, Komponisten, Architekten, von Gemälden, Grafiken, historischen Zeichnungen. Auf der Rückseite der Bilder Beiträge zum Thema der Abbildungen. Heimat zum Verstehen.

Zu DDR-Zeiten hieß der Kalender „Sächsische Gebirgsheimat". Seit den siebziger Jahren begleitet er unaufgeregt euer Familienleben. Eine hässliche Leerstelle würde an der für ihn vorgesehenen Wand entstehen, wenn er mal nicht mehr da wäre. Er gehört zum Wohnzimmer wie die Standuhr mit den schweren Gewichten, der Ohrensessel des Großvaters, der vierteilige, in Holzleisten gefasste Druck des Bergmannaltars von St. Annen in Annaberg, die Nähmaschine von Phönix, die Tischlampe mit dem gedrechselten Holzfuß samt cremefarbenem Faltschirm.

Jeden Montagmorgen ein neues Kalenderblatt: *Auf dem Hauptfriedhof Zwickau – Friedhöfe sind Orte der Besinnung und Standorte reicher Vegetation.* Wir waren jung verheiratet, gingen gern auf Friedhöfe. Zwickau, eine laute Stadt ohne Grün, ohne Natur, eine schmutzige Industriestadt. Auf dem Friedhof, der etwas außerhalb lag, fanden wir Besinnung vom aufregenden Theaterleben. Die Idee zu meiner ersten gültigen Komposition hatte ich hier: *Lamento und Hymnus.* Später suchten wir hier einen Vornamen für den zu erwartenden Nachwuchs. Die schönen alten Vornamen, die wir auf den Grabsteinen lasen und die heute wieder Mode sind: Elisabeth, Sophie, Susanne, Hedwig, Klara, Christoph, Stephan, Christian, Friedrich, Ferdinand, alles Namen mit einer Option für uns. Es wurde Florian, 1974 ein Solitär unter den Vornamen, kurze Zeit später ein Modename. Hatte der Trend uns bestimmt oder wir den Trend?

Die „Brütende Henne" in der Felsenwelt um den Oybin – Der Weg zu Felsengasse, Scharfenstein und Töpfer. – Urlaub mit den Eltern im Zittauer Gebirge. Berzdorf. Ferien im immer gleichen Privatquartier mit bescheidener Ausstattung, Plumpsklo, kaltes Wasser, Selbstversorgung, aber mit fröhlichen, zuversichtlichen Menschen. Hinter dem Haus eine Fußballwiese. Wandern, Märsche zum Hochwald, zur Lausche, zu den Nonnen-felsen, nach Waltersdorf, nach Großschönau ins Freibad. Bis ins hohe Alter blieben meine Eltern beweglich und agil. Nach der Wende fuhren sie nach Mittenwald und Seefeld und machten dort ihre Wandertouren. Berzdorf errang traurige Berühmtheit durch den Braunkohleabbau. Wir waren nie wieder dort. Gibt es das Dorf noch?

Thomaner auf Reisen – Thomanerchor, Thomasschule und Thomaskirche werden 800 Jahre alt. – Vier lachende, junge Sänger in ihrer Konzertklei-dung. Brustbild. Matrosenhemden. Ich finde diese Kleidung auch heute noch gewöhnungsbedürftig. Was haben Thomaner mit Matrosen und der See zu tun? – Wir Kruzianer hatten eine solide, dezente Kleiderordnung. In das dunkelblaue Jackett ohne Revers wurde ein weißer Kragen einge-knöpft, der sogenannte Schillerkragen, dazu lange oder kurze Hose und schwarze Schuhe. Das betraf natürlich nur den Knabenchor, die jungen Männer sangen in dunklem Anzug, weißem Hemd und grauer oder schwarzer Krawatte. Als ich in den Männerchor kam, waren Nylonhemden aus dem Westen der letzte Schrei, sehr praktisch, man konnte sie triefend nass aufhängen und musste sie nicht bügeln. Wer so ein Hemd besaß, war privilegiert. Ich besaß zwei.

Dresdner „Gute Stube" – Aquarellmalerei auf Papier 1919. Volkskunst-museum. – Ein lichtdurchflutetes Zimmer. Runder Tisch mit Kaffeege-schirr und gelben Blumen, gepolsterte Stühle, Sofa, Fenster mit gerafften weißen Gardinen und Grünpflanzen. Die Tüllgardine weg, die Tischdecke weg mit den bis zum Boden reichenden Zipfeln, die hohe Lehne des Sofas weg, dann könnte es unser Wohnzimmer sein.

KALENDERNOTIZEN nach dem 71.
Dezember 2017

Die Erzählungen sind da. Das achte gedruckte Buch, die Freude ist nicht kleiner als beim ersten. Ich blättere in den hundertzweiundachtzig Seiten. Alles von mir selbst … die Schrift, der Druck wie besprochen … der Ge-ruch, der Papiergeruch. Bin hochgestimmt. Weihnachtswunder. Und dann doch Irritation. Das Cover enttäuscht, die Farben weichen vom Original beträchtlich ab, sind stumpf und düster. Ich ringe mit mir, rufe den Verlag an. Dort kann mich niemand verstehen, man versucht zu trösten. Ich brauche Tage, Wochen, um das Äußere des Büchleins zu akzeptieren. Ich bin bis heute der Meinung, das Rot hätte leuchtender sein müssen, das Schwarz schwärzer.

Ich verschicke Stollen, mein Büchlein ... Weihnachtsgrüße, meist an die Falschen, man bekommt Post von denen, an die man nicht gedacht hat. – Anruf aus L., kein Dank für mein Buch. Unerklärliche Bösartigkeiten: So hätte ich niemals über Mutter schreiben dürfen. Mein Einwand, das sei doch inzwischen Geschichte, Fiktion, das sei doch Literatur! Die entrüstete Entgegnung: Das sei doch keine Literatur, immer ich, ich, ich, das sei doch ... Imre Kertész: *Wenn du glaubst, du könntest irgendeine Wirkung haben, wenn du dir einbildest, du seist wichtig, dann ist das Spiel aus.* – Demut, Rückzug, sich nicht so wichtig nehmen und lesen, lesen.

Iris Radisch: *Die letzten Dinge. Lebensendgespräche.* 18 Interviews, zwischen 1990 und 2013 geführt. Die Gesprächspartner sind Amos Oz, Ilse Aichinger, Patrick Modiano, Ruth Klüger, Marcel Reich-Ranicki, Imre Kertész, Péter Nádas, Friederike Mayröcker, Julien Green, Peter Rühmkorf, Antonio Tabucchi, Sarah Kirsch, George Tabori, Claude Simon, George Steiner, Andrej Bitow. – Das Buch nimmt mich mit. Auf jeder Seite mache ich Ausrufezeichen. Zitatsammlung für Lebensbewältigung. Grass und Walser im Doppelinterview. Die alten Kerle kappeln sich immer noch.

Karl Ove Knausgård: *Sterben/Träumen.* Der erste und der letzte Band des Mammutprojektes. Spurensuche. Das Phänomen Knausgård, der überwältigende Erfolg! Woran liegt es? Seine Bücher werden als Sensation einer Selbstentäußerung angepriesen, als radikal, extrem, einmalig. Ich lese K. anders. Eigentlich erzählt er ganz normal, sehr flüssig, ohne selbstverliebte Attitüde. Seine große Stärke ist der Rhythmus, das ausbalancierte, ausgeklügelte Verhältnis zwischen Handlung, Dialogen und Reflexionen. Er stellt sich nicht die Frage, ob das, was er schreibt, Literatur sei. Da ist er absolut uneitel.

Jean Echenoz, der nur schmale Romane über Ravel, Zatopek, Tesla geschrieben hat, überrascht mit einer 300-Seiten-Politthriller-Parodie: *Unsere Frau in Pjöngjang.* Umwerfend komisch, elegant, intelligent, sprachlich raffiniert – spielerischer Umgang mit der Sprache von Geheimdienstlern, Entführern und Gangstern. Und der ganz große Coup, der Leser als Komplize des Autors, der dann scheinheilig gefragt oder um Einverständnis gebeten wird: *Und jetzt beugen wir uns mal über Constances Gatten, wenn es ihnen recht ist ...* oder: *Hier sind wir wieder im französischen Departement Creuse ... je weniger Leute, desto mehr Wald, das weiß man ja ...* oder: *Und jetzt? Was tun? Nun, erst einmal das Fingerglied im Kühlschrank zwischenlagern ...* oder: *So erwies er sich als äußerst aktiver, erfindungsreicher, umfassend, aufmerksam und sorgfältig zu Werke gehender Liebhaber, kurz, als extrem viril. Also, im Moment lief alles wirklich bestens ...*

James Salter *Jäger.* Sein Erstlingswerk. Ein Buch von 1957, neu aufgelegt nach fünfzig Jahren. Wie Salter aus dem eher klischeehaften Kriegserleben eines US-Kampffliegers in Korea Literatur macht! Ich lese hintereinander weg, verschlinge das Buch.

Das eigene Schreiben am Boden. Ich puzzle am Anfang von *wohnhaft* herum, an fünf Seiten, aus denen mal neun, zehn werden sollen. – Die Rituale des Weihnachtsfestes werfen einen aus der Bahn, der „Geist-Bahn", der „Seins-Bahn".

DAS WOHNZIMMER (5)

Fortsetzung Kalenderblätter: *Die Kirchenburg von Horka zwischen Niesky und Rothenburg (Lausitz).* – Eine historische Wehranlage mit der aufragenden, hellstrahlenden Kirche in der Mitte. Sie erinnert mich in ihrer „Trutzigkeit" an die romanische Kirche in Panitzsch bei Leipzig. Als ich auf einer Ausstellungseröffnung des dortigen Kunstvereins nichts mehr mit mir anzufangen wusste, bin ich den Berg zur Kirche hochgestiegen, mehr eine Erhebung, ein Hügel, jedoch mit atemberaubender Aussicht in

das ebene Leipziger Land, links bis zur Stadt, bis zum Uni-Hochhausturm.
Ich habe darüber ein Gedicht geschrieben, der Anfang geht so:

Der Ort südlich geschmiegt an den Hügel
Einzige Erhebung ringsum
Kurzer Anstieg/altes steinernes Tor
Hoher und niedriger Rundbogen
Fußgänger müssen sich bücken
Kleine Menschen/damals
Friedhof rund um die kalkgeweißte Kirche
Schiefergedeckter Turm/klobig/steil
Weithin sichtbar/Augenhalt
Nach Norden die Ebene
Felder/Flurstücke/der Uniturm von L.
Marschall Ney/Teleskop/ausziehbar/jedes Detail/
Das Schlachten war von hier perfekt zu beobachten …

Feuersalamander-Weibchen auf dem Weg zur „Kinderstube", dem sauerstoff-
reichen, kühlen Waldbach. – Der Feuersalamander, auch Regenmännchen
genannt, ist eine der auffälligsten Tiergestalten unserer Heimat, wenngleich es
besonderer Umstände bedarf, will man ihm in freier Natur begegnen. – Es
muss in der Grundschule gewesen sein, vielleicht dritte, vierte Klasse.
Wandertag. Mit der Straßenbahn bis zur Gleisschleife „Rabenauer
Grund". An der Roten Weißeritz entlang den Leitenweg nach Tharandt.
Wir sammelten bunte Blätter, es war Herbst. In Tharandt kletterten wir
hinauf zur Burgruine. Weiter ging es durch den Zeisiggrund hoch nach
Hartha zu den Waldhäusern, zur Waldschänke, wo wir rosarote Fassbrause
tranken. Der Wandertag war hier zu Ende, der Ikarus-Bus, der uns zurück
in die Stadt bringen sollte, wartete schon mit laufendem Motor. Der Fahrer war ungehalten, weil wir uns verspätet hatten. Im Zeisiggrund hatte
uns ein Naturschauspiel aufgehalten, Mengen von Feuersalamandern
huschten durch den Waldbach. Andere saßen träge am Ufer. Ein paar
unserer Jungs schnappten sich die Tiere und trieben mit ihnen sadistische
Spielchen, zogen sie an den Schwänzen, ließen die Tiere nicht entkommen,
setzten sie den Mädchen auf die nackten Unterarme. Lachen, Gekreisch,

Übermut. Wo war eigentlich unser Lehrer? Ich schämte mich, ekelte mich vor den Taten meiner Mitschüler, vor den gelbgefleckten, glitschigen Tieren. Die Urszene für meine Kriechtierphobie. Spinnen, Schlangen, Frösche, Käfer, Molche, Mäuse, Ratten, Würmer, Schnecken, ich kann dies Getier bis heute nicht ab.

Der Marktplatz im vogtländischen Auerbach mit der Kirche St. Laurentius. – Ungewöhnlich, der Marktplatz liegt an einem Hang, die Steigung ist beträchtlich. Hinten in der Mitte die Kirche, vorn der Turm mit Portal. Das Kirchenschiff ist in den Berg hineingebaut worden. Links und rechts Häuserzeilen längs zur Steigung wie überdimensionale Treppen. Der erste Stock wird im nächsten Haus zum Erdgeschoss und so weiter. Ich sehe uns Kruzianer auf dem Marktplatz stehen, an einem Tag im Juli, zehn Uhr morgens nach dem Abendkonzert, dem Abschlusskonzert der vierzehntägigen Sommertournee, vor dem Bus, dem gelben Bus. Die Sonne scheint. Ich weiß noch, was ich damals dachte: Hoffentlich hat der Fahrer die Handbremse angezogen. Wir singen alle drei Strophen „O Täler weit, o Höhen …" Unsere Quartierleute sind gekommen, anderes Publikum hat sich hinzugesellt. Abschied. Vor Rührung wird geweint, ich muss ebenfalls weinen, vor Freude. Es geht nach Hause, zu den Eltern, die Ferien beginnen.

Winterlandschaft (Winter auf dem Gebirgskamm) – Öl auf Leinwand/Bernhard Schröter (1848–1911) – Ein eindringliches, atmosphärisches Bild. Hochebene. Zinnwald? Ein Drittel weißes Land, zwei Drittel blauer Himmel mit gespenstisch tiefhängenden weißen Wolkenballungen. Licht und Schatten, vereinzelte blauschwarze Dächer. Häuser versunken im Schnee. Ein Tagbild bei Sonne oder ein Nachtbild bei Mondschein? Nicht zu entscheiden. Kälte, Frost, nirgendwo Leben. Ein Bild des magischen Realismus. Radziwill hat ähnliche Bilder gemalt, von der Nordseeküste, vom Meer.

Der Personendampfer „Leipzig" auf der Elbe – Er feiert in diesen Tagen das neunzigjährige Jubiläum seiner Indienststellung. – Er war schon in meiner Kindheit der größte und luxuriöseste Dampfer der Weißen Flotte. Im Unterschiff gab es an Tischen Kaffee und Kuchen, und die gesamten Decks waren überdacht. Das war wichtig. In meiner Erinnerung … zu unseren Schiffsausflügen … immer war schlechtes Wetter, immer regnete es. Die Sommer in den Fünfzigern … feucht waren sie und kühl. – Im Innenraum bewunderte ich die Dampfmaschine. Golden, kupfern und ölig glänzten die beweglichen Metallteile und Gestänge. Fauchen, Stampfen und Dröhnen. Ein gezähmtes Tier in unerbittlicher, immer gleicher Aktion. Auf meine Frage, wie lange es die Maschine mache, sagte der von Kohle und Öl verschmierte Heizer: „Die überlebt uns alle." Womit er Recht hatte.

DAS ARBEITSZIMMER (8)

Die Bilderwände in meinen Zimmern, immer waren sie vielfältig und üppig. In der Studentenbude Fotografien zeitgenössischer Komponisten, von Opernneubauten, modernen Konzertsälen. Qualitätvolle Porträtaufnahmen aus musikalischen „Westmagazinen". Strawinsky, Henze, de Falla, Gershwin, Schoeck, Henze, Martinů, Martin, Boulez, Orff, Britten, Nono blickten mich streng an. Außen- und Innenaufnahmen von neuen Kulturbauten in Hamburg, Berlin (West), Köln, Gelsenkirchen, München, Paris, Zürich. Messerscharfe Hochglanzfotos. Weststandard.

In der ersten Familien-Wohnung dann van Gogh *Der Sämann, Die Brücke von Arles, Die Sonnenblumen* und vieles mehr, auch Unbekanntes von ihm in authentischen Reproduktionen, und die Impressionisten Renoir, Monet, Sisley, Seurat. Die achtziger Jahre: Meine finanzielle Lage lässt Originale zu. Ich lerne Gottfried kennen, jetzt sammle ich Körner, farbige, lebensfrohe Aquarelle, große Formate, aber auch winzig feine Monotypien von Bäumen, Wegen, Teichgebieten, Dörfern, Gebirgen, skurrile Szenen mit Geistern, Clowns und Zauberern. Die Wohnung ein „Körner-Museum". In den Neunzigern kommen andere Originale dazu – Buchwald-Zinnwald, Müller-Stahl, Michael Hofmann, Ursula Strozynski, Rita Geißler, Werner Fußmann etc.

Als Ausgleich zum Langzeitschreiben beginne ich selbst zu malen – erinnere mich an den Malenthusiasmus meiner Kinder- und Jugendzeit. Die Spontanität der Ölpastellkreide, abstrakte Zeichnungen, hingeworfene

Aktionen, farbiges Aufbäumen in Zeiten von krisenhaftem Lebensgefühl. Zuletzt waren die Wände des Arbeitszimmers mit über vierzig Bildern zugepflastert. – Ein Schnitt war notwendig. Ich machte ihn nach den letzten Malerarbeiten. Unter dem Flügel das „Depot" für Bilder im Wartestand, für die neuen Wände zwölf eigene, zwei von Maurice de Vlaminck. Mensch werde wesentlich! Das Charakteristische meiner Malerei?

DAS SPIELERISCHE: Das Spielerische des Bauhauses, sechs quadratische Zeichnungen in einem Rahmen, 50 x 60, auf unterschiedlich farbigem Bütten, Umrisszeichnungen, stilisiert, ein Pferd, eine Stehlampe, zwei Augen, eine Zahl, ein Kreis, ein Gitter, eine Spirale, eine gezackte Linie von links unten nach rechts oben, Strom fließt.

Vier Bilder, Zeichnungen auf weißem Papier, breite Schwünge, sich verjüngend himmelwärts, schwarz, grün, blau, rot. „Die Schwünge des Samurai" oder Monsterschwalben auffliegend oder sich kreuzende Autobahnkurven.

DIE REDUKTION: Das Weglassen, die Leere. Die Hälfte eines Dreiecks, die Hälfte eines Keils, sechs Zeichnungen zusammengefasst in einer Rahmung, das Zentrum der Ölpastellzeichnungen außerhalb der Ölpastellzeichnungen, die Ganzheit, das Ziel außerhalb des Rahmens.

DIE ENERGIE: Die Kraft der Farben und des Rhythmus, neun Zeichnungen zusammengefasst in zwei Bildern 60 x 90. „Girlanden" (dynamisch) und die „Fenster zum Hof" (statisch).

DIE LEICHTIGKEIT: Schwebende Körper: Dreieck, Rechteck, Halbkreis, immer in anderer Konstellation zueinander. Drei Bilder, 20 x 30, der Titel „Perspektiven".

DAS ATMOSPHÄRISCHE: Maurice de Vlaminck *Ort am Fluss, Le pont de Chatou*. Zwei Bilder, das gleiche Motiv. Farblithografien. Die Landschaft der Impressionisten nahe Paris, gesehen mit den Augen eines Fauvisten.

Die Mitte finden, seine Mitte finden … Manchmal gelingt's.

DAS WOHNZIMMER (6)

Tagelang fühlte ich mich kränklich, niedergeschlagen. Und die Standuhr ging nach – die sonst immer behutsam der Zeit voraus war, schleppte, zögerte, verlangsamte das Geschehen auf extreme Weise. Am vorigen Montag blieb sie aus unerfindlichen Gründen stehen, obwohl sie zur Hälfte aufgezogen war.

Dir ging es schlecht, und die Uhr blieb stehen! Was für ein Tag. Du mit bröselnden Gedanken an das Ende ... die Zeit hält an, die Uhr hört auf zu ticken: Du bist dran, du bist jetzt dran, Verwirrung, Verirrung! In der Umarmung einer nackten weichen Frau möchte ich sterben, ist das zu viel verlangt!, schriest du in deiner Not. Dir schwindelte, deine Beine zitterten, das Rumoren des Magens, Schweiß, Schwäche ... Vorboten, Vorboten ... Du konntest dich nicht beruhigen, diese Hysterie wegen eines Unwohlseins. – Es folgten eine halbe Flasche Nordhäuser und eine erschöpfte Nacht.

Am nächsten Morgen ging es dir besser, du hattest dich halbwegs im Griff. Du schlichst ins Wohnzimmer, redetest der Uhr gut zu, sagtest, dass es ab heute bergauf ginge mit dir, dass du dich keinesfalls je wieder so gehen lassen würdest.

Du öffnetest die Tür und brachtest die Uhr in Gang. Nicht ohne Sorge, ohne das Gefühl von Ängstlichkeit stießt du das Pendel an, ganz behutsam bewegtest du es, und siehe da, es schwang von rechts nach links, von links nach rechts und hin und her und hin und her: Sie läuft, welche Erleichterung! Die Uhr tickt, das Pendel schwingt, frohlocktest du. Sie läuft normal, sie läuft so normal wie immer, ganz normal! Du bist gesundet, und die Uhr läuft stoisch und gelassen, stetig und verlässlich bis zum nächsten Aufziehen und ist behutsam der Zeit voraus, knapp eine Minute in der Woche. Die Uhr tut das, was sie immer getan hat, sie folgt ihrer Bestimmung, behutsam der offiziellen Zeit voraus zu sein. Du bist gesundet, die Uhr ist gesundet. Sie kann weitergehen, die symbiotische Beziehung zwischen einem alten Kerl und einer noch älteren Standuhr.

DIE KÜCHE (2)

Ode an die Köchin
Fast ein Leben lang Sängerin, jetzt kocht sie,
Für sich, für ihn.
Es macht ihr nichts aus, sie kocht gern,
Mittagessen ist Ritual,
Ist Genuss, ist Pflicht,
Ist geheiligte Stunde.
Sie kocht, was er gern isst.
Liebe geht durch den Magen.
Sie kocht, würzt ganz vorzüglich,
Den Braten, die Roulade,
Das Kaninchen, die Pute, die Ente,
Die Gans, das Gulasch,
Das Schnitzel, das Kassler,
Gehacktes und Gewiegtes, dazu Gemüse,
Möhren, Kohlrabi, Sellerie,
Erbsen, Spargel, Rotkraut,
Blumenkohl, Porree, Weißkraut,
Paprika, Grünkohl, Zucchini.
Sie verfeinert das Tiefgefrorene,
Pilze, Zigeuner, Klopse,
Geschnetzeltes für die Spaghetti.
Sie kocht Suppen, Rindfleisch,
Huhn, brät Steaks, Bratwurst
Mit Püree und viel Zwiebel.
Es gibt nichts, was sie nicht könnte,
Sogar Süßspeisen könnte sie,
Wenn er wollte,
Apfelstrudel, Pflaumenknödel,
Plinsen und Quarkkeulchen,
Heidelbeeren mit Hefeklößen,
Milchreis mit Erdbeeren und Zimt.

Nur Fisch macht sie nicht,
Er mag ihn nicht, er verabscheut Fisch.
Der Mittagessenfischgeruch,
Da ekelt er sich,
Liebe zieht in die Nase.
Jemanden riechen können,
Das ist Liebe – wahre.

KALENDERNOTIZEN nach dem 71.
Januar 2018

Das neue Jahr beginnt stinkend. Der Feuerwerksnebel lastet über der El-be. Windstille. Es ist mild. Mit Frau und L. am Fluss zwischen Böllern und Raketen. Krachende Lichtfontänen über der Frauenkirche, der Alt-stadt, der neuen Brücke, den Elbschlössern. Man schleudert Millionen sinnfrei in den Nachthimmel. Ich muss an Afrika denken, an die Not dort und an die verschreckten Tiere. Knallende Böller zwischen den Beinen.

Das neue Jahr, Struktur ist wichtig. Das kleine Klassentreffen am 14. Januar, Lesung am 15. Februar. Hautarzt am 15. März. Termine, sonst würde man im Alltagstrott versinken.

Schreiben minimal, lesen minimal. Dann doch lesen für die Buchpre-miere. Streiche das erste Kapitel von „Spaziergang" ein. Komponiere Ministücke zu meinem Text. 19 Einsätze für Violine solo. Gesten der Hoffnung, des Innehalts, der Anspannung, der Leidenschaften. Motive nach Bach, Haydn, Ravel, Strauss, Schönberg, verändert, imaginiert. Piz-zicatoausbrüche, Akkordfolgen, energiegeladen, herrisch. Kommentare zum Text, kein Malen, Bebildern. Psychische Situationen für Musik. Macht Spaß.

Die Partitur zu meinem Sohn, er wird die Stücke perfekt spielen. Herausforderung für mich, ich muss üben, üben, laut lesen, um dagegen-zuhalten. Ich arbeite eifrig, es darf nichts schiefgehen.

Das Klassentreffen bei H., fünf Damen, zwei Herren. Alle sehr leben-dig und wach. Ich witzig, ironisch, etwas bissig. Zu selbstbezogen? Mein neues Buch. Das Cover. Ich erzähle, rede und rede. Bin sehr dominant. Gehe nach drei Stunden. Sollen die Frauen tratschen! Ich bin für solche Treffen nur bedingt geeignet, bin kein geselliger Mensch mehr. Abends zu Hause, ich laufe auf und ab, trinke zu viel, kann mich selbst nicht leiden.

Die Eröffnung der Elbphilharmonie. Sie haben's doch hinbekommen. Ein Wunder, ein zweifaches Wunder. Die Eröffnung ein Wunder, der Bau ein Wunder, das achte Weltwunder. Der massive, rote Backsteinspeicher, und darauf der Glaspalast mit der schwingenden und fließenden Dachkonstruktion. Das sich in den Fassaden spiegelnde Wasser. Die Sonne, der Himmel, die Abendlichter. Die Segel sind gesetzt … Die Musik scheint es nicht einfach zu haben. Ich lese, man höre keinen Gesamtklang, man höre die Instrumente einzeln, solistisch, und man höre das Husten, das Scharren, das Flüstern, das Bonbonpapier des Publikums direkt und störend. Diese Weinbergarchitektur – freier Blick von jedem Platz, großzügiges Raumkonzept, das Licht, die klaren Farben, die Vornehmheit der Architektur –, doch Musik ist auch Spielen, Musizieren, Hören, Zuhören. Herr Toyota soll drei Monate am Klang herumgebastelt haben, angeblich mit dem besten Computerprogramm der Welt.

Hätte er mal den Saal mit Publikum getestet und mit Live-Musik. In der Semperoper waren zu Akustikproben vor der Neueröffnung tausendvierhundert NVA-Soldaten abkommandiert worden. Die Grenzen der Technik, die Vorteile der Erfahrung, der Tradition. Herr Toyota sollte Autos bauen.

Bodo Kirchhoff hat eine launige Erzählung geschrieben: *Betreff: Einladung zu einer Kreuzfahrt*. Auf einen Ruck gelesen. Humor, Spott und Sprachkunst. Unterhaltung und Anspruch. 126 Briefseiten an eine Frau Faber-Eschenbach – Marketing-Direktorin der Reederei Arkadia Line – und warum er, der Schriftsteller, das großzügige Angebot zu einer Karibik-Kreuzfahrt zwischen Weihnachten und Neujahr nicht annehmen kann. Umwerfend komisch!

Und da ist noch das Schreiben an P. wegen der Haydn-Briefe. Gebe das Kuvert meinem Sohn mit, er hat Auftritt mit ihr in Salzburg. Konzert zum Fünfzigsten der Sängerin. Ihr Bild in „Rondo", sie wirkt viel jünger, alles an ihr wirkt jünger! Die schlanke, sportliche Gestalt, die wachen Augen, ihr Wesen, ihre Stimme. Alles sehr, sehr jung.

DAS ARBEITSZIMMER (9)

Sonntag, meine Frau ist bei den Kindern, du willst den Papierstapel unter dem Drucker entsorgen. Beschriebenes Papier, überflüssige Manuskripte, Notizen, Dopplungen deiner Bücher, Tausende Seiten, einen halben Meter hoch. – Unmöglich, du findest eine Mappe mit der Aufschrift „Vom Scheitern". In ihr 37 Briefe an Theater, Sänger, Regisseure, Musiker, Dramaturgen mit Kompositionsideen, Aufführungsideen, Sujetideen, Kennenlernideen, Dialogideen, Gesprächs- und Kunstideen. Du liest dich fest in den Briefen. Die Bilder im Kopf, die Situationen im Kopf, ganz gegenwärtig sind sie dir.

An Rolf Stiska – Generalintendant Städtische Theater Chemnitz, Dresden, 25. Januar 2003
Sehr geehrter Herr Stiska,
in einem längeren Schreiben vom 12. Januar 2003 teilte mir Herr H. mit, dass meine Oper sich leider nicht realisieren lasse. Er nannte auch Gründe, die ich, so schwer es mir fällt, akzeptieren muss. Es war ein rein privates Schreiben mit Dresdner Briefkopf. Ich darf einmal unterstellen, dass es mit Ihnen abgestimmt war.
Sie werden hoffentlich verstehen, dass meine Enttäuschung mit groß nur sehr unzureichend umschrieben ist. Über ein paar klärende Worte von Ihrer Seite als höchster Vertreter einer Institution hätte ich mich sehr gefreut. Allerdings muss ich auch sagen, dass diese Absage von öffentlichem Interesse ist. Eine offizielle Pressemitteilung ist mir nicht zugegangen. Das finde ich aber unbedingt notwendig. Meine Oper war überall angekündigt, verankert im Jahresprogramm Ihres Hauses, ausgedruckt als Gastspiel zu den Dresdner Musikfestspielen. Weiterhin ist das Informationsbedürfnis für die Herren Wolfgang Willaschek und Günter Grass zu berücksichtigen. Ebenso ärgerlich für mich, dass in den letzten Monaten des Jahres 2002

über die prekäre Situation um mein Stück nur eine äußerst geringe Kommunikation stattgefunden hat. Vielleicht hätten wir mit gemeinsamer Anstrengung die Uraufführung halten können. Im schlimmsten Fall hätten Sie mir freie Hand gegeben für die Bemühungen um ein neues Uraufführungstheater. So sind Monat für Monat ins Land gegangen, und nach zwei Jahren der Vorbereitung stehe ich nun wieder am Nullpunkt.

Über folgende Probleme bitte ich Sie herzlichst um Information: Was wird mit den Klavierauszügen? Gibt es diese als Ansichtsmaterial? Die Partitur liegt beim GMD Herrn Bareza. Ich bitte um Rücksendung an mich. Ich benötige sie als Informationsmaterial. Ich bin über die Rechtelage meiner Oper nur unzureichend informiert. Auch da bitte ich um Aufklärung, schon im Hinblick auf eventuell neue Interessenten an meinem Stück.

Für heute mit bestem Dank für Ihre Bemühungen verbleibe ich als Ihr …

An Günter Grass – Behlendorf, Dresden, 14. Oktober 2003

Sehr verehrter, lieber Herr Grass!

Hiermit bitte ich Sie herzlichst um Nachsicht und Verständnis, dass ich mich erst nach so langem Schweigen bei Ihnen melde. Es gibt dafür zwei erfreuliche Anlässe.

Zuerst gestatten Sie mir, Ihnen zu Ihrem Geburtstag zu gratulieren. Weiterhin Gesundheit und schöpferische Kraft, die Sie in Ihrem neuen Gedichtband eindrucksvoll belegt haben. Alle guten Wünsche für Sie und Ihre Familie. – Der zweite Grund ist der hoffnungsvolle Ausblick auf Telgte. Chemnitz hatte die Uraufführung aus finanziellen Gründen Anfang 2003 abgesagt. Ein Tiefpunkt für den jahrelangen Kampf um meine Oper. Nach vielerlei Bemühungen bekam ich im April 2003 Post aus Dortmund mit der Nachricht, dass sich das dortige Theater mit seiner Operndirektorin, Frau Christine Mielitz, für mein, respektive unser Stück interessiert.

Nach dieser Vorgeschichte um Telgte werden Sie verstehen, dass ich ein gesundes Maß an Skepsis den Willensbekundungen des Dortmunder Theaters entgegengebracht habe. Es galt im Vorfeld vieles zu klären, z. B.

UA-Rechte, Verhandlungen mit Chemnitz, Klavierauszüge, Orchester-material, Gastspiel in Dresden etc. – Ich war am vergangenen Sonntag in Dortmund und kann nun sagen, dass Telgte auf gutem Weg ist. Es gibt Dinge, die mich hoffnungsfroh stimmen. Avisiert ist der 5. März 2005 als UA-Termin anlässlich der Festlichkeiten „Hundert Jahre Dortmunder Theater". Es gibt umfassendes Interesse für das Stück durch die Nähe von Dortmund zum Ort Telgte. Der finanzielle Rahmen ist zu solchem Anlass bedeutend größer als im normalen Theateralltag. Ich habe produktive Ge-spräche mit allen Verantwortlichen des Theaters geführt. Sie stehen ohne Einschränkung zu mir, meinen szenischen Ideen und meiner Komposi-tion. Wir können jetzt Nägel mit Köpfen machen. Seien Sie versichert, dass ich alles in meiner Kraft Stehende tun werde, um unseren Poeten den Weg auf die Opernbühne endlich zu ermöglichen.

Mit allen guten Wünschen für Sie und Ihre Gattin in Verbundenheit Ihr ergebener ...

An Arthur Fagen – GMD Theater Dortmund, Dresden, 18. Mai 2005
Lieber Arthur,

in zwei Tagen sollte das Gastspiel von „Telgte" in Dresden stattfinden. Nicht geschwärzte Plakate mit der Ankündigung der Opernaufführung erinnern immer noch an dieses Ereignis. Du wirst verstehen, dass ich über diese Absage bis zum heutigen Tag traurig und verärgert bin, der Zwan-zigste wird kein guter Tag für mich sein. Was alles dazu geführt hat, lässt sich nur einmal mündlich besprechen.

Ich habe mir von Eurer Vorstellung am 22. April berichten lassen. Da sie doch die beste von den Dreien war, habe ich mit dieser Absage nicht mehr gerechnet. Gerade Dresden wäre für mich, für uns und die Musik meiner Oper eine echte Chance gewesen. Wie haben eigentlich die Sänger auf diesen Schlag reagiert?

Lieber Arthur, ich bin Dir unendlich dankbar, dass Du die Mühen dieser Uraufführung auf dich genommen hast. Im Nachhinein haben sich diese nicht ausgezahlt. Das tut mir leid. Allerdings hatte ich immer den Eindruck, dass du und das Orchester meine Musik gern musiziert habt. Ich will mich nicht aufdrängen, aber ich würde euch gern als Dank für diese anstrengende Arbeit etwas Sinfonisches komponieren, max. 10 Minuten. Ein „Nachtstück" oder drei Mini-Orchesterstücke, wie Schönberg das getan hat. Lass doch bitte einmal von Dir hören.

Mit den besten Grüßen für eine erfolgreiche künstlerische Arbeit verbleibe ich als Dein ...

KALENDERNOTIZEN nach dem 71.
Februar 2018

Fokussierung auf die Buchpremiere am Fünfzehnten. Zwei Treffen mit D., er übt mit mir das laute Lesen. Das Sächsische nicht das Problem, die Schwierigkeiten mit dem richtigen Ton. D. liest Absatz für Absatz vor. Er liest genau so, wie es sein muss, teils mit kühler ironischer Distanz, teils mit emotionaler Direktheit. Mir gelingt nichts. Ich fühle mich unsicher und mutlos. D. sollte die Lesung für mich machen. Am Ende der zweiten Sitzung: „Du musst deine ganz eigene Leseart finden, mich nachahmen geht nicht, das ist das Schlechteste, was du machen kannst. Sei du selbst, du musst die Ich-Person der Erzählung sein." Ich übe, bin der Reinfried Pedersen der Geschichte. Es funktioniert nicht wirklich. Einziger Trost ist die Musik, die muss alles rausreißen.

Die Flyer der Buchhandlung sind fertig, ich verschicke über dreißig Briefe an Bekannte, an „Fans". Ich rahme die sechs Ölpastellbilder, die Vorlagen für die Cover meiner Romane sind. Jörg hängt das Bild in der Buchhandlung auf. Meine Lesung ein Gesamtkunstwerk. Bild, Text, Musik. – In „Spaziergang" zitiere ich eine Sentenz von Paul Valéry, um den psychischen Zustand der Hauptperson zu charakterisieren, ich fand selbst keine besseren Worte. Genauso ergeht es mir heute am Tag der Lesung, am 15. Februar 2018: *In den besten Augenblicken, auch in den schlimmsten, wirkt man auf sich selbst nicht mehr wie man selber, sondern man verschwendet oder man erleidet irgendein – unwahrscheinliches Ich.*

16./17. Februar Glückswoge. Bücher verkauft. Guter Besuch. Treue Freunde da. Der Buchhändler zufrieden. Mein Sohn vortrefflich! Alles unwahrscheinlich.

Gute Interpreten haben Komponisten schon immer inspiriert. Die Idee für Geigenstücke. „Wörlitz – eine Annäherung" nach dem Kunstbuch aus meinem Verlag. Und ich denke an ein Geigenalbum mit eigenen Kompositionen. Sieben, acht längere Stücke würden zusammenkommen. Welcher Verlag wäre interessiert? Die Krönung: Anruf aus Menz. Lesung im Künstlerhof am Sonntag, 6. Mai. Selten war mein Leben so beschwingt und zuversichtlich.

Die Olympischen Winterspiele in Südkorea ohne Schnee, ohne Publikum, ohne winterliche Atmosphäre, aber mit viel Kälte und Eiswind. Der Sieg des Kommerzes über den Sport. Alpine Wettbewerbe müssen ewig verschoben werden, die Skiläufer hetzen durch schwarze Wälder, in den Hallen leere Ränge außer beim Eiskunstlauf, da sind Koreaner favorisiert. Unsere Eishockeyspieler erringen fast die Goldmedaille, im Endspiel verließ sie das Glück. Die Russen zitterten sich zum Sieg.

27. Februar, minus 18 Grad. Unruhig, nervös. Die Kälte in den Zimmern. Mein „Nichtschreiben" nach der Euphorie. Nun doch Blockade. Was wird aus dem Haydn? Keine Nachricht. Soll ich das Solostück für Violine komponieren? Mein Zögern krankhaft. Das schwarze Loch.

Bücherkauf. Bücher helfen! *Dichterhäuser* von Bodo Plachta mit Fotografien von Achim Bednorz. Bildband mit Kurzessays zu den jeweiligen Abbildungen. Eine Reise durch 500 Jahre deutschsprachige Literaturgeschichte. Die Kapitel abwechslungsreich, sie laden zum Blättern und Lesen ein: *Ruinen und Spurensuche* (Grimmelshausen u. a.) – *Der Dichter öffnet sein Haus* (Lessing, Gleim, Klopstock, Seume) – *Bei den klassischen „Weltbewohnern"* (Wieland, Goethe, Herder, Schiller, Nietzsche) – *Romantische Lebenswelten* (Novalis, Jean Paul, E. T. A. Hoffmann, Hölderlin u. a.) – *Rückzüge ins Private, Vertreibung aus der Öffentlichkeit* (Droste-Hülshoff, Mörike, Stifter, Heine, C. F. Meyer, Trakl) – *Hartnäckige Villenbesucher oder die Kunst, schön zu wohnen* (Karl May, Hofmannsthal, Hauptmann, Ida und Richard Dehmel, Hesse) – *Literarische Schauplätze* (Heinrich und Thomas Mann, Tucholsky u. a.) – *Rückzugsorte und Zufluchten* (Fallada, Fleißer, Barlach) – *Rückkehr und Neuanfang* (Seghers, Brecht, Arno Schmidt, Jünger, Huchel) – *Erinnerungsort, Archiv und Museum* (Musil, Bachmann, Koeppen, Bernhard, Kempowski, Dürrenmatt). – Grass ist nicht dabei. Das hätte meinem Freund WK diebische Freude bereitet.

Weitere Bücher: Monika Maron *Munin oder Chaos im Kopf.* Peter Stamm *Die sanfte Gleichgültigkeit der Welt.* – Ich beginne mit beiden. Früh das eine, abends das andere. Es funktioniert. Erinnere mich an früher, als ich gleichzeitig Schulaufgaben machte und Radio hörte.

DAS ARBEITSZIMMER (10)
(Fortsetzung der Briefe)

An Gerd Uecker – München, Dresden, 5. Juli 2004
Lieber Herr Uecker,

wie abgesprochen, wie besprochen, etwas für die Ferien. Keine Arbeit, es soll Entspannung sein. Ich würde mich freuen, wenn Sie dafür Zeit fänden.

Das Thema Rimbaud (Paul Zech) bewegt mich schon viele Jahre, und ich bin überzeugt, dass das ein Opernsujet ist. Früher dachte ich an eine Kammeroper. Aber diese freiwillige Beschränkung würde dem Stoff wohl nicht gerecht werden.

Ich habe nun eine Lesart gefunden, die diesem Stück als Opernstoff gerecht werden könnte: Rimbaud, gesungen von zwei Personen. Der sterbende Rimbaud, Charaktertenor, denkt über sein Leben nach, besonders über sein anarchistisches in Afrika, dazwischen als Rückblenden die Stationen Eins bis Neun mit dem jungen Rimbaud, lyrischer Tenor. Möglichkeiten für modernes Musiktheater würden sich vielfältige ergeben. Simultanszenen, der Chor im Orchestergraben singt, kommentiert, eventuell die Ballade vom „Trunkenen Schiff"; ungewöhnliche Orchesterbesetzung, für die Monologszenen zwei Klaviere und Schlagzeug, die Härte dieses „Griechischen Dramas" unterstreichend. Zum Schluss ein Ensemble mit allen Darstellern (Sängern) und den beiden Rimbauds á la Mozart? – Da Dresden und Konwitschny wieder eine Partnerschaft eingehen wollen, wäre das nicht ein Stoff für ihn? Ich stehe mit ihm in lockerem Kontakt, und ich glaube, wir verstehen uns ganz gut. Wir haben zusammen „Die sieben Todsünden" gemacht. Mein „Goldener Topf" war 89, sollte man perspektivisch nicht mal wieder an einen Dresdner Komponisten denken? Mit den besten Wünschen für einen schönen, erholsamen Urlaub verbleibe ich als Ihr …

An Ulrike Hessler – Bayerische Staatsoper München, Dresden, 3. Dezember 2008
Sehr geehrte Frau Dr. Hessler,
gestatten Sie mir ein paar aufklärende Zeilen zu dieser Sendung. Ihre Gedanken und Vorbereitungen richten sich immer konkreter auf die neue schöne Aufgabe in Dresden. Dafür meine besten Wünsche, alles Gute, Glück und Erfolg. Mit diesem Schreiben möchte ich mich bei Ihnen als Komponist in Erinnerung bringen, das heißt eher erst einmal als Librettist.

Zu meiner Oper „Passage" nach Christoph Hein (UA 2006) habe ich mir selbst das Libretto geschrieben. Es hat außerordentlich gut funktioniert. So habe ich Mut gefasst, auch weiter in dieser Richtung zu arbeiten. Zwei Libretti von mir hatte Herr Uecker in den letzten Jahren zur Ansicht. Leider hat sich eine Zusammenarbeit zwischen mir und der Semperoper in der Amtszeit von Herrn Uecker aus den unterschiedlichsten Gründen nicht ergeben.

Mit dem Thema des Librettos, das ich Ihnen schicke, beschäftige ich mich viele Jahre, und ich glaube, mir ist etwas Gutes gelungen. Auf jeden Fall sind meine musikalischen Ideen schon weit gediehen. – Das Schauspiel „Die Festung" ist in der DDR 1986 im damaligen Karl-Marx-Stadt uraufgeführt worden und hauptsächlich wegen ideologischer Vorbehalte durch die SED-Führung schnell wieder von der Bühne verschwunden und in Vergessenheit geraten, zu Unrecht. Die Wiederbelebung des Stücks als Oper wäre, denke ich, eine gute Sache. Die Mischung aus Aktualität und parabelhafter Handlung (Kafka) macht „Festung" auch heute noch interessant und aufführenswert. Zum Beschluss: Die UA meines „Goldenen Topfes" an der Semperoper ist mit dem neuen Jahr zwanzig Jahre her. Ich bin in einem Alter, in dem ich nicht mehr so viele Opern schreiben werde. Ich würde mich freuen, wenn dieser Stoff Ihr Interesse fände. Wie weiter, steht dann auf einem anderen Blatt. – Herzlichst, in Verbundenheit Ihr …

PS: Anbei eine Weihnachtsgabe, mein dritter Gedichtband, ich bin inzwischen ein dichtender Komponist geworden, man entwickelt sich.

An Ulrike Hessler – Bayerische Staatsoper München, Dresden, 11. Februar 2010

Sehr geehrte Frau Dr. Hessler,

gestatten Sie mir, Sie nochmals höflichst an mein Schreiben vom 3. Dezember 2008 zu erinnern. Damals lag Ihr Amtsantritt in Dresden noch in relativ weiter Ferne. Zum heutigen Zeitpunkt werden Sie in Ihrer Planung für die Semperoper einen ganz anderen Überblick haben. Könnte mein damaliges Anliegen in Ihren weiteren Überlegungen und Vorhaben eine Rolle spielen?

Ich möchte mich hier nicht wiederholen, in dem Brief von 2008 war alles gesagt. Ich darf Sie nur darauf hinweisen, dass ich inzwischen im Kompositorischen wie im Literarischen erfolgreich gearbeitet habe. – Am 31. März 2010 wird mein Streichquartett „Wege" im Kammerabend der Staatskapelle uraufgeführt. Soeben habe ich eine größere Komposition für die Frauenkirche beendet (UA 24. September 2010). Der Titel: „Von der Freiheit eines Christenmenschen" nach Luther. Auch hier war neben dem Kompositorischen mein literarischer Anteil nicht unerheblich. Ich möchte damit nur sagen, dass das Thema Oper immer meine ureigenste Herzenssache sein wird.

Mit allen guten Wünschen für eine erfolgreiche Arbeit verbleibe ich herzlichst als Ihr …

KALENDERNOTIZEN nach dem 71.
März 2018

Die Lesung wirkt nach. Unbegreiflich, man gerät in einen Aufmerksamkeitssog, man selber mit sich selbst und kommt nicht dagegen an, und ehrlich, man will es auch gar nicht. Die Eitelkeiten sind so was von angestachelt.

Bei Frau Nütt in art & form. Frau Nütt sehr nett. Sie, die neue Chefin des Kunsttempels. Ich kenne sie, sie kennt mich, sympathisches Einvernehmen. Es könnte was werden. Der dritte Versuch, eines meiner Bücher ins beschränkte Buchangebot zu lancieren.

Für die Lesung in Menz brauche ich die Mikrostücke, F. kann nicht dabei sein. Er wird die Musik auf CD einspielen, richtig in einem Studio mit allem Drum und Dran. Das wird mich einen Batzen Geld kosten.

Die Bilder vom Fünfzehnten sind da. Mein Sohn sehr fotogen: Geige spielend, Gedicht vortragend, zuhörend. Ich alt, zerfurchte Mimik, exaltierte Gesten, das soll ich sein? – Zeige die Bilder meiner Frau. Sie sagt nichts. Ich kann sie verstehen. Sie findet mich ebenfalls alt … und aufdringlich … und arrogant: Dein Benehmen ist dem Anlass nicht angemessen, höre ich sie sagen.

Hagen bei mir wegen des Computers. Fortschritte beim Schreibprogramm. Er verfügt über die Internetsprache, die ich nicht kapiere: „Facebook hat an seinem Algorithmus geschraubt und will künftig Inhalte priorisieren." Ist das nicht schrecklich? – Malerfreund M. bei mir, mit Farbholzschnitt „Weißer Stuhl mit blauem Mond". Sehr teuer. Bin mir nicht im Klaren, an welcher Wand das Bild hängen soll. Die Rahmung kommt hinzu. Viel Aufwand. Aber es musste sein! Stimmungsaufheller. – Bücher: Klaus Modick *Keyserlings Geheimnis*. Helmut Lethen *Die Staatsräte – Elite im Dritten Reich: Gründgens, Furtwängler, Sauerbruch, Schmitt*. Günter de Bruyn *Kossenblatt. Das vergessene Königsschloss*. Esther Kinsky *Hain. Geländeroman*. Ein Geländeroman? Was soll das denn? Diese ungewöhnliche Genrebezeichnung, ein Werbetrick?

15. März, Hautarzt, nachmittags. Nervös, schlecht drauf und ganz schlechtes Gewissen. Habe den Doktor über ein Jahr gemieden. Nach dem Dauerbesuch im Sommer 2016 hatte ich genug, konnte die stets überfüllte Praxis mit verbundenen und zugepflasterten Patienten nicht mehr sehen. – Der Herr Doktor beginnt auch gleich wieder zu schnippeln, zu schaben, zu pitzeln. Kurze örtliche Betäubung und dann geht's los, erst unter dem rechten, dann unter dem linken Auge. Eiltempo. Gut so! Ich

verlasse ihn wie ein angeschlagener Boxer, zugepflastert unter beiden Augen. Er tröstet mich, in ein paar Tagen sei nichts mehr zu sehen.

Die Bücher – Maron, Stamm – zu Ende gebracht. Monika Maron ein Lesevergnügen. Peter Stamm eine Lesequal. Er mit einer doppelten Doppelgängergeschichte. Wirr, konstruiert, enttäuschend. – Die Maron mit einer bitterbösen Gegenwartskomödie. Der hintersinnige Humor, die elegante Sprache. Eine große Überraschung, sie ist mit ganz anderen Romanen bekannt geworden.

Sonntag, 18. März. F. Geburtstag. Er auf Kreuzfahrt, vierzehn Tage in Asien. Drei, vier Konzerte mit einem Klavierduo. Ansonsten hat er frei. Wie ich ihm das gönne! – Buchmesse. Winterchaos. Hauptbahnhof Leipzig gesperrt. Schnee, minus 10 Grad. Die Weichen frieren ein, fallen aus. Wie zu DDR-Zeiten. Besucherschwund.

Nicht nur das frostige Wetter, auch sonst Kälte und Gereiztheit! Kleinigkeiten, die das Leben vermiesen. Ein verlegter Schlüssel, ein gerissener Schnürsenkel, die fehlende Zeitung am Morgen. D. bestätigt mir das. Bei ihm Havarie in Küche und Keller. Und das neue Auto macht auch nicht nur Freude. Die Bedienung schwerer als die Bedienung des Computers. Bei mir ist es anders herum. Das Schreibprogramm des Laptops mit immer neuen Rätseln. Dazu die Geschichte mit der Loschwitzer Buchhandlung, mit Frau D., deren politische Dummheiten und Ausfälle immer höher und höher kochen. Nun ist sie Mitinitiatorin eines Pamphlets über angebliche massenhafte Zuwanderung von Flüchtlingen, das schon von über tausend Intellektuellen unterzeichnet wurde! Im Kulturpalast Tellkamp gegen Grünbein. Tellkamp, die Meinungsfreiheit sei bedroht, Gesinnungsterror. Er hat die DDR erlebt. Wie kann er sowas von heute behaupten?

Schreibe wieder, bin geduldig mit elf Seiten und höre wieder Musik. *Elektra* aus New York. – Schubert Streichquartett G-Dur, Aufnahme von 1985 mit Gidon Kremer. Der erste Satz 23 Minuten. – CD Haydn Streichquartett Opus 64. Die Klarheit und Raffinesse der Komposition. Aufklärung, Versöhnung, Miteinander. – Günter Wand mit Beethovens Sechster (TV). Die Pastorale noch nie so gehört – als Volksfest auf dem Lande. Der erste Satz Trubel und Menschen, der zweite Picknick am

Bach, der dritte Bauernmusik, die ein Gewitter hinwegfegt. Zuletzt Bewegung und Schwingen und Schweben. Schwerelos in Harmonie und Einklang. Ein ewiger Tanz. – Durch Musik zu sich kommen. Jetzt kann ich auch mit *Hain* von Esther Kinsky beginnen. Preis der Buchmesse und Lob, Lob, Lob … mal sehen, was dran ist.

DAS ARBEITSZIMMER (11)
(Fortsetzung der Briefe)

An Jürgen Flimm – Deutsche Staatsoper Berlin, Dresden, 16. Juni 2010
Sehr geehrter Herr Flimm,

gestatten Sie mir höflichst, sie mit einem eigenen Opernlibretto bekannt zu machen. Vielleicht findet es Ihr wertes Interesse. Vor mir liegt „Staatsoper im Schiller Theater 2010/11". Im Ausweichdomizil geben Sie dem neuen und zeitgenössischen Schaffen eine Chance. Deshalb auch mein Schreiben zum jetzigen Zeitpunkt.

Die Komposition zu „Rosmersholm" ist noch keine Realität. Aus Ihrer langjährigen Berufserfahrung heraus werden Sie wissen, dass solch ein Projekt nur in Zusammenarbeit von Komponist, Regisseur und Theater verwirklicht werden kann. Ich könnte mir vorstellen, dass ich in relativ kurzer Zeit den Ibsen komponieren könnte, vorbereitende Arbeiten sind längst getan. Anbei Angaben zu meiner Person, aus denen Sie ersehen können, was ich in meiner nun auch schon länger währenden Komponistenlaufbahn so getan habe.

Mit außerordentlichem Dank für Ihre Bemühungen und dem Wunsch für erfolgreiches Tun am neuen Haus verbleibe ich als Ihr ergebener …

An Jobst Schneiderath – Semperoper Dresden, Dresden, 20. Februar 2013
Lieber Jobst,

wie steht es um meine „Kinsky-Lieder"? Eine kurze Nachricht würde mich freuen.

Aber hier noch etwas anderes: Herr Hartmann war langjähriger Librettist des 2011 verstorbenen Gerhard Rosenfeld. Hans-Jürgen Schneider aus Berlin schickte mir Ende Januar das Libretto zu „Judit", womit sich Rosenfeld beschäftigt hat; es kam nicht zur Vertonung. Das Stück interessiert mich. Ich habe es neu getippt und mit einigen Änderungen praktikabler gemacht. Ich denke an eine junge Sängerin, Sopran mit guter Höhe und dem Neuen gegenüber aufgeschlossen, also auch Sprechen, Sprechen auf Tonhöhe etc. Entsprechend der expressiven Atmosphäre müsste die instrumentale Besetzung ebenfalls ungewöhnlich sein, ich denke an zwei Klarinetten, Cello und Schlagzeug, also etwas für die Probebühne, ein karges Bühnenbild, ganz dem Musikalischen verpflichtet, der Regisseur hätte alle Freiheiten. Könntest Du mir in dieser Sache helfen?

Ich mutiere z. Z. immer mehr zum Schriftsteller, was ja auch nicht schlecht ist – ein Roman liegt im Verlag, aber etwas vernünftiges Komponieren mit der Aussicht auf Aufführung, das wäre wieder mal gut. Mit dem Libretto von Herrn Hartmann, der seine „Judit" als Gegenstück zu der pathetischen und schwülstigen „Judith" von Siegfried Matthus geschrieben hat, liegt meiner Meinung nach ein interessantes, szenisches Einpersonenstück vor.

Vielen Dank für Deine Mühen und Dein Verständnis! …

An Max Raabe – Berlin, Dresden, 29. September 2013

Sehr verehrter, hochgeschätzter Max Raabe,

ich glaube zu wissen – und Sie haben dafür die schönsten Beispiele geliefert –, dass Sie nach großen Auftritten und Tourneen zur „Kleinkunst" immer wieder zurückgekehrt sind. Deshalb hier ein Mitschnitt meiner Ringelnatz-Lieder von 1999.

Sollten Sie mal in ruhigerem Fahrwasser segeln, könnten diese Lieder vielleicht mit ihrem hintersinnigen Humor und der Vielfalt der musikalischen Mittel Ihr Interesse wecken. Ich glaube, die Piecen würden Ihnen liegen. In einigen Liedern höre ich Ihre Stimme ganz selbstverständlich und nah. Noten, Stimmen, Partitur, Rechte, alles bei mir. Bitte überhören Sie die Unzulänglichkeiten eines Live-Mitschnitts in einem Kellergewölbe vor sechzig trinkenden Personen an Tischen.

Meine Wünsche für Sie: Bleiben Sie weiter so erfolgreich und gesund und kreativ und offen! Ihr freundliches Verständnis in dieser Angelegenheit voraussetzend, verbleibe ich herzlichst als Ihr …

An Matthias Goerne – Berlin, Dresden, 13. Januar 2015
Verehrter Matthias Goerne,
in einem Interview im „Opernglas" vom Dezember 2014 bekundeten Sie ihre Liebe zum Akkordeon und wünschten sich einen Komponisten, der mal für Gesang und dies Instrument etwas Neues schreiben könnte. Ich nehme Sie hiermit beim Wort und schicke Ihnen ein paar eigene Texte, die für Ihre Stimme und das doch im klassischen Sektor ungewöhnliche Akkordeon gut vorstellbar wären.

Sollten Sie sich andere Texte wünschen, einen anderen Autor, Texte aus „Des Knaben Wunderhorn", gewissermaßen „Neue deutsche Volkslieder", oder noch anderes, ich bin für alles offen. Über jedweden künstlerischen Kontakt würde ich mich freuen.

Das Schwierigste wird wohl sein, einen Akkordeonspieler zu finden, der jenseits der Unterhaltung die gemäßigte Moderne bedienen kann. Haben Sie eine Idee? – Ich denke bei den Liedern auch viel mehr an anspruchsvolle Chansons, vielleicht im Geiste der Franzosen, des Jazz … Modernistische atonale Gebilde sollen es auf keinen Fall werden.

Vielen Dank für Ihre Bemühungen – ganz herzlich Ihr …

An Christoph Hein – Havelberg, Dresden, 19. August 2016
Lieber, verehrter Herr Hein,
was für überraschende Post. Sie wohnen jetzt in Havelberg? Ich kann das gut verstehen. Ich würde lieber heute als morgen der Hektik der Stadt entfliehen. Mein Sehnsuchtsort heißt Rheinsberg. Dresden ist nicht mehr „das" Dresden für mich, zumindest politisch gesehen.

Am beiliegenden Flyer sehen Sie, dass ich mich mit Fleiß dem Schreiben zugewandt habe. Es macht mir viel Spaß. Wir Komponisten sind ja in einem Dilemma: Die Partitur ist erstellt und nun soll die Musik auch erklingen. Dieser Weg ist meist ein steiniger. Im Juni bin ich siebzig geworden. Mir fehlen der Ehrgeiz und die Kraft, mich bei den Theatern und Interpreten anzubiedern, nur um eine halbwegs gelungene Uraufführung oder gar ein Nachspielen zu erreichen. Ich muss mir das nicht mehr antun. Das heißt nicht, dass ich Sie nicht in allen Belangen unterstützen werde, sollte „Passage" zu neuem Leben erweckt werden können. Ich stehe zu meiner Oper. Eine Wiederaufführung wäre eine große Freude für mich. Ihr Einsatz für unser Stück ehrt mich sehr.

Bleiben Sie gesund, bleiben Sie mir gewogen! Herzlichst Ihr …

KALENDERNOTIZEN nach dem 71.
April/Mai 2018

Ostern. Familientage. Aus der Lesebahn katapultiert, der Ideenbahn, der Schreibbahn, der Musikbahn. Ich bräuchte ein Zimmer, in das ich mich vollständig zurückziehen kann! Ein Königreich für eine Dachkammer.

Nachtrag: Osterfestspiele Salzburg. *Tosca* mit der Kapelle und Thielemann. Wie sollte Puccini klingen? Glutvoll und sachlich, scharf und lyrisch, atmosphärisch und konturiert. Thielemann und die Kapelle hüllten Puccini in Watte.

Zwei Wochen Bücherkauftaumel: Mayröcker *Pathos und Schwalbe*. Sie fügt Buch an Buch. *études* 2013 (193 Seiten). *cahier* 2014 (192 Seiten). *fleurs* 2016 (151 Seiten). Und nun *Pathos und Schwalbe* 2018 (266 Seiten), ich übersetze in Gewicht und Leichtigkeit. Ausnahmezustand Poesie. Die Mayröcker ein Solitär, Nobelpreis unbedingt. – Hans Magnus Enzensberger *Überlebenskünstler. 99 literarische Vignetten aus dem 20. Jahrhundert.* Eigentlich Kurzlebensläufe, von Hamsun bis Becher, von Bulgakow bis Kertész. – Elisabeth Borchers *Nicht zur Veröffentlichung bestimmt.* Späte Notizen einer Lyrikerin und Lektorin. – Willi Jasper *Carla Mann. Das tragische Leben im Schatten der Brüder.* Schreiben über die Familie Mann, ein unerschöpfliches Thema. – Ferdinand von Schirach/Alexander Kluge *Die Herzlichkeit der Vernunft. Fünf Gespräche.* – Sigrid Damm *Im Kreis treibt die Zeit.* Autobiografisches über die eigene Vater-Tochter-Beziehung. – Günther Schwarberg *Es war einmal ein Zauberberg.* Das Sommerbuch um Brecht! Nun Thomas Manns *Zauberberg.* Gibt es da noch Neues zu berichten? – Hans Joachim Schädlich *Felix und Felka*. Der Autor ein Meister der erzählerischen Reduktion. – Yasmina Reza *Glücklich die Glücklichen*. Ihre treffsicheren Bühnenstücke feiern Erfolge, kann sie auch Roman? – Marcel Reich-Ranicki *Meine deutsche Literatur seit 1945*. Veröffentlichungen aus 50 Jahren. Ich lese sie wie einen Krimi. – Zuletzt noch ein neues Fremdwörterbuch, das alte fällt auseinander. Die Buchstaben C und I sind lose Seiten. Ich habe es ausgiebig genutzt. Die Fremdwörterschwemme in literarischen Beiträgen ist inflationär. RR hätte getobt, hier einige Beispiele: sakrosankt, Highlight, Ennui, obsolet, relevant, Distinktion, Algorithmus, Camouflage, Dystopie, Chuzpe, flamboyant, Longlist …

7. April: Stiefmütterchen beim Vietnamesen in Coschütz. Als Mutter noch lebte, haben wir hier immer angehalten. Blumen, Früchte, Grünzeug für sie. Ich bin heute hier mit einem blöden Gefühl von Verlorenheit.

Der Computer weist mich an, Dinge zu tun, die ich nicht verstehe. Er droht mir mit Havarie. Sechs Stunden soll ich ihn machen lassen, sein Tätigsein wäre nur zu meinem Wohl, würde mich aber extra Geld kosten. Ist das eine Falle? Werde ich vorgeführt? Ich schalte aus und wage mich zwei Tage nicht mehr an ihn heran. Ich bestelle Hagen, den Experten.

Sonntag 15. April, Sommer im Frühling. Gewitter. Die Wärme bleibt. 19. April, Hagen bei mir. Er hilft aus der Computermisere. 20. April, ich lese drei Bücher parallel. Borchers, Kinsky, RR. 22. April, Der Klimawandel, die „klassischen" Jahreszeiten sind passé. Herbst im Winter – im Januar Frühling – im März Spätherbst, Kälte und Schnee – und jetzt im April ohne Übergang Sommer. Zeit für die Freibäder, die nicht gerüstet sind.

Gestern Tischtennis. Heute früh Gliederstarre, als ob ich mit dem Sterben dran wäre. – Telefon: Herr Förster aus Rheinsberg macht zur Lesung den Büchertisch. Post: Die CD ist da! Gute Nachrichten, und der Körper ist plötzlich wieder beieinander.

29. April nach Menz! Bis Abzweig Pankow flott voran. Dann füllt sich plötzlich die Autobahn. An einem Sonntag! Der Strom der Berliner an die See. Ab Dreieck Havelland Bremsen – Gas, Bremsen – Gas. Ich verlasse die Autobahn, schlängle mich hinaus, Abfahrt Kremmen, kurz die Fern-

straße, bald links die Landstraße. Sommerfeld, Herzberg, Lindow. Dazwischen viel Landschaft, kleine Orte, wenig Verkehr. Entspannt in den Frühling. Mein Wolkenkuckucksheimzimmer fesch wie immer.

Dienstag, 1. Mai. Kampftag aller Werktätigen, ich kämpfe um meine Lesung. Ich hatte sie bis heute ausgeblendet, es war so schön im Urlaubsmodus.

Das Rasenmähen ist eine Seuche, in der Stadt und auf dem Land. Jeder Hof, auch der schäbigste, hat so ein Gerät. Rasenmähen als Wettbewerb, der eine fängt an, ein Nächster folgt und noch einer und noch einer … Immer sind es Männer, Rasenmähen ist Männersache. In der Landstille fühlt sich das an wie Terrorismus.

Die Natur ist schon weit, blühende Apfelbäume, ein Meer aus Weißrosa, der Weißdorn. Schafgarbe. Die Farben Gelb und Grün. Hundeblumenwiesen, Margeriten, bunte Vorgärten … Ein Rasenstück an der Straße mit Tulpen, Narzissen, Pusteblumen, Himmelschlüsseln, Gänseblümchen. Fünf Quadratmeter Blühen und Leuchten und Gedeihen, vom Rasenmäher verschont. – In den Nachrichten eine Meldung zur Bundeswehr: Flugzeuge können nicht fliegen, Panzer nicht fahren, Schiffe nicht auslaufen. Von achtzig Euro-Fightern sind nur vier einsatzbereit. Wie erfreulich für einen Pazifisten!

Freitag. Bei Hentrich in Altglobsow. Er Bilder, Radierungen, die Frau Hobbytöpferei. Sie bereiten sich aufs Wochenende vor. In ganz Brandenburg *Tage des offenen Ateliers* von Samstag 10 bis Sonntag 18 Uhr. Mein Lesetermin scheint doch nicht so gut gewählt. Aus Rheinsberg gab es auch schon Absagen. Und Frau Dietrichs E-Mail-Einladungen zeigen kaum Wirkung. Keine fröhlichen Aussichten. In der Kunst-Scheune am Mittagstisch. Wenige Gäste. Ein paar Berliner aufdringlich und nicht zu überhören. Das Berlinische hat etwas Forsches, laut klingt es sofort aggressiv. Das Sächsische hat etwas Gemütliches, laut klingt es sofort ordinär.

Sonntag 16 Uhr. Mein Buch ist dran mit CD-Musik. Es sind da Kerstin mit Mann aus Grünheide, Bodo mit Barbara und Mann aus Canow, ein fremder Besucher. Meine „Wirtsleute" und der treue Buchhändler sitzen drin. Ich gebe mein Bestes. Ich bin ein Theatermensch. Ob vor hundert oder vor zehn Leuten. Die Gekommenen haben es verdient, dass man ernsthaft seine Kunst macht. Ich gebe sozusagen alles. Langes Zusammensitzen mit den Freunden. Zuneigung, Herzlichkeit.

8. Mai, Heimfahrt. Warm, sehr warm und dazu dieser ewig sich gerierende mattblaue Himmel. Blind durch Schönheit. – Bei Kerstin an der Tankstelle. Freude und Vertrautheit. Tee, Bockwurst. Zum Abschied das Du! Ich bin schon längst auf der Autobahn … dann der Schreck, ich habe nicht bezahlt, habe die Zeche geprellt! Ich alter verwirrter Zausel.

Zu Hause unten, ziemlich unten, nichts will gelingen. Vermisse Menzer Naturruhe. Bin ungehalten, aufgebracht über negative Miniereignisse: Fleck auf dem Hemd, den weißen Schuhen! Der verlegte Stift, der vergessene Ausweis. Die Suche nach Büchern und Aufzeichnungen. Bei art & form, mein Bücherwunsch immer noch nicht verwirklicht. Hagen bei mir. Er aktualisiert den PC. Danach ist alles etwas anders in diesem Gerät als vorher. Wut, nichts fügt sich. Matt, matt an Körper, Geist … die Bandscheiben, der Magen, der Zahn … „Das geht mir an die Nieren!" Sehr gegenwärtig.

In der FAZ Uwe Greßmanns Gedicht „An den Vogel Frühling". Es wird an einen vergessenen DDR-Poeten erinnert. Vor 46 Jahren habe ich das Gedicht vertont. *Lamento und Hymnus für Sopran und Streichquintett*. Ein Zehn-Minuten-Stück, DIE Kammermusik! Weber-Preis. Durch sie wurde ich zum Komponisten.

Zum Schluss Computerchaos. Das Kopieren einer Datei aus dem alten Laptop in den neuen wird zum Desaster. Die beiden Geräte sind nicht kompatibel, vertragen sich also nicht. Mist!

DAS ARBEITSZIMMER (12)

Kompositionen für Geige habe ich herausgesucht. Morgen, spätestens übermorgen schicke ich sie an den Verlag nach Leipzig. Moderne Geigenliteratur für Musikhochschulen, ein preiswertes und trotzdem ansehnliches Album für Studenten, das müsste eine Bedarfsnische sein, das sollte einen Druck rechtfertigen. In der DDR gab es vier solche Hochschulen, im neuen Deutschland zweiunddreißig. Da laufen doch eine Unmenge an Geigenstudenten in der Gegend herum!

Herr Klebert hat einen Einmannverlag, ist sein eigener Chef. Wir kennen uns. Ob er sich an mein Anliegen von vor einem Jahr noch erinnert? Ich muss also einen Brief schreiben über Sinn und Zweck des Unternehmens, über meine Wünsche und Vorstellungen. Ich setze mich hin und schreibe den Brief, der für mich gerade zum jetzigen Zeitpunkt diese Bedeutung hat.

Sehr geehrter Herr Klebert!

Hier die Notensendung, die ich Ihnen vor längerer Zeit ankündigte, sie hatten mich dazu ermutigt. Zu meiner Person ist alles gesagt, deshalb gleich in medias res. – Sieben Kompositionen für Geige schicke ich Ihnen, alle entstanden in den letzten 15 Jahren. Vier Solostücke für Violine, zwei für Violine und Klavier, ein Stück für Violine und Harfe. Sieben Kompositionen mit den unterschiedlichsten Anforderungen für den Solisten, technisch wie interpretatorisch. Gestatten Sie mir, dass ich mich mit ein paar Stichworten zur Eigenart des jeweiligen Werkes äußere: 1. „Immer wieder" für Violine solo. Das forderndste Stück, die Koordination zwischen Singen, Rhythmus und dem Geigenspiel betreffend. Ein Musikstück quasi ohne Ende. Höhepunkt: Ein Geigenmotiv im Flageolett, der stampfende Rhythmus mit dem Fuß und dazu die Rezitation meines Gedichtes „Immer wieder". 2. „Nach Bildern – 6 Etüden für Violine und Klavier". *I Gelichter – II Heller Baum – III Masken (… im Wind) – IV Wohnrecht im Grab – V Die Bäume – VI Ende und Anfang.* Nach Radierungen von Gottfried Körner. Die Grafiken zur Komposition könnte ich liefern. Vor jedem Satz ein Bild, es wäre perfekt. 3. „Wie Charles Bukowski Beethoven hörte" für Violine solo. Beethovens Sinfonien für Geige, vier Sätze in klassischer Abfolge schnell – langsam – Scherzo – schnell als musikalisches Getümmel im Kopfe von Bukowski. Beethoven-Wahn, Bukowski-Irrsinn. 4. „Einfach(e) Musik" für Violine und Harfe. Die Harfe als Rhythmusinstrument. Über einem Ostinato im Fünfviertel-Takt improvisiert die Geige „ohne Sinn und Verstand", natürlich mit allen musikalischen Sinnen. 5. „Mikrostücke" zu „Der Spaziergang" für Violine. 19 Aphorismen zu einer eigenen Erzählung. Der kurze Text vor jedem Einsatz ist sachlich zu sprechen, er ist absolut notwendig für das literarische wie musikalische Verständnis. 6. „Unbeirrt" – Ragtime für Violine und Klavier (Zum 29. April 2004 für Walter Kempowski). Kempowski, der literarisch Unermüdliche. Er liebte den traditionellen Jazz. Ein virtuoses Musikstück, in dem Violine und Klavier gleichberechtigt agieren, sich beständig zu neuem, einfallsreichem Tun animieren. 7. „Let's Dance" für Violine solo. Eine furiose Toccata, ein unaufhaltsamer wilder Tanz. Eigentlich eine Zugabe, ein „Rausschmeißer" für einen Geigenabend.

Verehrter Herr Klebert, soviel zu meinen Stücken. Die solistische Vielfalt meiner Musik kennt keine Grenzen. Sie haben sich die Noten angesehen, Sie werden mir zustimmen. Ich glaube fest daran, dass die Kompositionen attraktives „Material" für Musikhochschulen liefern könnten. Die von mir angeführte Reihenfolge ist bindend für den Druck. Sollte einmal das ganze Album als Konzert gespielt werden, was gut vorstellbar und wünschenswert wäre, dann in der von mir priorisierten Abfolge.

Unbedingt sind dem Album Stimmen beizulegen: Für Nummer 2 und 6 Geigenstimmen, für Nummer 4 Geigen- und Harfenstimme. – Über eine Reduzierung der Titel aus wirtschaftlichen Erwägungen wäre ich erst einmal nicht bereit nachzudenken.

Das Album ist ein Alterstraum … und Alsträume sollte man wahr werden lassen, viele werden es nicht mehr sein … Deswegen der Band auch mit einer gewissen Exklusivität im Drucktechnischen. Cover, Papier, Notenschrift klassisch, alle DIN-Normen erfüllend. Ein weiterer Gedanke: Mein Sohn übernimmt das Lektorat für die Geigenstimme. Er hat alle meine Stücke uraufgeführt. Phrasierung, Fingersätze, Bogenstrich, Lagenspiel, sein Beitrag würde die Spielbarkeit der Stücke ungemein befördern. Bei den Finanzen gibt es für mich keine Schmerzgrenze, Sie zu unterstützen. Ich bin zum Äußersten bereit. Vielleicht können Sie einem alten Musik-Erfinder einen Herzenswunsch erfüllen, nein nicht vielleicht, Sie können es, können es bestimmt!

Vielen Dank herzlichst

Ihr …

KALENDERNOTIZEN nach dem 71.
Juni 2018

Entdecke Post im E-Mail-Fach – vom 10. Mai! Dieser verdammte Computer. Ich brauche keine E-Mails, ich finde diese Art von Kommunikation überflüssig, ich möchte das Miteinandersprechen, das Zuhören, das Streiten, den Gedankenaustausch, das Aufeinanderzugehen … Ansonsten tut es auch der gute alte Brief. Schreibt Briefe, schreibt wieder Briefe! P. teilt mir mit: *Nach langer Wartezeit Ihrerseits, mit vielen schönen und unschönen Ereignissen meinerseits, möchte ich Ihnen heute antworten. Ich fühle mich sehr geehrt über Ihr Kompositionsvorhaben. Natürlich interessiert mich so etwas immer, nur ist meine Zeit für das tatsächliche Erproben und Aufführen sehr limitiert. Der Kalender ist voll bis 2021/22 und ich sehe schon jetzt den Wald vor lauter Bäumen nicht mehr. Leider bleiben dann gerade die privaten und interessanten Dinge auf der Strecke und man schafft es nur, die Pflichten zu erfüllen. Deswegen kann ich Ihnen nur sagen, dass ich mich freue, wenn Sie mit Gedanken an die P. komponieren, aber eine Aufführung kann ich Ihnen eher nicht in Aussicht stellen … Ohne Interpretin keine Komposition.* So ist das, so ist das nun mal!

Beginne mit Tomas Espedal *Wider die Kunst*. Das Buch liegt schon länger herum, mal versteckt, mal obenauf. Der Titel schreckte mich ab, er ist nicht schön! Und nun erfahre ich Verblüffendes! Der schreibt wie ich! Der schreibt genauso, wie ich das neue Buch begonnen habe! Ein Monolog bei ihm wie bei mir zwischen Sympathie erheischend und abstoßender Egozentrik. Später wird man sagen, ich hätte Espedal kopiert, er wäre zuerst dagewesen. Einspruch, Einspruch, ich schwöre, ich war zuerst da, ich war der Erste. **Er** hat **mich**! – kopiert.

Hermann Hesse, Briefe 1933–1939. Espedal weg, Hesse her! Der hilft einem. Er schreibt:

Wenn manche Leser zu mir Vertrauen haben, so kommt das ja gerade davon, daß sie mir zutrauen, daß ich wirklich der inneren Stimme folge und daß mein Leben im Dienst dieser Stimme steht. Wollte ich damit beginnen, meine Produktion vom Urteil und den Wünschen meiner Leser abhängig zu machen, so wäre das das Ende. (1933)

Es ist kein gutes Jahr, ein Jahr zwar mit viel Schönem und Eigenartigem, in der Natur und meinem Leben, aber alles hat einen Aspekt von Gefahr, Krisis und Unruhe. (1935)

Ich bin zwar nicht Emigrant, auch nicht einfach ein zum Schweizer umgetaufter Schwabe, sondern bin außerhalb der Nationalschranken aufgewachsen, und für Leute dieser Art ist die blödsinnig vereinfachte Nationalitäten-Einteilung der heutigen Welt dasselbe wie ein winziger Käfig für einen großen Vogel. (1937)

Je mehr der Mensch in der Hölle lebt, desto nötiger braucht er eine Melodie, einen Vers, ein Bild, eine Erinnerung an alles, was im Moment vernichtet scheint und es doch nicht ist. (1939)

TV: *Rigoletto* von 2010 in den Mauern von Mantua, mit Plácido Domingo in der Titelpartie. Die Inszenierung schon zwei Mal gesehen. Auch beim dritten Mal stimmig und spannend. Eine Oper, die ich nicht sattbekomme. Sie verfolgt mich seit meinem Studium. Positiv verfolgt sie mich.

Das TV-Programm wird geändert wegen dieser Karnevalisten Trump und Kim. Alles Show, Show! Widerlich!

Beim Pferderennen seltsam angestrengt und verwirrt. Von 10 Uhr bis 15 Uhr Wärme und Sonne, später Schwüle. Besucher die Menge und Enge und Lärmen und ein richtiger Krach. Zwei Frauen beschimpfen sich unflätig. Wie man augenblicklich von bezaubernden Menschen enttäuscht sein kann. Ein schönes Gesicht – und dann diese Bosheiten.

Vom 18. bis 21. in Moritzburg, Churfürstliche Waldschänke. Die Frau ist freudig gestimmt. Alles findet sie schön, ja bezaubernd, das Zimmer, die Terrasse mit sprudelndem Brünnlein, das Essen – mittags, abends, das Frühstück, der Wald, die Stille, das Radfahren, die Spaziergänge, das Wetter, die Sonnenuntergänge, das Draußensitzen bis in den späten Abend.

Ich lasse mir nichts anmerken – Bangigkeit hat sich bei mir eingenistet … Bangigkeit und Bedrückung … die Schönheit der Natur als Bedrohung, alles fühlt sich so falsch an. Die Seen sind keine richtigen Seen, der Leuchtturm ist kein richtiger Leuchtturm, die Kanäle sind keine richtigen Kanäle, die Fasanenzuchtanlage ist keine richtige Zuchtanlage, und der

Seeweg nach China ist kein richtiger Seeweg nach China, und einen Churfürsten gibt es auch nicht. Alles ist falsch! In zwei Tagen ist es so weit und ich werde zweiundsiebzig, es wird eine abendliche Feier geben und die Kinder werden da sein ... Geschenke, der üppig gedeckte Tisch und Freude und Trubel ... Und doch, das Ziel ist verfehlt ... Einundsiebzig wollte ich bleiben, immer einundsiebzig! Schiefe Feierlichkeiten! – Das Beste, ich bin übermorgen nicht mehr da ... bin übermorgen zu meinem Zweiundsiebzigsten abwesend ... Am Tag meiner Niederlage werde ich abwesend sein. Keine Feier mit mir! Ich werde verschwunden sein ... vielleicht unterwegs sein auf dem Seeweg nach Indien oder China ... Übermorgen zu meinem Zweiundsiebzigsten bin ich unwiderruflich nicht mehr da, bin ich fort, fort ... fort ...

Zweiundsiebzig

Es ist nicht die Hitze, es ist die
    anhaltende, zerstörende Hitze.
Es ist nicht die Sonne, es ist die
    anhaltende, brütende Sonne.
Es ist nicht die Trockenheit, es ist die
    anhaltende, staubige Trockenheit.
Es ist nicht das Draußensitzen, es ist die
    Normalität des Draußensitzens.
Es ist nicht die Helligkeit, es ist die
    anhaltende, blendende Helligkeit.
Es ist nicht das Blau des Himmels, es ist das
    anhaltende, tiefe Blau des Himmels.
Es sind nicht die glühenden Sonnenuntergänge, es sind die
    anhaltenden, glühenden Sonnenuntergänge.

Es ist nicht das Älterwerden, es ist das
anhaltende, das unaufhaltsame
Älterwerden, es ist das
unaufhaltsame
Altern.

DAS ARBEITSZIMMER (13)

Ohne Absicht, rein zufällig, durch eine unbedachte Handbewegung am Computer bin ich auf die Datei meines Romans von 2015 gestoßen und habe mit Lesen begonnen ...

Ich bin nicht weit gekommen, der Text liest sich fremd. Ich habe andere Bilder im Kopf. Ich erlebe das Gleiche wie bei einer auswendig gelernten Partitur, plötzlich eine andere Ausgabe, andere Seitenzahlen, ein anderer Druck und ich höre eine gänzlich andere Musik ...

Der alte Computer muss her, ich muss den Roman von 2015 im Computer von 2002 lesen, im neuen erkenne ich ihn nicht wieder ...

Ich hole den greisen Laptop aus dem Schubfach der Kommode. Ich klappe ihn vorsichtig auf, rechts ist das Gehäuse ausgebrochen, das Scharnier liegt frei, glänzt metallen. Hüftprothese ...

Ich setze den Laptop unter Strom und schalte ein. Das grüne Lämpchen leuchtet. Das Gerät ächzt, es dauert, bis der Bildschirm reagiert. Aber er reagiert, leuchtet auf. Schwebende Fantasievögel. Eine Schrift verlangt die Zeitangabe. Ich übergehe das. Ich finde die Datei mit meinem Roman. Ich klicke mich ein. Da ist er. Ich muss mich kurz daran gewöhnen. Nun ist im alten Computer alles etwas anders als im neuen, Schrift, Absätze, Einzüge, Seitenzahlen, Zeilenabstände etc. Ich bin kurz irritiert, beginne zögernd zu lesen ... Konzeptionelles, Notizen ... Bald bin ich im alten Gerät zu Hause, bin angekommen in meinem Roman, mit dem ich mich seit Jahren nicht mehr beschäftigte, seit er in den Computern des Verlages zur Seite gelegt und vergessen wurde, seit er verschwunden ist in irgendeiner Ablage, in einer fernen Datei oder im Papierkorb, im Computerpapierkorb. Ich lese den Klappentext:

Georg Schlegel, Komponist und Autor, erlebt einen turbulenten letzten Tag am Theater, das Jahrzehnte seine Wirkungsstätte war. Zurückgeworfen auf sein Zuhause stellt er schnell fest, dass er das Theater als schöpferische Heimat mehr vermisst als gedacht, und kann damit nicht umgehen. Erst in der Einsamkeit eines Gartenhauses außerhalb der Großstadt wird er wieder kreativ, komponiert und schreibt. Doch in dem Moment, als auch das Leben wieder funktioniert, ist alles zu Ende.

Ich lese meinen Roman, vergesse alles um mich herum. Ein Sog erfasst mich, dem ich mich nicht entziehen kann … Und ich lerne ein Leben kennen, das offensichtlich meines ist … offensichtlich meines war … und doch ein ganz anderes sein muss … ein ganz anderes Leben … sein muss.

AUF DEM GRUND

1

37,6 Grad Celsius, mittags, gegen dreizehn Uhr. Schwüle, die in alle Poren kriecht, in Steine, Mauern, Häuserwände, niederdrückend und lähmend. Die schwere Eichentüre schließt fauchend im Zeitlupentempo. Sie quietscht. Du trittst ins Freie und die Sonne blendet dich, das heißt, sie scheint gar nicht, die Sonne ... also, sie scheint schon, sie ist nur nicht zu sehen. Sie verbreitet eiterndes Licht, Krankenhauslicht, dazu diese stickige Luft, Sud, grünlicher Erbsenbrei, Ekel, Gerüche. Druck auf der Brust wie Sodbrennen. Sodbrennen? Rohe vielfache Beklemmung, eine Armada von Steinen auf deinem Brustkorb, der Kehlkopf ist zugeschnürt, der Verstand verknäult sich, macht Sprünge. Nur einmal hast du Ähnliches erlebt, im Ratskeller von Z., nach einem Teller fettiger Makkaroni und zwei Glas Bier. Dir gelang es, soeben noch zu bezahlen, dann standst du auf, taumeltest etwa fünfzehn Meter durch das niedrige, verqualmte Kellergewölbe, an besetzten Tischen, an mitleidig blickenden, empörten Gästen vorbei, rammtest einen Stuhl und sankst an der Bedienungstheke der HO-Angestellten auf dem einzigen freien Hocker nieder. Am nächsten Morgen war es im ganzen Provinzstädtchen herum, dass der erste Kapellmeister des Theaters im besten Lokal am Platz schwankend durch die Gaststube sich bewegt habe und besoffen niedergesunken war. – Auch jetzt taumelst du, machst zwei unsichere Schritte nach hinten, stützt dich mit links rückwärtig ungelenk ab und erwischst den Klingelknopf des Nachtpförtners. Du wartest auf den Alarm: Feueralarm, Aufruhr, Stimmen, Rufe, Sirenen, sofort sei das Theater zu räumen! Du grienst und stellst dir vor, wie alle Anwesenden aus dem Haus herausgestürzt kämen, die Schauspieler in Kostümen, Angestellte, Bühnenarbeiter, diese zickige, hochmütige Sekretärin des Intendanten, und dann er höchstselbst, der Intendant, und du denkst mit Häme und Stolz, so hättest du noch ein letztes Zeichen gesetzt, ein Zeichen an deinem letzten Tag ... Aber nichts tut sich, es bleibt alles still, nur deine Beschwerden vervielfachen sich, in den Armen toben und kribbeln Ameisen, die Beine knicken ein, Stechen und Druck auf der

Brust werden immer bedrohlicher, Verzweiflung. Herzinfarkt in deiner Familie? Nie und nimmer, unmöglich! Ihr seid damit nicht belastet. Du schwitzt, stöhnst, röchelst. Die schwere Eichentür, du zerrst an ihr, es ist unendlich beschwerlich, sie zu öffnen, du versuchst nach drinnen zu kommen. Die zweite Tür, eine Glastür, öffnet sich automatisch. Du taumelst hindurch. In der Volksbank drüben in der Neustadt hattest du dir an solch einer Scheibe vor kurzer Zeit die Stirn aufgeschlagen, die breite Glaswand für den Eingang gehalten ... und dir fällt der befreundete Sänger aus Rostock ein, es war am Beginn deiner Theaterzeit, drei volle Jahre hatte der an seinem DDR-Eigenheim gebaut, und als zum Schluss endlich die vom Boden bis zum Dach reichenden Glasfenster aus Schweden eingetroffen und eingebaut waren, knallte der Letzte der Bauarbeiter mit seinem eisernen Werkzeugkasten gegen eine der Scheiben, als er das Haus endgültig verlassen wollte, weil er ja drei Jahre lang so eingetreten und herausgetreten war. Das dicke schwedische Panzerglas hielt, nur ein winziger, silbern glitzernder Stern blieb für alle Zeiten zurück ... Du willst dich am Pförtner vorbeimogeln, zwingst dich zu aufrechtem Gang. Der krakeelt: Na, Herr Schlegel, doch noch was vergessen oder können sie sich vom Theater nicht trennen? Idiot, Idiot grummelst du, Idiot und stolperst die drei Treppen nach unten, wankst links fünf Schritte in den Durchgangsraum und sinkst in einen der gelben Sessel für Wartende, knallgelbe Kunststoffsessel, grottenhässlich und abstoßend und dir wird schwarz vor Augen, der Raum dreht sich, das Plakat zu Hamlet pendelt hin und her und dein Gehirn kreist und kreist, wie früher in der Oberschulzeit nach dem Tausendmeterlauf, als du noch so unanständig ehrgeizig warst, eine gute Zensur in Sport wolltest, du machtest gern Sport und du liefst bis zur Erschöpfung, regelmäßig wurde dir danach schlecht und du konntest nicht mehr atmen, sankst ins Gras, ausgepumpt und erledigt, für lange Sekunden, ewig lange Sekunden in einer anderen Welt, der Welt des Schmerzes und der Todesangst und der Auflösung ... Und soeben erlebst du Gleiches, nur die Todesangst ist realer, näher, viel näher, und die Auflösung ... Und Panik und Erschöpfung vermischen sich zu etwas Endgültigem, wie die Klappe an einem Filmset, und du hörst das Klack wie einen Schuss und schreckst auf, kommst zu dir ... also dein Körper kommt zu sich und er fließt davon, Rinnsale von Schweiß fließen, tropfen, fallen, deine Sachen durchnässend, dein Lieblingshemd, die dünne helle Hose. Der gelbe Kunststoffsessel klebt an deinem Körper und du fühlst dich als ein nasses und übel riechendes Etwas, du ekelst dich vor dir selbst, kalter Schweiß fließt, macht dich frösteln, du frierst, es schüttelt dich, du zitterst, blickst auf die Marke des Hochwassers, über zwölf Meter braune Brühe, Kloake, fast bis zur Decke stand es hier zur großen Flut, und der Gestank kommt wieder und dir ist abermals schlecht, so unmäßig schlecht … und dazu die Leere im Kopf, die dich schreckt und panisch macht. Kopflos bist du. Tag, Zeit, Namen, Ort, alles weg. Welcher Tag heute ist? Freitag? Juni? Wie deine Frau heißt? Weg, weg, alles weg, versiegt, verschwunden, was soll werden, was, so völlig ohne Orientierung, ohne Plan, ohne Ausweg, dein Gehirn ist außer Kontrolle, schlägt Purzelbäume. Labyrinth … Und du hast Zahnschmerzen, plötzlich hast du Zahnschmerzen und du malmst mit dem Kiefer, knirschst, knirschst mit den Zähnen und malmst mit dem Kiefer und du denkst, denkst mit den Zähnen, denkst mit den schmerzenden Zähnen und hast nur einen einzigen Gedanken, überstehen, überstehen ist alles, denken ist überstehen, Nichtdenken ist Tod. Und du knirschst, malmst mit dem Kiefer, denkst hartnäckig mit deinem knirschenden Gebiss, knirschst mit den Zähnen, denkst knirschend mit den Zähnen. Knirschen und denken, um zu überstehen, deine einzige Chance.

Behaustheit, Sicherheit, Alleinsein, dein Zimmer ist erreicht. Du atmest schwer, sehr schwer. Die Treppen hoch, du hast es gut und relativ flüssig geschafft, bist niemandem begegnet. Es gibt keinen Zeugen deines Elends. Gut so. Langsam, ganz langsam sammeln, sammeln, ritardando, lento, calmo, calmo … du kannst dich nach und nach beruhigen und ein Gefühl von erschöpfter Entspannung überkommt dich, von federnder Leichtigkeit und du schwebst, schwebst sogar ein klein wenig. Du hast eine Tablette genommen, Neuranidal, gegen Migräne, schnell folgt eine zweite harmlose Schmerztablette, magenfreundlich, sie haben dir immer geholfen. Im Lautsprecher hörst du Geräusche, verzerrte Stimmen, Musik von der Bühne, die Probe dauert an, es ist noch nicht zwei Uhr und du musst dir eingestehen, dass der Pförtner keinesfalls ein Idiot ist. Denn auf der Suche nach einem Ersatzkleidungsstück für das durchschwitzte Hemd findest du im Kleiderschrank dein vergessenes schwarzes Auftrittshemd, zwischen einer Vielzahl von Kleiderbügeln unterschiedlichster Form und Farbe und Materialien, Bügel aus Holz, Plaste, Aluminium, Draht, helle und dunkle, schwarze und braune, nach hinten und nach vorn gebogene, lange und kurze, gewölbte und gerade, breite und schmale, gerundete und eckige, ein Kleiderbügelfriedhof und dazwischen dein Auftrittshemd, pastoral, schwarz und einsam und dir fällt ein – Texte, die du vertont hast, kannst du auswendig, sonst nicht unbedingt deine Stärke – und du rezitierst: *Kennst du das einsame Hemmed? / Flattertata, flattertata. / Ders trug, ist baß verdämmet! / Flattertata, flattertata.* Ja, baß verdämmet wärest du fast, baß verdämmet. Eine Kleiderbügel-Spind-Parade erblickst du, grotesk und sinnfrei. Wie eine Installation von Beuys siehts aus und du denkst an diese Reinigungskraft, die im Düsseldorfer Kunstmuseum den Bueys'schen Dreckhaufen entsorgte, zum Schrecken aller Jünger des Künstlers, zur Genugtuung aller Hygieneadepten und du merkst, dass du außer leichtem Kopfschmerz geistig ganz gut wieder hergestellt bist, was man von deinem Äußeren nicht behaupten kann. Also ziehst du dein verschwitztes, kurzärmliges Lieblingshemd aus und hängst es auf einen dieser Drahtbügel. Am Griff des Fensters festgezurrt, bewegt es sich wie ein geblähtes Segel, es soll trocknen und du sprühst es mit *Domal* ein gegen den beißenden Geruch, hoffentlich hilfts, eigentlich ein Mittel für Waschbecken und Klo, unter dem Abfluss hast du den Eimer der Putzfrau entdeckt. Darauf nimmst du dein schwarzes Auftrittshemd vom Bügel und ziehst es an, knöpfst es akkurat zu und krempelst die Ärmel hoch, eigentlich nicht das richtige Hemd für diese Hitze, aber was solls, du hast keine andere Wahl. Anschließend öffnest du weit die sich gegenüberliegenden Fenster, ein kaum wahrnehmbarer Luftzug ohne Kühlung zieht durchs Zimmer und die Schwüle ist nun hier drin in deinem Zimmer und du willst dich waschen, doch wiederum schwindelt dir und du taumelst, aber du bekommst keine Panik, keine Endzeitangst und Zähneknirschen ist auch nicht. Reinigen, Erfrischen schaffst du nicht, aber federleicht ist dir im Kopf, befreit sind deine Gedanken, wach und klar und du ziehst die dunk-

169

UND

Während man Georgs Asche auf der bis zum Horizont
reichenden Ackerfläche verstreute, und er
vielleicht aufersteht in einer Rapsblüte, in einer Weizendolde,
in einem Maiskolben oder einer Zuckerrübe,
nebbich zu den Katastrophenmeldungen,
die Sachsen werden immer älter
(soll ich mir einen Strick nehmen?) – hinzugekommen ist,
ich meinen Roman, mein Opus magnum beendete,
gleichfalls die Komposition für E. in Salzburg,
die Lieder nach der Huch, der Mayröcker,
endlich eingelöstes Versprechen, zwanzig Jahre her,
als ich mich sommersüber im Arbeitszimmer verbarrikadierte,
nichts an mich heranließ und alle
Ablenkungen von mir fernhalten konnte, ich sozusagen parallel
schrieb und komponierte, wie mir das noch nie passiert war,
ohne Unterbrechung, mit so viel Energie und Ausdauer –
war jemals das Arbeitszimmer mehr Arbeitszimmer
als zu dieser Zeit?
ich also meinen Schaffenstaumel beendet hatte und
ausgelaugt zu den Lebenden zurückgekehrt war,
hatte ich die Gewissheit, war ich mir sicher,
dass ein Endpunkt in meinem Leben erreicht sei,
dass ich an einem unumstößlichen Einschnitt
meines Lebens angekommen war und mir ging
durch den Kopf und ich dachte,
wenn ich überleben weiterleben möchte,
muss ich jetzt einen Schlussstrich ziehen,
muss ein Ende sein mit Musik-Erfinden, Wörterreihen,
das eigene Leben befragen, mit Notenschreiben,
ja muss ich Schreiben und Komponieren aufgeben,
um weiterzuleben, um zu ÜBERLEBEN,
keine Vergangenheit, keine Erinnerungen mehr,
weg mit dem Schürfen, dem Ballast der Ängste,
nur noch Gegenwart, nur noch die Augenblicke zählen,

den Kopf … das Hirn haben nur noch für das triviale Leben.
Essen, Trinken, Laufen, Schlafen …
Ich muss mich ändern, ändern, es ist höchste Zeit.
Ich mache mich auf den Weg … morgen mache ich mich
auf den Weg – Aufforderung, Entschluss, Entscheidung,
es gibt keinen besseren Zeitpunkt,
ich habe alles getan, für die Lieder, mein Buch,
vierhundertachtzig Seiten liegen im Verlag,
die Partitur bei E. in Salzburg, ich habe alles mir Mögliche getan,
das Testament ist geschrieben, die Entscheidung getroffen,
morgen mach ich mich auf den Weg,
ab morgen sind mir Buch und Komposition egal,
so was von egal, ab morgen bin ich Reinfried Pedersen
aus meiner Erzählung, der sich auf den Weg macht,
bin ich Pessoas Heteronym Álvaro de Campos
am Steuer des Chevrolet auf der Straße nach Sintra,
bin ich Álvaro de Campos,
nur eben zu Fuß, ohne Steuer, ohne Auto.

Ich mache mich auf den Weg,
streife die Strümpfe über die schwieligen Füße
weiße Unterwäsche / gerippt
die Haut bleich und käsig / behaart
auf der Schulter Langzeitflecken
blass rot / drei / Basaliome?
niemand wird mich so sehen
ich vergesse die Brille nicht
die Hose mit Gürtel ist weit und bequem
das poröse Taschentuch / unentbehrlich
ein Klappmesser
(„ohne Messer bist du kein Mann")
eine Glaskugel / marmoriert
sie liegt sanft

angenehm kühl in der Hand
ins Licht gehalten Bilder von Tag- und Nachtträumen
der Pullover mit Brusttasche / dunkel
braun / schwarz oder grün?
ein vergilbter Zettel mit verblichener Telefonnummer
04723–591 …
und die Windjacke
Jacke mit Kapuze
Mützen trug ich nie gern
hoch schließend bis unters Kinn
die Uhr / Rivado / leicht / Titan
ständige Bewegung hält sie in Gang
Handschuhe? – keine
tief vergraben die Hände
der Mann ohne Arme
der Körper gegen den Wind
Ernst Barlach / Schäfer im Sturm
Winterreise / Leiermann
die Schuhe / Schnürschuhe mit Fußbett
Laufsohle / dünn
die Füße werden mir bald wehtun
seis drum / es muss losgehn
Schal / Kamm / Zahnbürste
fertig / gerüstet
ich schließe leise die Tür
noch schlafen alle
niemand bemerkt mich
ich mache mich auf den Weg
niemand sieht mich
heute / früh morgens
fünf Uhr fünfundzwanzig
mache ich mich auf den Weg …

Das Gedicht als Realität, Fiktion wird Wirklichkeit,
ich bin ein Wahrsager, Astrologe, Prophet.
Morgen früh gehe ich los,
ich packe den Rucksack seit Tagen,
nur das Nötigste nehme ich mit,
ein leichter Trackingrucksack, ideal fürs Laufen.
Ich habe mir genau überlegt, was hinein muss, wenig,
nicht viel, ich laufe ja nicht in die Wüste, in die Prärie …

Auf in den Norden, der Süden ist nichts für mich,
die Hitze, die Berge, die Ablenkungen, das Laute …
Die Ruhe des Nordens, die Weite … die Weite der Gedanken …
Die Route auf der Landkarte ist mit dickem
schwarzen Filzstift eingezeichnet – auf einem Leporello,
aus vier Karten passgenau zusammengeklebt,
ein nach oben führender, mannshoher Zickzackkurs.
Wander-, Radwege. Fern- und Bundesstraßen meide ich.
Ich möchte unversehrt unterwegs sein, ankommen.

Ganz unten der Beginn mit „Spreewald/Lausitz“, dann
die „Märkische Schweiz“, die „Schorfheide –
Naturpark Barnim/Östliches Ruppiner Land“,
das „Rheinsberger Seengebiet“. Es gibt unzählige
Orte mit Kringeln, da mache ich Rast, ruhe aus,
esse, übernachte, ich habe Zeit, niemand treibt mich,
am Tag vielleicht zehn, zwölf Kilometer, je nach Laune,
auch mal nur fünf, ich bin auf keiner Sportveranstaltung,
auf keinem Pilger-, Jakobsweg, auf keinem Kreuz- oder Bußgang.

Ich habe Zeit, viel Zeit, ich laufe ohne Ehrgeiz, fast hätte ich gesagt
ohne Ziel, nur die Schritte, der Weg, die stetige Bewegung –
Gleichklang, Rhythmus – Autos und Trampen schlage ich aus,
höchstens für eine kurze Strecke mal ein Kahn, ein Boot,
Schnelligkeit ist keine Option,

die Entdeckung der Langsamkeit.
Seumes Spaziergang nach Italien, nach Syrakus,
nur eben nach Norden, Großenhain, Doberlug-Kirchhain,
Königs Wusterhausen, Zernikow, Wustrow, Neuruppin …

Ja, ich gehe spazieren – Spazierengehen könnte man sagen …
Bücher …? Nein, nein, ich verzichte,
ich zwinge mich, ich habe alle Bücher gelesen,
die noch zu lesen waren,
auch bei den Büchern ein Schnitt, Verzicht, Verzicht.
Nur eines, eines geht mit,
geht ist gut – Pessoas Unruhebuch, Bibelersatz,
Taschenbuch „Fischer" 1990, leicht und handlich,
etwas zerfleddert, genau das Richtige für die Wanderung.
Das U und N des Titels ist ausgestrichen,
das Buch der Unruhe – mein Buch der Ruhe,
mein „Zur-Ruhe-kommen-Buch",
Pessoa als Therapeut, Ruhestifter.

Außerdem, ich habe genügend Bücher im Kopf,
die zuletzt Gelesenen, die Sommerbücher …
Abends werde ich sie mir erzählen, wenn ich kaputt bin
vom Laufen, wenn ich mich schlafen lege,
im Dunkel werde ich zum Sehenden –,
Seite für Seite vor meinem geistigen Auge,
wie man so sagt, Blatt um Blatt,
mit geschlossenen Augen und
blättern und lesen, Kopfkino, Gedächtnistraining, Buchersatz.

Rast in Märkisch-Buchholz.
Karl-Heinz Ott *Und jeden Morgen das Meer:*
das Ende eines Grand-Hotels am Bodensee, die Chefin,
dreißig Jahre Aufopferung für andere,
nun denkt sie an sich, fährt nach Wales, Kneipe mit Meerblick:

Und jeden Morgen liegt es wieder da, das Meer,
in seiner unendlichen Gleichgültigkeit.
Und jeden Morgen macht sie sich auf zu den Klippen,
bei jedem Wind, jedem Wetter und immer denkt sie,
ich könnte springen …

Rast in Storkow.
Charles Simic, Gedichte:
einer, der sein ganzes Leben lang Gedichte schrieb,
elf Bände gibt es auf Deutsch, in Amerika sind's bestimmt mehr.
„Ein Spätsommerabend" (für die romantische Seele):
wenn der Wind vom See / Die Erinnerungen der Bäume
weckt / Und ihre dunklen Blätter / Im schwindenden Tageslicht /
Bersten vor überschäumender Zärtlichkeit – / Oder könnte es
Schmerz sein? / Rund um den Picknicktisch / Verstummen nun
alle, / Unsicher, ob wir bei unseren
Gläsern bleiben / Oder heimwärts streben sollen.
„Dunkle Nacht" (für die intellektuellen Geister):
weil das ewige Leben langweilig ist, / spielen die Engel
im Himmel Pinokel, / Die Teufel in der Hölle Poker. / Mitten in der Nacht
kann man / Die Karten auf den Tisch knallen hören. /
Gott spielt eine Partie Solitaire, / Satan tut dasselbe, /
Doch er flucht und betrügt.

Rast in Buckow.
Bodo Kirchhoff *Widerfahrnis:*
es wird ewig geraucht – der Autor weiß nicht weiter,
man raucht, das Paar auf der Fahrt nach Italien,
es weiß nicht weiter, man raucht. B. K. dreht auf einer Glatze
Locken, er braucht keine Fabel,
schreibt, schreibt, spricht unaufhörlich,
die Sache mit dem Mädchen, den Flüchtlingen,
Staffage, Gedankenspiele … und trotzdem, trotzdem,
das Buch, ich kann's nicht vergessen.

Rast in Neuhardenberg.
Karl Ove Knausgård *Im Herbst:*
Brief an eine ungeborene Tochter / 28. August ...
September: Äpfel – Wespen – Plastiktüten – Die Sonne – Zähne /
Schweinswale – Benzin – Frösche – Kirchen – Pisse /
Rahmen – Dämmerung – Bienenzucht – Blut – Blitze /
Kaugummis – Tünche – Kreuzottern – Mund – Daguerreotypie.
Brief an eine ungeborene Tochter / 29. September ...
Oktober: Fieber – Gummistiefel – Quallen – Krieg – Schamlippen /
Betten – Finger – Laub – Flaschen – Stoppelfelder /
Dachse – Säuglinge – Autos – Einsamkeit – Erfahrung /
Läuse – van Gogh – Vogelzug – Tanker – Erde.
Brief an eine ungeborene Tochter / 22. Oktober ...
November: Konservendosen – Gesichter – Schmerz –
Morgengrauen – Telefone / Flaubert – Erbrochenes – Fliegen –
Vergebung – Knöpfe / Thermosflaschen – Die Weide –
Toilettenschüsseln – Krankenwagen – August Sander /
Schornsteine – Der Raubvogel – Stille – Trommeln – Augen.

Ich packe zum x-ten Mal die Sachen –
packe ein und aus, ein und aus, sortiere, lasse zurück,
ich muss zu einem Ergebnis kommen!
Wäsche für eine Woche, ein Paar Ersatzschuhe, genügend Strümpfe,
Taschentücher ... und Mützen aus Stoff, Wolle, Leinen,
nach der Operation am Kopf gegen UV-Strahlen.
Warmes gegen Kälte, Strick-, Steppjacke, Weste ... die Windjacke
mit Kapuze, um Wetterunbill zu trotzen, ziehe ich an.
Zwei Handtücher gegen Nässe und Schweiß. In die Außentaschen –
es sind viele, sie sehen Vogelnestern ähnlich – die Karte mit der
Route, das handgroße Batterieradio, den Elektrorasierer,
ich bin kein Outlaw – eine Ersatzarmbanduhr Quarz
zur Automatik am Arm, ebenfalls „Junkers", wasserdicht, stoßfest,
mit zweiter Zeitanzeige, sollte ich in einer anderen
Zeitzone landen ...?! Die Tabletten gegen Rücken, Erkältung,

Nieren, das Notizbuch mit integriertem Stift, das Nagelnecessaire,
drei Brillen für nah und fern und mittel und das Handy
für den Notfall (Anruf von E., der Besten?), und zum Verschenken
zwei Gedichtbücher mit Widmung für Diana, Kerstin …
mein vergriffener Gedichtband, mit dem alles anfing, am
Pfingstsonntag in Menz, ich erinnere mich genau,
mein Lesen hatte etwas Endgültiges, Endpunkt … gültig.
Noch weniger Leute als im vergangenen Jahr – fünf …
Bodo, Barbara und Diana aus Canow, Kerstin aus Grünheide
und der Buchhändler aus Rheinsberg mit verkniffenem Gesicht
(das machte mir nichts aus, der guckt immer so).
Wir schoben zwei Tische zusammen, Kaffee, Tee, Plätzchen,
keine Distanz mehr zwischen Autor und Publikum.
Ein Klavier war da, ich improvisierte zwischen den Teilen,
Kerzen wurden entzündet, Schubertiade
im einundzwanzigsten Jahrhundert, Poesie, Innerlichkeit,
selbst der Buchhändler bekam glänzende Augen
und ich begann zu lesen: Erster Teil – Vom Nordseeland:

Ins neue Jahr
Der Weg ist das Ziel.
Wirf alle Hektik ab.
Die Autobahn leer, etwa gesperrt?
Oder bin ich ein Geisterfahrer?

Über Albert Schweitzer:
Er spielte Bach sehr langsam,
damit jeder Ton in der Kirche
auch verständlich sei.
Wirf deine Hektik ab,
der Weg ist das Ziel.

Bulgarien, Rumänien in der EU,
siebzehn Jahre gewartet.
Das *Balanescu Quartet*,
der Klang strohig, rau, spröde
und doch schön. Spröde Schönheit.
Wien-Neujahrskonzert:
Für Irene – Delirien – Land und Stadt,
Mühlenpolka – Flattergeister – ohne Halt.
Beifall. Gelandet in B.,
der Weg sei das Ziel,
wirf alle Hektik ab.

Abends noch ein Konzert.
Gergiev dirigiert mit einem
Zahnstocher als Stab,
er stochert quasi in der Musik herum,
welch eine Entwicklung,
denkt man an Lully,
der beim Taktstampfen
sich den Zeh verletzte
und daran starb. Armer Lully,
der Weg war dein Ziel.

Säuglingsschlaf. Traum.
Ich als Carl-Maria von …
dirigiere mit einer Notenrolle,
mit Blick zum Publikum,
das Orchester im Rücken,
den ganzen *Oberon*.
Man tobt vor Entzücken.
Ausgeschlafen früh
und gut drauf wie noch nie.
Der Weg ist das Ziel,
alle Hektik perdu!

Ein Tag im Januar
Das Ei viel zu hart, der Tee dünn und kalt,
die Marmelade geschmacklos, das Brötchen alt.
Am Nebentisch zehn ältere Damen zum Frühstückslunch.
Das gackert und kichert und kreischt und plappert,
man raucht und wuselt und tönt und sabbert.
Meine Ruh ist hin, der Blutdruck hoch.
Ich flüchte vor den Hetären.
Ein Januartag, den man nicht mag.

Auf kurvigen Straßen immer
an der Küste entlang.
Windflüchter biegen sich, die Scheiben beschlagen,
ich mache die Fenster auf, es weht mich fast fort,
jetzt meldet sich auch noch die Warnleuchte des Motorblocks.
Wenn ich hier liegen bleibe!
Denke an Arved Fuchs mit Leck im Boot
bei der Durchquerung der Nordwestpassage.
Ich verfluche diesen Tag!
Ein Januartag, den man nicht mag.

In der Strandhalle keine Zeitung,
sitze bedröppelt allein da, warte ewig aufs Essen.
Meer und Himmel verschmelzen in einerlei Grau.
Der letzte Campinganhänger wird hinter den Deich geschleppt
wegen der Sturmflut. Ein alter Mercedes mit Licht,
ich mache den Fahrer darauf aufmerksam,
er ist empört, sein Wagen hält das aus.
Beim Wegfahren dann stotterts und stotterts, Schadenfreude.
Fahre schleunigst davon, ein Januartag, den ich doch mag?

Im Fernsehen Skispringen, auch im Gebirge Sturm,
Unterbrechung auf Unterbrechung, es zieht sich hin.
Dann ein Springer kopfüber von einer Windböe erfasst,

jetzt bricht man ab, es muss immer erst etwas passieren.
Beim Abendbrot fremde Bedienung. Muss lange betteln,
bis mir warmes Bier aus dem Keller geholt wird.
Sie schlägt sich dabei den Kopf auf.
Esse mit ganz schlechtem Gewissen,
ohne Appetit, mein Magen rebelliert.
Es ist doch ein Januartag geworden,
den keiner mag, keiner mag.

Im Zimmer unter mir die Kegelbahn,
tiefes Rollen, Gewitter, Einschlag, Wumm!
Laute Gesänge, ich geh noch spazieren.
Die Telefonzelle von Silvestervandalismus gezeichnet,
reiß mir in den Mantel ein Loch.
Aber sie funktioniert, was macht H.?
Nur der Anrufbeantworter mit meiner Stimme:
„Sprechen sie nach dem Piepton."
Ich lege auf, schweige, fühle mich einsam.
Was für ein Januartag im Norden!

Am Kanal ein Grauenten-Pärchen, Wasserplatschen,
der Mond kommt hinter den Wolken hervor,
beleuchtet die Szenerie, sie watscheln auf die Wiese,
kuscheln sich aneinander und sprechen:

Er: Siehst du den da auf der Brücke?
Sie: Er will doch nicht etwa springen?
Er: Glaub ich nicht, viel zu flach, er denkt nach.
Sie: Was denkt er nur?
Er: Weiß ich nicht.
Sie: Er beobachtet uns.
Er: Nein, er sieht den Mond an.
Sie: Aber er lauscht.
Er: Lass ihn lauschen.

Sie: Jetzt guckt er zu uns.
Er: Er blickt auf den See.
Sie: Glaubst du, er sieht, wie sich unsere Flügel berühren?
Er: Nein, viel zu dunkel.
Sie: Aber ich fühle mich beobachtet.
Er. Du bist so sensibel.
Sie: Ich liebe dich.
Er: Dann lass uns nach Hause schwimmen.
Sie: Puh, ist das Wasser kalt.
Er. Zu Hause machen wir es uns gemütlich.
Sie: Ich spüre seine Blicke immer noch in meinem Rücken.
Er: Dann lass uns abtauchen.
Sie: Gute Idee.
Er: Du bist entzückend.

Schnell ins Hotel an den Computer
und alles aufgeschrieben. Wunderbar!
Ich kann Tiere verstehen.
Doch noch ein Januartag, den ich mag.

Nachts halb zwei, schmerzender Rücken,
ich bin eingeschlafen vor dem Gerät.
Auf dem Bildschirmschoner kriechen die Raupen,
ich ekle mich, ab ins Bett,
das Notierte … es ist alles weg.
Welch Januartag,
den keiner mag,
keiner mag,
mag ihn,
mag ihn nicht,
mag ihn,
mag ihn nicht,
mag,
nicht,

mag,
mag,
mag,
Tag
neu …
neuer Tag …
mag …
maaag …
maaa …
aaaaah …

Strandleben
Ohrenqualle
Wurzelmundqualle
Kompassqualle
Rote Bohne
Wattwurm
Blasentang
Darmtang
Meersalat
Sandklattmuschel
Herzmuschel
Pfeffermuschel
Miesmuschel
Schwertmuschel
Wollhandkrabbe
Wattschnecke
Wellhornschnecke
Kotpillenwurm

Und Hunde
Und Möwen
Und Menschen

Viele
Dicke Menschen
Fette Menschen
In Form hält sie nur
Die Badehose
Der Badeanzug
Sonst würden sie platzen
Nein zerfließen
Ins Watt sich
Auflösend ergießen
Und mit der nächsten Flut
Als Qualle Krabbe oder Wurm
Angeschwemmt werden
Nur Mut
Es wird alles gut

Alles anders
In O. ist alles anders.
Der Himmel so weit – und so hoch
wie nirgendwo, nirgendwo hier oben.
Die Landschaft ein Strich, ein Strich der Ort,
langgestreckt, geduckt, blass rot, Dach an Dach.
Der Himmel so weit, so groß, so klar.
ich weiß es, bin hier jedes Jahr.

Kein Sandstrand. Grüne Wiese bis zum Meer
(eigentlich die Mündung der Elbe, sehr breit),
jede Jahreszeit anders: grün, graugrün, tiefgrün,
blaugrün, gelbgrün, bräunlich, manches Mal Blumenwiese,
die Schafe pflegen sie. Und bunte Wimpel, Flaggen,
die im Wind flattern, knattern, viele kleine Kinderrasseln.
Wind ist hier immer. Südwind, Sturmwind, Eiswind,
der helle Wald der Windkraftanlage im Dunst

fern am Ende des Wassers, die Flügel drehen sich stetig.
Die Schiffe fahren auf dem Horizont, nein sie schweben,
geräuschlose farbige Ungetüme, bewegt von Geisterhand
gleiten sie in den Hafen oder in Richtung Helgoland.
Von den Elbterrassen Panoramablick.
Hinweis: *Die Toiletten nur für Besucher.*
Was machen die anderen, die mal müssen?
Ein Kännchen Tee füllt vier, fünf Tassen,
sehr großzügig, temperiertes Bier.
Ich weiß das zu schätzen, bin jedes Jahr hier.

Durch den Ort donnern seit Jahrzehnten Laster
im gefährlichen Gegenverkehr, es geht eng zu.
Die alten Gebäude zittern, die Wände ächzen, machen sich Mut:
„Aushalten, aushalten! Wir haben bis jetzt
widerstanden, wir geben nicht auf!" Ein Antiquitätenladen,
Maritimes, Krimskrams bis unter die Decke,
ein Seebär bedient mich, alles sehr schön und bestaunenswert,
doch nichts ist original, die Schiffsglocke nachgebaut, die Kajütenuhr
Quarz, er selbst war Beleuchter am Theater.

Beschrankter Bahnübergang, jede Stunde ein Zug
trennt den Ort vom Hinterland – Warten, Ruhe, Stillstand.
Und dann fährt man in die Weite hinein.
Ein Kranichzug im Gegenlicht, über abgeerntetem Feld,
kreist und kreist und senkt sich nieder.
Die Kondensstreifen des Flugzeugs sind zerstoben –,
ich komme jedes Jahr nach hier oben.

(Klavierimprovisation: Luft-Wind-Wellen)
Zweiter Teil – In der Stadt.

Sommer in der Stadt oder was schlimm ist

Hommage an Gottfried Benn

Computer aus Auto gestohlen, Diebe schlugen Scheibe ein.
Durch Gartenanlagen spazierte Hängebauchschwein
und war nicht zu fassen.
Laster mit Zahnpasta verschwunden.
Messermann überfiel Getränkemarkt und nahm drei Geiseln,
zwei Angestellte, einen Kunden.
Schlimm ist: Sommer in der Stadt.
Dreiundvierzigjähriger unter Auto begraben bei Reparaturen.
Rentner schießt auf Löschhubschrauber wegen Ruhestörung.
Schmuggler nach Bad in Grenzbach erwischt
mit zwanzig Glashütter Uhren.
Geldkartenautomat von Bande gesprengt, alles weg,
auch das Geld, totale Zerstörung.
Knüppelattacke: Junge schlägt alte Frau aus Habgier nieder.
Jugendliche griffen Lieferanten an, schlugen ihm ins Gesicht,
wieder und wieder.
Schlimmer ist: Gewalt-Sommer in der Stadt.
Handtaschenräuber macht die Innenstadt unsicher.
Ältere Frau mit Oberschenkelhalsbruch.
Brandstifter legt Feuer in Mietshaus,
mehrere Personen mit Rauchvergiftung in Klinik.
Messerangriff in Obdachlosenheim,
Fred K. verstirbt mit fünfzehn Stichen im Rettungswagen.
Frau fährt gegen vier geparkte Autos,
der Alkoholtest ergibt 1,4 Promille.
Pflastersteine in Parteibüro geworfen, Skins gegen links,
Kind von Radfahrer schwer verletzt,
Verursacher flüchtet, Chaot!
Überfall auf Tankstelle: Zwei Maskierte erbeuten
Tageseinnahmen und schlagen Tankstellenwart tot.
Am schlimmsten sind: Gewalt-Sommer-Opfer in der Stadt.

Juni

nach Friederike Mayröcker

der Garten
gelber verbrannter Rasen
bröselige Erde
das Rieseln der Sanduhr
Sand in den Sandalen
rinnt durch die Hand
zwischen den Zehen
feiner Seesand ...
Sauerkirschen verstreut am Boden
notreif klein / wenige grellrot am Baum
Ameisen emsig
fressen Blattläuse
die Zimmerpflanzen im Freien gesunden
schlanke hohe Glockenblumen
weisz blau lila
Vinetaläuten ...
Lilien ocker rosa
im Gelb der Limonen
Rotkehlchen im Gebüsch / scheu
wildgewachsene Essigbäume
schlanke vielgliedrige Blätter
die Quadersteine der Mauer
grün bewachsen mit Efeu / Goldregen
vorüberfahrende Autos
Sommergeräuschpegel leise
flüsternde Stimmen abends hörbar
das nächtliche Scharren der Igel / Schmatzen
sturmgebeugte Kiefer / gefällt
Wunde / Verlust
kranker Rhododendron
„Regen komm herab!"
im Keller die Gieszkanne

grüne Hoffnung
Blumenerde / Gespinst
Kühle / Kühltruhe
Keuchhusten
fahles gebrochenes Licht
Spuk / Geschichten
der Weihnachtsstern
Herrnhut / geknickt
Betonboden / geflieste Wände
eine Glühbirne
am Kabel / flackernd
Anatomie

Heinz Müller
Heinz Müller,
Maler in Leipzig.
Mietshäuser, Stillleben,
Innenansichten, Cafés,
kleine schmale Landschaften,
und immer wieder Straßen.
Die Mietshäuser hundert Jahre alt,
Häuser am Stadtrand mit Gärten,
Hinterhöfe, Hausfassaden,
verlassener Bauernhof, Vorstadtstraße.
Graue Farbigkeit überwiegt,
keine Farbe drängt nach vorn,
die Bilder sind leise, ja still,
sie wollen nichts, nur wirken,
keine Nostalgie, keine Sozialkritik,
sie sind einfach da, unverzichtbar.
Diese Häuserbilder, -schluchten,
(der Himmel ebenfalls graublau,
unbewegt, wolkenlos – Suppe),

eintauchen in meine Studentenzeit,
als die Abgase der nahen Industriegebiete,
die vier großen Bs, die Stadt einnebelten,
als die Schlote Nacht wie Tag rauchten,
den Putz der Häuser, die Simse,
die Balkone, die Dächer, die Haustüren,
die Bäume, den Schnee, den Himmel,
das spärliche Frühlingsgrün
in die grauschwarze Wirklichkeit
des Arbeiter- und Bauernstaates tauchten.
Doch HM ist kein Nihilist,
die Vielfalt der Grautöne
schimmert in silbernem Licht,
Mauern, Zäune, Tore, Hauswände,
das Alltägliche wird zum Erlebnis,
Straße in Leipzig-Ost
Vorort mit Dorfteich,
Straße in Plagwitz, Blick über Gärten,
alles unaufgeregt, zarte Melancholie,
das Graugelb, das Graurot fast heiter.
Seine Sympathien, Wünsche, Gefühle,
die Bilder erzählen es,
Chronist ohne Trommelwirbel,
allem Modischen fern,
der Name Programm:
Heinz Müller,
Maler in Leipzig.

Arbeitszimmerwinter
Der Schnee hüllt alles in eine Woge des Schweigens.
(Sich leicht bewegende Tüllgardine, weiße Muster.)
Über mir die dumpfen Schritte des Nachbarn,
auf, ab, auf, ab, ein Löwe im Käfig, was hat er nur?

Die Hibiskusblüten – drei leuchtende gelbe Sonnenkringel,
draußen die Autos schlangengleich schleichend,
blinkende Katzenaugen, pupillenscharf, grell,
Bewegung in Zeitlupe, lautlos, lebensfern …
Der sich kräuselnde Schnee …
keine Uhr tickt – Quarzuhren,
Stunde um Stunde – Gerinnung.
Der Gesang ist aus, versiegt.
Ich höre ihn noch – Echo …
Stille hat sich in meinen Ohren festgesetzt,
bewegt sich, wispert, flüstert, krächzt, haucht.
Meine kalten Füße halten meinen müden Geist wach –,
Fluchtmusik ist in mir, ich müsste sie aufschreiben.

(Klavierimprovisation: Nachtstück)
Dritter Teil – An der Ostsee.

Aus dem „Holsteiner Tagebuch"
1. TAG DO
das wetter heute: im norden teils sonnig, nach süden hin erneut schauer und
gewitter, 26 grad
     wache mit kopfschmerzen auf / die schäbigkeit des zimmers in der
morgensonne / nebenan toben kinder / ein wohnhaus umfunktioniert zu
touristenkäfigen / bin die ganze nacht auto gefahren / mehrmals der
gleiche traum: ein weißer lieferwagen springt in hohem tempo von lücke
zu lücke (handarbeiten heidis textilshop) / plötzlich ist es ein weiblicher
grüner hüpffrosch mit brille / er klatscht gegen eine plakatwand / grüne
soße rinnt auf die autobahn / ich wache auf / schweiß läuft mir die achseln
hinab und den rücken hinunter
     das bad ohne fenster mit bescheidenem komfort / früher anscheinend
backstube / eine schwarze eiserne tür ziert die rückwand / ich höre mäus-
lein und ratten nagen / eine spinne im abfluss / ekel / singe unter der
dusche / angsttherapie / der westen entwicklungsland

erste radtour / sich weit hinziehende erhebungen / gift für meine schwache kondition / viel sonne / gefühlte 40 grad / erschöpft zurück

ohne ruhe auf der liegewiese / straßenbau / hämmern rufen / maschinenlärm dumpf / kreischen / und das beständige sst sst sst sst sst der rasensprenger / komme mit *commissario montalbano* nicht voran / die schwarzen rapskäfer verstecken sich zwischen den seiten / kriechen in ohren nasenlöcher hemden haare / schwimmen taumeln im wasserglas / was sonst noch war? / *israel bombardiert flughafen von beirut / klinsmann fahnenflucht – löw wird neuer bundestrainer / bush in stralsund / die waldschlösschenbrücke in dresden – beschädigung des raumes / fred wander gestorben*

nachtruhe von wegen / bin sehr munter / die matratze hart / meine armen knochen / bin ich ein fakir?

2. TAG FR

das wetter heute: im süden unbeständig und nass, im norden erneut viel sonnenschein, 22 grad

langer hitze-erschöpfungsschlaf / morgens wecken mich kuckucksrufe kleine terz / ich klopfe aufs portemonnaie damit meine euros sich mehren / die schwalben fliegen tief doch kein regen in sicht / ohne verlass auf aberglaube bauernregeln / der vorplatz des landhotels wird jeden morgen gesprengt / kalkstaub legt sich über alles wenn der linienbus aus malente am ferienidyll vorbeiknattert und seine runde dreht / die lackstrahlenden mercedes opel vw traurige weißgraue vergänglichkeitskünder eingeäschert

in eutin markt / südliches flair / rosenstadt / weimar des nordens / hilft nicht bin nervös und labil / die sonne brennt einem jeden vernünftigen gedanken aus dem hirn / höchstpreise beim benzin 1,40 euro / eine hochzeitsgesellschaft die kinder herausgeputzt / schleifen fliegen lange kleider schwarze hosen / anachronistisch / zu hause stürzen sie sich auf die computer synthesizer handys

spät am abend roter himmel sonnenuntergang / einsames pferd auf weiter grüner koppel / zarte schleierwolken / südwind weht / leise gespräche / ein sommer auf dem lande / wohltuend beruhigend / die welt ist so schlecht nicht

4. TAG SO

das wetter heute: wie gestern, sonne, 26 grad

fahrt an die see durch hügeliges land / viel verkehr / stau / das auto ein brutkasten / wie war das früher ohne klimaanlage? / der trabi aus pappe da wurde die wärme absorbiert / verdammt diese wohlstandsautos

in laboe menschenkörper an menschenkörper / touristenflut / lärm fisch geräuchert bratwurst andenken / kitsch gruselig / und eis eis eis die eisbuden machen ihren schnitt

die klappräder zusammengebaut und flucht zur offenen see / vorbei am marinedenkmal / wuchtig dunkel / eine autobahn mit schießscharten gepflastert in den himmel hinein / mittag auf einem campingplatz unterm sonnenschirm / bratkartoffeln hackbraten / ich schwitze das fünfte mal heute / in der gaststube formel-1-getöse / schumacher fährt um den sieg in magny-cours / dort genauso warm wie hier / bad in der ostsee / überall entsetzlich flach / keine abkühlung / erschöpft zurück ins feriendomizil / ein Sonntag erstickt in lethargie / was sonst noch war? / *krieg im libanon eskaliert / immer mehr lehrer werden von schülern bedroht / sommer der schädlinge / festival der vollblüter in hamburg / cuxhaven: unfall durch rauchen im auto / preise für öl und benzin auf rekordhoch*

leseabend / siebzig jahre spanischer bürgerkrieg / bücher von arthur koestler orwell hemingway / was für ein urlese-erlebnis *wem die stunde schlägt* / solch ein buch fehlt mir … und der weite horizont von bederkesa und die ruhe und das zuhausegefühl und ein schöner kompositionsgedanke und ein opernstoff und schlechtes wetter und regen und eine schwarzbrotschnitte mit butter und salz und banane und ein anständiges fußballspiel … es ist alles sehr erbärmlich / im tv *zimmer frei* mit rolf zacher / aufzeichnung / schon gesehen / schlafe dabei ein

8. TAG DO

das wetter heute: heiß mit zunehmender schwüle, im westen erste schauer und gewitter

alles wie am ersten tag / die rapskäfer die sonne der gewässerte hof der linienbus der dreck der staub der straßenbau die handys zum frühstück

die backofentür im bad menetekel / ich müsste nochmal duschen lasse
es / das auto vollgeladen abreise flucht

viel landstraße / zwischen lastern / stau auf der autobahn / der
hüpffloh von lücke zu lücke nimmt mir die vorfahrt / die türme von
lübeck ratzeburg / baustellen kein vorwärtskommen / dann links mölln /
see getreidesilos / rechts ein schild lankau behlendorf / gedanken an grass
an *telgte* / die besuche und wie er sich feiern ließ und krisensitzung bis
nachts halb drei / die oper viel zu lang / sprünge wo wie / das publikum
heutzutage ohne geduld / außer bei wagner von schönklang eingelullt /
gesellschaftliches ereignis

jetzt freie bahn / freie fahrt für freie bürger / viel tempo viel gas / die
klimaanlage auf vollen touren / sie schluckt viel benzin ökologisch? / esse
banane / H. neben mir mit zeitung liest vor was heute ist? / *deutschland
schwitzt* / *the guggenheim – die sammlung in bonn* / *kreuzfahrtschiff kippt* /
patient nach fehldiagnose fast blind / *schimon peres: israel ist ganz allein* /
sandsäcke gegen taliban / *maler georg baselitz sucht seine ruhe in bayern* / ich
in canow / bin auf dem weg dorthin

martin buber: *alle reisen haben eine heimliche bestimmung, die der reisende nicht ahnt*

(Klavierimprovisation: quasi Toccata)
Vierter Teil – Vom Theater

Figaros Hochzeit
Figaro als Drama von Neunzehnhundert.
Totentanz – Traumspiel – Gespenstersonate.
Ein schwarzer Rabe im Fensterrahmen.
Strindbergs Schatten ist ein
geflügelter Sekundaner.

Das Bett ist kein Bett.
Die Nadel keine Nadel.
Der Graf ist kein Graf

und die Nacht keine Nacht.
Ein geschwungenes Treppenhaus. Türen.
Fragen über Fragen, was der Regisseur will.
Sigmund Freud schwingt den Taktstock.
Das Resümee: *Mozart war ein Krokodil,*
meint der Dirigent Nikolaus Harnoncourt.

Epitaph auf eine Theaterkatze
Erster Aushang
Der Arztbesuch mit unserer Theaterkatze
ergab leider die folgende Diagnose:
Pauline hat ein Nierenleiden,
sie muss in ärztliche Behandlung,
muss kaltes Winterwetter meiden,
sonst lebt sie nur noch zwei/drei Monate,
Langzeitinfusionen könnten sie heilen.
Bitte spendet für Pauline,
eine Kasse an der Wache,
steht bereit für eure Gaben.
Allen Spendern nur das Beste
zum bevorstehenden Feste.

Zweiter Aushang
Liebe Kolleginnen, Kollegen,
Katze Pauline lebt nicht mehr.
Am vierundzwanzigsten Dezember,
beim Tierarzt die Beruhigungsspritze,
war zu viel für die Organe,
schmerzfrei ist sie eingeschlafen.
Begraben hat sie Helge W.
auf seinem Grundstück in Gittersee.
Paulines leben so geendet,
dies mitzuteilen war mir Pflicht.

Das Geld, es ist noch da, Ihr Lieben,
ein Tierheim soll es baldigst kriegen,
das Ihr so großzügig gespendet.

Epitaph
Am Heiligen Abend, Pauline,
Tratst ab Du von unserer Bühne.
Du Lichtblick am Haus,
Vom Himmel Du schaust.
Es trauert um Dich jeder Mime.

Valentins Tod
MEPHISTOPHELES (zu Faust) … nur zugestoßen! Ich pariere.
VALENTIN. Pariere den!
MEPHISTO. Warum denn nicht?
VALENTIN. Auch den!
MEPHISTO. Gewiss!
VALENTIN. Ich glaub, der Teufel ficht!
Was ist denn das? Schon wird die Hand mir lahm.
MEPHISTO (zu Faust). Stoß zu!
VALENTIN (fällt). O weh!
MEPHISTO. Nun ist der Lümmel zahm.

STOP!
Ordnet doch erst einmal den Text,
wer was spricht,
zur Zeit klappert's ja fürchterlich.

STOP!
Du musst natürlich schnell nach hinten,
schnapp dir etwas zum Schlag,
das Stuhlbein, das da liegt,
sonst stehn Mephisto und Faust

bis zum Jüngsten Tag.

STOP!
Das große Tischbein, das ist besser,
hol kräftig Schwung, danach verharrst du,
und Faust sticht zu mit Teufels Messer.

STOOOP!
Vor „Stoß zu!" steckst du ihm das Messer zu,
aber konspirativ, nicht so öffentlich.

STOOP!
Du stichst von oben, da hat jeder freie Sicht,
den Schädel spalten, geht doch hier nicht.
Ein kurzer Stoß in seinen Bauch,
so war es damals sichrer Brauch.

STOPP!
Ungeschick lass grüßen, du stößt mit links.
Das Messer ist verdeckt, man muss es sehen.
Stellt euch mal um, Mephisto ausgeschert,
die ganze Szene seitenverkehrt.

STOOP!
Kommt bitte nach vorn an die Rampe.
Alles in Zeitlupe, ausholen, erstarren,
zustoßen, Schmerz, umfallen, liegen, verharren:
Und jetzt Action!

STOOOOP!
Hier vorn funktioniert das nicht,
die Distanz zum Zuschauer ist dahin,
und alle merken den Beschiss.
Vielleicht dort an der Seitenwand,

du nagelst ihn fest, und dann ran.

STOOP!
Die Bühne leer, und ihr dort in der Ecke,
gequetscht, das sieht doch scheußlich aus.
In der Mitte, auf den kaputten Möbeln,
das ist gut, stellt euch dort auf,
und ihr seid aus dem Dilemma raus.

STOPP!
Ein fester Stand ist für die Szene
Voraussetzung, dass sie gelingt.
Ihr schwankt wie Seeleute.
Also fünf Meter weiter vorn,
und los nun Valentin, mit Zorn!

STOOOP!
Wenn nun der Text noch sicher wäre,
bei dir, bei ihm,
dann könnten wir heut morgen
noch etwas andres schaffen,
als nur den Mord an Valentin.

STOOOOP!
Das war nicht schlecht,
doch auch nicht gut.
„Jetzt tat er mir mit diesem Messer wirklich weh!“
Dann Pause für Kaffee.
Wunden lecken.
Danach von vorn.
Die erst Variante war wohl doch die beste.
Wie war die noch?
„Wir haben sie vergessen.“

Gegensätzlich

in memoriam Irmgard Lange

Das Hohe tief
Das Schwere leicht
Das Blaue oliv
Das Tiefe seicht
Das Grobe zart
Das Matte grell
Das Würzige fad
Das Langsame schnell
Das Laute leis
Das Spitze platt
Das Schwarze weiß
Das Faltige glatt
Das Rohe sanft
Und Pippa tanzt
Und *Was ihr wollt*
Und *König Ubu*
Dein Bauchgefühl
Verließ Dich nie.

Das Ernste witzig
Das Ordinäre züchtig
Das Ende anfangst
Das Schnelle langsamst
Das Einfarbige bunt
Das Gerade rund
Das Platte spitz
Das Behäbige fix
Das Dicke dünn
Das Dünne dick
Das Weite eng
Das Hässliche schick

Das Einfache kraus
Und *Bernarda Albas Haus*
Und *Der Widerspenstigen Zähmung*
Und die Filme Fellinis
Und Dein Bauchgefühl
Das Dich nie verließ

Freudvoll
Und leidvoll
Der Tanz auf dem Birnbaum
Rastlos
Nie herzlos
Und *Das Leben ist Traum*
Himmelhoch jauchzend
Zum Tode betrübt
Dein Bauchgefühl
Verließ Dich – fast nie.

(Klavierimprovisation: Valse – sotto voce)
Fünfter Teil – In Mecklenburg

Canow
In die Zange genommen von zwei Seen.
Durchgangsstraße von R. nach W.,
Geschäft für Anglerbedarf, Bootsverleih.
Zwei Hotels, Fischräucherei, Lupinenwiese,
frischer Honig, Eier, DDR-Bungalows.
Eine Telefonzelle
(sommers Sauna, winters Kühlschrank),
gegenüber der Kiosk, baufällig,
nachmittags zwei, drei Trinker,
abends erhöht sich die Zahl auf acht,
anschließend in die Garage zum Schwof,

sehr laut bis Mitternacht.
Parkplatz versandet, Staub,
im Winter bleibt man stecken,
Friedhof mit Wiese und Mauersteinen
für anonyme Bestattung. Nebenan
Wasserbau Canow,
dicke Buchenstämme angespitzt,
die in den Seeboden gerammt werden.
Dreimal am Tag kommt der Bus
nach Wesenberg.
Die Häuser disharmonisch,
neu gebaut *Albertinenlust,*
ansonsten ärmliche, neue, alte,
verfallene, niedrige, hohe,
viele hergerichtet mit
hellem kapitalistischen Putz.
Die Schleuse verbindet die Seen,
Arles ohne Zugbrücke, ohne Wäscherinnen.
Der abgerissene Speicher zwischen altem
und neuem Kanal hinterlässt ein Vakuum.
Getreidefelder voller Kraut,
Futterpflanzen, Zwischenfrucht, grün-blau,
es ist immer noch sehr mild im November.
Neu Canow abseits hinterm Wald,
Erzgebirgsdorf, sanft welliges Tal,
vereinzelte Häuser, Sandkuhle, Windflüchter,
Wachhunde, Gebell, Straße ins Nichts.
Bei B. freitags Preisskat in der Nachsaison,
danach nur noch Leben zu Weihnachten, Silvester.
Der Konsum hat schon lange geschlossen,
von Oktober bis März.
Alle ruhn aus, das Land, die Menschen,
die Seen sehr grau, manchmal zugefroren.
C. in Erstarrung – Winterschlaf.

Zeiten

Die Feldmargeriten
Blütezeit
Der Museumsbesuch
Verlorene Zeit
Die Bockwindmühle
Mahlzeit
Die Ferienwohnung
Bücherzeit
Der Sturmwind
Herbstzeit
Der steinige Weg
Urzeit
Das Rieseln der Sanduhr
Endzeit
Die honigfarbenen Hundeblumen
Nachkriegszeit
Das verriegelte Landhaus
Schlosszeit
In der Schmutzpfütze
Gesichtszeit
Die springenden Pferde
Jugendzeit
In Schulzenhof
Gedenkzeit

Kommt Zeit kommt Rat
Kommt Rat kommt Zeit
Die Zeiger drehn sich
Früh und spat
Die Nacht so nah
Der Tag so weit
Es ist mir alles einerlei
Ob Tag, ob Nacht

Die Zeit vergeht
Auch ohne mich …

Die Lupinenwiese

Hommage an R. M. R.

Lupinenwiese, kobaltblau und rätselhaft,
brennende Kerzen im Abendsonnenscheine
sich reckend, heilig, in den Himmel strebend,
ein Wogen mit des Windes stiller Kraft,
ein Meer mit Wellenkämmen, weißen Segeln.
Bilder, die kommen und vergehn, bunte Schatten
flüchtig, weggeweht – ach, liebe Seele, weine.

Die Insel

In M. gibt es eine Liebesinsel.
Sehr klein, mit Laubbäumen.
Ein Ort zum Munkeln,
Verstecken, Träumen.
Das Wasser des Sees schwappt
leis ans Ufer, vor und zurück,
ein liebliches Inselchen für
zartes Liebesglück.

Über eine Brücke
erreicht man die Kleine,
sie wölbt sich grob und breit
über den flachen See,
sehr fremd, eine Scheußlichkeit,
geschwungenes Geländer,
Girlanden, Verzierungen, Streben,
alles aus Gusseisen,
deutsche Wertarbeit, Krupp,

sie würde bequem ein Regiment
im Gleichschritt oder einen Panzer tragen.
Auf dem Inselchen ein Grabmal,
pompös, mit Sarkophag
des letzten Großherzogs:
Adolf Friedrich VI., 17. Juni 1918,
Freitod, ich höre Trauermusik,
Schwerterklingen, Befehle,
Marschieren, Schlachtenlärm.
Wohlauf Kameraden, aufs Pferd, aufs Pferd,
ins Feld, in die Freiheit gezogen!
Das Lied geht mir nicht aus den Ohren.
Ich sehe Männer gerüstet,
mit finsterem Blick,
die Länder rauben,
waffenstarrend, entschlossen
zum letzten Gefecht.
Insel für Liebesglück?

Am Stammtisch
Stammtisch ist Stammtisch ist Stammtisch,
überall gleich, massives Eichenholz,
Durchmesser die Hälfte der *Tafelrunde,*
nah an der Theke, Bestellung auf Zuruf
und ein Schild im Pseudobarock
mit der Aufschrift „Stammtisch",
allen Besuchern suggerierend, hier
trank man schon vor vierhundert Jahren.
Der Ort ist heilig – und dunkel,
an lesen nicht zu denken, wozu auch?
Hier trinkt man, und nicht zu wenig.
Das Essen als notwendiges Übel,
Grundlage für den Alkohol.

Der Fernseher hoch an der Wand flimmert,
Bahnradfahrer bekämpfen sich,
am Stammtisch. Stammtisch ist Stammtisch.

Selbst wenn der Gastraum gefüllt ist,
der Stammtisch bleibt leer,
wenn die Stammtischler fehlen.
Ich habe mir meinen Platz erkämpft
an diesem Tisch in langen Urlaubstagen.
Ich gehöre dazu, gut, nicht ganz,
vielleicht zu siebzig Prozent,
bin ja hier nicht geboren.
Immerhin, ich bin nicht mehr fremd,
am Stammtisch, am Stammtisch.

Sonntag, später Nachmittag, ich sitze allein da.
Im Fernsehen Radrennen, sie fahren immer,
ob tags, ob nachts. Zu jeder Jahreszeit
bekämpfen sie sich im TV.
Henry kommt, klopft auf den Tisch:
„Biste auch mal wieder bei uns?"
Langsam trudeln alle ein. Jutta mit Mann,
sie stecken sich unverzüglich ne Zigarette an.
Klaus und Gerd und der Dicke, dessen
Namen ich nicht weiß, der alle auf die
Schippe nimmt, und Otto, der Maler aus
Berlin, der seinen Lebensabend hier verbringt.
Feine Rauchschwaden ziehn. Beißen in den Augen,
Runde um Runde wird geschmissen,
Bier mit Kompott, das heißt übersetzt,
Bier mit nem Klaren, Langen oder Kurzen,
egal, Hauptsache es schmeckt
am Stammtisch, denn Stammtisch ist Stammtisch.

„Noch nen Klaren und nen halben Liter,
morgen kann ich ausschlafen."
„Deine Alte steht doch mit dem Nudelholz
hinter der Tür, wenn du heimkommst!"
„Die da oben sind alle Verbrecher,
nicht besser als die Roten,
da war wenigstens noch Ordnung,
und Recht und Arbeit, noch nen Klaren."
„Hansa hat wieder verloren,
wird ein ganz schweres Jahr."
„Was, Noten schreibst du, Opern?
Kann man denn davon leben?
Noch mal Bier mit Kompott!"
„Der Lindenhof steh kurz vor dem Aus."
„Ob morgen die Fische beißen?"
„Ich muss los, fünf Uhr aufn Bock."
„Warte! Noch ne Runde, sechs Klare.
Du nicht? Okay, fünf, ich spare.
Danach gehen wir beide."
„Der Mond scheint, ich find schon alleine nach Haus,"
vom Stammtisch, dem Stammtisch, dem Stammtisch.

Dann wankt Otto nach hinten,
er schwankt ganz bedenklich auf diesen Plateaupantoletten,
aber er schafft es, ich dachte noch,
wenn da nur nichts passiert,
hatte ihn aber bei meiner Bestellung
„Noch ne Runde, Bier mit Kompott"
schon wieder vergessen. Wir prosten uns zu,
zum wievielten Male? Es ist urgemütlich.
Und dann knallt's wie ein Schuss.
Otto fällt auf die Fliesen und bleibt liegen,
viele Sekunden, eine Ewigkeit.
Blut läuft von Ottos Schläfe, er lässt sich nicht helfen,

ein alter sabbernder betrunkener Mann,
nach und nach steht er auf,
blutbeschmiert der Boden, der Mantel. Mann o Mann!
„Jetzt mach dich nach Hause, in deine Kemenate,
du Suffkopp, keinen Tropfen kriegst du mehr.
Du vertreibst mir die Gäste!
Soll dich jemand heimbringen?"
„Nee, nee" – und er schwankt davon
vom Stammtisch, vom Stammtisch.

Die Stimmung ist auf dem Nullpunkt,
eine weitere Runde kann sie nicht retten.
Alles dreht sich um O., wie lang trinkt der schon?
Stammgast am Stammtisch seit Jahren.
Die Gespräche lethargisch, sie versanden,
die Zungen sind schwer, der Geist ist träge,
wir sitzen wie festgenagelt, niemand will gehn,
bis Gerd ruft: „Hilfe, ein Geist an der Tür,
einer aus Indien!" Es ist Otto mit einem Verband
um den Kopf, er will weitertrinken, kommt herein
geschlurft. B. sehr böse: „Scher dich nach Haus,
schlaf deinen Rausch aus.
Ich werf dir all deine Bilder hinterher,
die nützen dir jetzt auch nichts mehr.
Ich kündige die Freundschaft, ab heute Gaststättenverbot!"
Kein Stammtisch mehr, kein Stammtisch.

Ich mache mich auch auf den Heimweg.
Muss nur um die Ecke.
„Ecke um die Ecke! Ha, ha, ha!
Bitte schreib an, ich bezahle morgen."
Auch ich schwanke bedenklich.
Zum Glück habe ich festes Schuhwerk an
und keine Pantoletten.

Im Bett bin ich sofort weg,
doch ein Traum verfolgt mich:
Ein Mann liegt am Boden, in seinem Blut,
ich denk, er ist tot und beuge mich zu ihm,
da blinzelt er mir zu und trinkt sein eigenes Blut.
Ich probiere auch, da ist es Rotwein.
Ich wach auf, und mir ist so schlecht, und
ich steh nicht auf, ich bin viel zu müde und
wieder der Traum und wieder der Mann
und wieder das Blut und wieder der Traum.
Die ganze Nacht verfolgt er mich,
der Traum: vom Stammtisch, Stammtisch,
vom Stammtisch.

Die Lesung zu Ende. Fünf Leute klopfen auf den Tisch,
wie bei den Studenten, fünf Leute glauben an mich.
Zugaben, es gibt Zugaben, ich spiele Satie,
melancholischer Nachklang zum Stammtisch … und dann
noch das Gedicht für Hedwig, für die demente Hedwig aus Canow:

Verschwunden
laufen, um zu denken
fliegen, um zu sehen
tanzen, um fröhlich zu sein.

spielen, um zu leben
berühren, um zu fühlen
telefonieren, um zu sprechen
singen, um glücklich zu sein

sitzen, um zu trauern
liegen, um zu ruhen

graben, um zu pflanzen
schreien, um gehört zu werden

verlieren, um zu gewinnen
schenken, um loszulassen
verschwinden – um frei zu sein

Die Endgültigkeit der Lesung … die Wenigen, die kamen,
die Wenigen, die mich lesen, die Vergeblichkeit des Tuns,
ich ahnte, alles würde anders werden … Die anschließende
Schaffensorgie, doch irgendwie krankhaft … durchgedreht …
ich muss an einen Skispringer denken – Flugschanze,
letzter Wettkampf der Karriere, der Norweger Johansson
mit dem gezwirbelten rötlichen Bart, Oberlippe …
Anlauf, Absprung, Fliegen, Landen – sich hinunterstürzen,
dann schweben, segeln, über zweihundert Meter, sicherer Telemark –
Johanssons Sprung mein eigenes Tun,
der Anlauf – der Absprung die Lesung … der Flug die Schaffensorgie
mit leichten Kurskorrekturen, Ausbalancieren von Seitenwind,
ich komponierte die Lieder von hinten nach vorn …
die sichere Landung, Auslauf, Schwung, Anhalten,
Erleichterung, Gewissheit der Veränderung …
morgen mache ich mich auf den Weg, morgen früh,
in der Dämmerung.

Nochmals räum ich den Rucksack aus und ein! Das Keilkissen
kommt dazu, ein besonderes, es entlastet die Wirbelsäule,
ohne das Ding kein Schlaf, es passt aufrecht
ins Hauptfach hinein, die anderen
Sachen seitlich geschichtet. Strategisches Vorgehen. Der vorher so
locker Gefüllte, jetzt ein praller länglicher Ballon,
kein Zipfelchen mehr frei – schwer, leicht? Ich weiß nicht recht,
ich werf ihn mir über zur Probe, ich komme weit,
bestimmt bis Rom, bis Syrakus … in den Norden.

Für meine Frau ein Brief, per Hand geschrieben, ich habe
Computer und Telefon stillgelegt. Sie ahnt nichts
von den Vorbereitungen, ist bei ihrer
Schwester in Freiburg. Ich schreib ohne Schmus,
dass sich an unserem Leben nichts ändern würde, wenn ich wegbliebe,
vier Monate sei ich ANwesend unsichtbar gewesen,
ab morgen werde ich ABwesend unsichtbar sein,
nur ein Anruf von ihr könnte mich umstimmen …
Das schreibe ich nicht, darauf muss sie selbst kommen.
Ich lege das Papier auf den Küchenherd, ein weißer
DIN A4-Zettel ohne Unterschrift, mein Name darunter hätte
etwas Abschließendes, Endgültiges, für mich, für sie,
besonders für sie, das wäre falsch, das möchte ich nicht.

Es ist nach Mitternacht … DER Tag … es ist so weit,
heute mache ich mich … Das sagte ich schon.
Ich suche die Lieder für E., die Manuskriptmappe,
reiße die letzte Notenseite heraus,
schreibe hinten drauf: Liebe Elisabeth, wie sagt man zu sowas?
Autograph, vielleicht mal wertvoll. Meine Handynummer
Null-Eins-Fünf-Eins / Sieben-Acht-Neun-Sechs-Sieben-Acht-Neun,
solltest du mich brauchen zum Vorspiel der Lieder,
für deine Katzen, den Hund, dann ruf an, ich komme sofort,
herzlichst Dein Musikfreund auf Wanderschaft,
der dem Komponieren entsagt hat, nur noch Nützliches tun will,
Hund ausführen, Pfannkuchen backen, Katzen bewachen
oder Holz hacken, zurzeit zu Fuß unterwegs nach Norden.

Es ist sechs Uhr, ich stehe auf und ziehe mich an,
ich bin bereit, schließe das Arbeitszimmer ab,
lege den Schlüssel auf den Schriebs in der Küche, ich meine es ernst,
der Schlüssel als Zeichen für sie, als Zeichen,
das Arbeitszimmerzuhause verlassen … zurückgelassen.

Blick aus dem Fenster, es nieselt, der Herbst zeigt sich grau,
gut so, es wird keine Ablenkungen geben, kein Vogelzwitschern,
keine Farben, kein Sehnsuchtsgefühl, keinen Sonnenaufgang, nur
Herz- und Pulsschlag, die Beweglichkeit der Glieder, Gelenke,
geölte Scharniere und Schritte, Schritte und Rhythmus
und Gleichmaß des Ganges, nur Laufen ohne Denken,
Vorwärtskommen ohne Ehrgeiz,
sinnfrei frei sein, ganz bei sich sein, Selbstbeherrschung,
ZEN ohne Meister, die Kunst des Bogenschießens,
der Bogen findet sein Ziel.

Ich schultere den Rucksack, nun doch ungewohnte Last,
die mich fordern wird,
die Haustür schlägt laut, die Geräusche der Stadt noch leis,
die lauten verdoppeln sich, Schlüssel, Schritte. Gartentür.
Die Straße hoch zur Kreuzung, Umweg des Briefes wegen.
Ich bin allein, hör meinen Atem, mein Gehen, das Raunen
und Rascheln der Windjacke, einzelne Regentropfen.
An der Ampel der Briefkasten, ich werfe die Noten ein,
für E. in Salzburg, Tuchmachergasse 3, erster Stock, Austria.
Gedanken, Gedanken, mein Ansinnen, mein Angebot …
Wird sie reagieren, sich melden? Das Handy bleibt an.

Links ab, nun bin ich auf dem richtigen Weg,
schreite aus, meine gleichmäßigen Schritte,
etwas Lyrisches erfasst mich, ich beginne zu singen,
summe das Lied, das bald in Salzburg sein soll,
summe und denke den Text dazu, verwandle einen Choral,
einen Hymnus in einen Marsch, plötzlich:
Das Wandern ist des Müllers Lust … Infantilismus!

Ein Auto hält, die Scheibe fährt runter, der Fahrer beugt sich
zu mir, fragt, ob er helfen könne. Ich:

Seh ich so hilfsbedürftig aus? Er: Wenn ich ehrlich sein soll, ja!
Ich: Das ist nur äußerlich, innerlich bin ich fit!
Er: Dann fahre ich mal weiter. – Er rollt davon. Ich beginne wieder
zu singen, jetzt das Lied im Originaltempo mit Text,
ich richte meinen Gang nach der Melodie, gehe aufrecht
und langsam, schreite bedächtig aus, ja bedächtig könnte
man sagen, singe das Lied zu bedächtigen Schritten …

Es sind die einfachen Dinge, die zählen,
das stetige Laufen an einem nebligen Morgen, ein Bonbon, um
den Hunger zu stillen, ein Apfel, der Dialog zwischen
einem empathischen Autofahrer und einem störrischen Wanderer …
Ja die einfachen Dinge – beruhigt schlafen,
fröhlich aufstehn, die Morgenluft atmen, der neue Tag,
eine warme Suppe, einer schönen Frau durchs Haar streichen,
und das Singen einer tröstenden Melodie … die einfachen Dinge,
um die Mittagszeit will ich in Moritzburg sein,
darauf weiter Radeburg, Ebersbach, Cunnersdorf,
Schönborn, Frauwalde, Frauendorf, an Berlin vorbei,
Landstraße, Wanderwege … Pass auf dich auf,
es darf nichts passieren, den Weg nicht verfehlen,
unversehrt bleiben, gehen, um des Gehens willen,
irgendwann einmal ankommen
oder weiter, weiter … unbeirrt weiter?
Ich weiß nicht, weiß nicht … das Lied,
das Lied, das Mayröckerlied …
ich singe für E., singe für sie,
ich singe und schreite:
Es kreist …
es kreist die Sonne wieder …
o Sirius … o Mandelbaum …

Bibliografische Information Der Deutschen Bibliothek

Die Deutsche Bibliothek verzeichnet diese Publikation in der Deutschen Nationalbibliografie; detail-
lierte bibliografische Daten sind im Internet über http://dnb.dnb.de abrufbar.

Abbildung auf dem Schutzumschlag
Ölpastell von Eckehard Mayer

Lektorat
Ulrich Steinmetzger

Einband, Satz, Layout
Janos Stekovics

Gesamtherstellung
Verlag Janos Stekovics, Wettin-Löbejün OT Dößel

Copyright© 2020, VERLAG JANOS STEKOVICS
ISBN 978-3-89923-418-3